KB152069

©Benio
슬라임을 잡으면서
300년, 모르는 사이에
레벨MAX가 되었습니다
She continued destroy slime for 300 years
Morita Kisetsu
12
모리타 키세츠
illust. 베니오

틀림없이 지적생명체.
UFC는 이써어.
지금부터 샤르샤가 증명하게써어.

UFC는 없어!
지금 논리적으로 설명해줄게.
그건 구름이야!
©Benio

죽은 자의 왕국의 악령

나나 나나

©Benio
고원의 마녀
아즈사

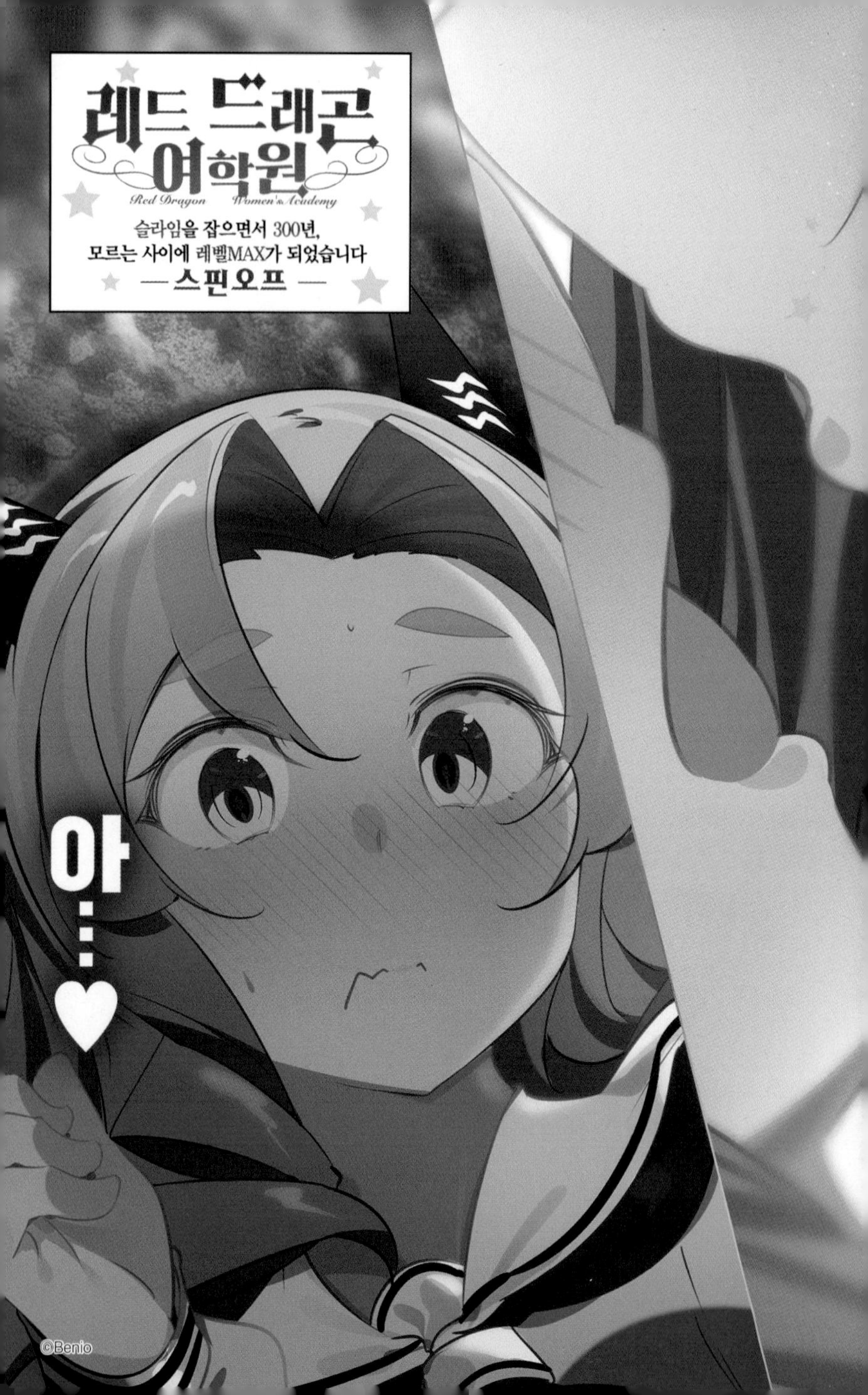

레드 드래곤 여학원

Red Dragon Women's Academy

슬라임을 잡으면서 300년,
모르는 사이에 레벨MAX가 되었습니다
— 스핀오프 —

아…♥

승부가 났군요.

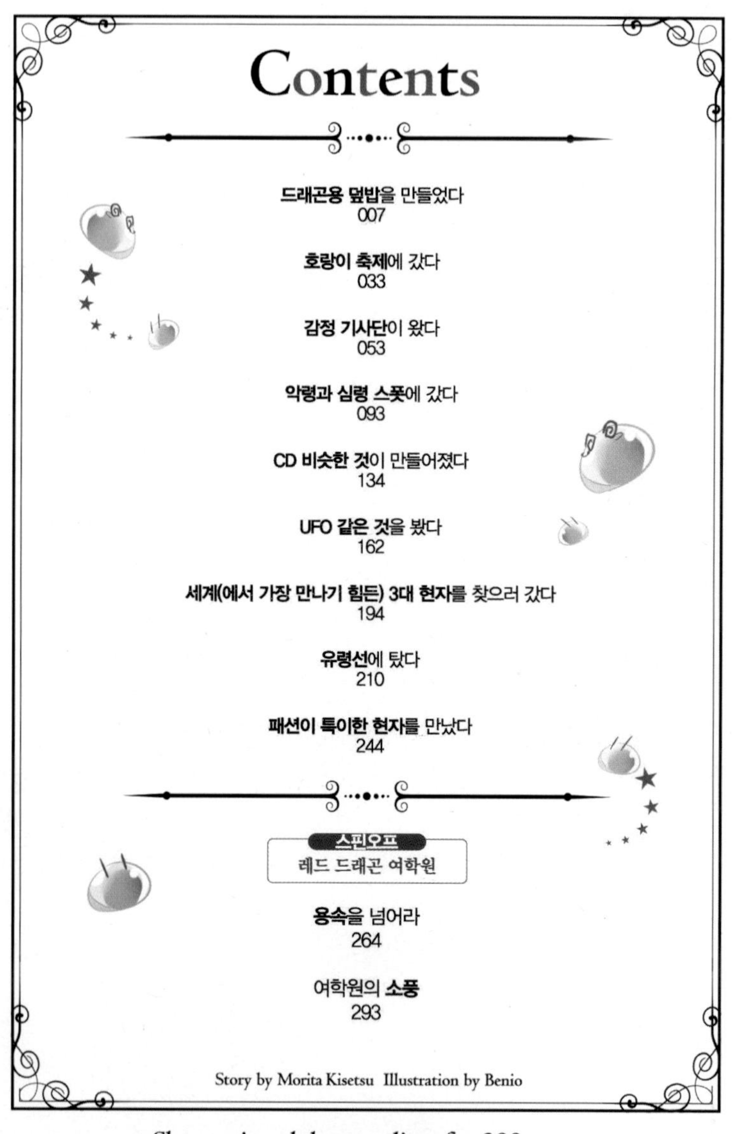

Contents

Story by Morita Kisetsu Illustration by Benio

She continued destroy slime for 300 years

Morita Kisetsu
모리타 키세츠

illust. 베니오

아즈사 아이자와 (아이자와 아즈사)

주인공. 일반적으로는 〈고원의 마녀〉라는 이름으로 알려져 있다. 17세의 외모를 지닌 불로불사의 마녀로 전생한 여자아이(?). 어느새 세계 최강이 되면서 트러블을 겪기도 하지만 그 덕분에 가족이 생겨서 기쁜 눈치.

라이카

레드 드래곤 아가씨. 아즈사의 제자. 최강을 목표로 삼고 매일 꾸준히 노력하는 착한 아이. 고딕 롤리타 패션이나 메이드 의상처럼 레이스가 많이 달린 옷이 잘 어울린다(본인은 부끄러워한다). 이 책에 실린 외전 「레드 드래곤 여학원」의 주인공.

파르파&샤르샤

슬라임의 영혼이 모여서 태어난 정령 자매.
언니 파르파는 자신의 기분에 솔직하고
구김살 없는 아이. 동생 샤르샤는
세심하고 남을 배려할 줄 아는 아이.
두 사람 다 엄마인 아즈사를 아주 좋아한다.

하루카라

엘프 처녀. 아즈사의 제자.
버섯 지식을 살려서 회사를 경영하는
어엿한 사장님이지만, 고원의 집에서는
때와 장소를 안 가리고 사고를 치는
일가족의 안쓰러움 담당에 불과하다.

바알제붑

파리대왕으로 불리는 상급 마족.
파르파와 샤르샤를 진짜
조카처럼 아끼며마계와
고원의 집을 수시로 오가고 있다.
아즈사의 든든한 언니.

프라토르테

블루 드래곤 아가씨. 아즈사에게
복종하고 있다. 레드 드래곤인 라이카와는
같은 드래곤이자 툭하면 충돌하는 사이.
하지만 근본적인 성격은 낙천적이고
활기차다. 라이카와는 달리
인간 모습일 때도 꼬리가 있다.

로자리

고원의 집에 사는 유령 소녀.
유령인 자신을 배척하지 않고
맞이해 준 아즈사에게 심취했다.
벽을 통과할 수 있지만
사람을 만질 순 없다.
사람에게 빙의하는 것도 가능.

산드라

만드라고라 소녀.
300년 동안 성장해 의지를 가지고
움직이게 된 존재. 엄연한 식물이며,
고원의 집 가정 채소밭에 살고 있다.
고집이 있고 허세를 부릴 때도 많지만,
외로움을 잘 타는 면도 있다.

무무 무무

약칭은 무. 악령들의 나라인 〈죽은 자의 왕국〉의 지배자이자 멸망한 고대 문명의 왕. 반응이 영 좋지 않은 백성(악령)들에게 실망해서 틀어박혔지만, 아즈사와 로자리를 만나면서 사회 복귀(?)에 성공했다. 웃음과 딴지를 좋아하는 칸사이 사람 같은 성격.

폐하, 참 소심하시군요.
왕은 그래선 안 됩니다.

나나 나나

〈죽은 자의 왕국〉의 메이드장 겸 대신. 측근으로서 무를 보살핀다. 성실하고 유능하지만, 독설과 남이 싫어할 일을 아주 좋아하는 난감한 성격. 무나 아즈사가 싫어할 일이나 약점을 찾아내 은근히 괴롭힌다.

큐어리나

해파리의 정령이자 방랑 화가. 물에 떠다니는 해파리처럼 세상을 이리저리 떠돈다. 음침하고 무거운 테마와 어둡고 칙칙한 화풍이 특징인데 마족의 일부 호사가들에게 호평을 받고 있다.

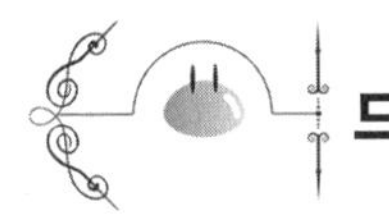

드래곤용 덮밥을 만들었다

그날, 나는 왕국의 남부 쪽으로 약의 재료가 될 만한 식물을 채집하러 와 있었다.

식물 채집은 순조롭게 진행되고 있다고 할 수 있었지만——.

"우우…… 땀이 계속 나고 나른하다……."

프라토르테가 힘없이 늘어져 있었다. 꼬리도 평소보다 늘어진 것 같았다.

"프라토르테, 괜찮아……? 별로 괜찮아 보이진 않지만."

이렇게까지 기운이 없는 프라토르테는 정말 보기 드물다.

"아즈사 님, 이건 프라토르테의 자업자득이니까 걱정하지 않으셔도 됩니다. 더운 지방인데도 자신이 따라오겠다고 고집을 부렸으니까요."

내 옆에서 걷는 라이카가 어이없다는 표정을 지으면서 말했다.

차갑게 쏘아붙이는 것 같지만 사실은 출발 전부터,

"아뇨, 이번에 갈 곳은 남쪽이니까 당신이 갈 곳이 못 돼요. 보나마나 바로 지쳤다는 소리를 할 거라고요. 무리하지 않아도 돼요."(라이카)

"괜찮다. 그리고 오늘은 할 일이 없다. 따라가겠다!"(프라토르테)

——그렇게 말리고 고집을 피우면서 다툰 적이 있기 때문에 이런 태도를 보이는 것도 어쩔 수 없는 일이라고 해야 할까.

"프라토르테, 그렇게 힘들면 쉬어도 되는데?"

왠지 일하는 곳에 따라오겠다며 고집을 부리다가 정작 따라오면 재미없다고 투정하는 어린아이 같았다.

파르파랑 샤르샤는 어디를 가더라도 적지 않게 관심을 보이며, 산드라는 애초에 여행 자체에 관심이 없어서 따라오려고 하지 않으니까 거의 그런 모습을 본 적이 없지만.

"주인님, 그렇게 힘들지는 않습니다. 블루 드래곤은 강하니까 이 정도는 아무렇지 않습니다. 불꽃의 정령이든 태양이든 얼마든지 상대할 수 있습니다!"

"아무리 그래도 태양을 상대하면 죽겠지."

쉬겠느냐고 물으면 고집을 부려서 참 성가시지만, 체력에 여유가 있는 것은 사실인 것 같았다. 프라토르테의 몸이 얼음인 건 아니니까 말이지.

"단지…… 공기가 끈적끈적하고, 땀도 나서 기분이 나쁩니다……."

아아, 그런 뜻이었나.

"공격을, 무지 느리게 받는 것 같아서 기분이 불쾌합니다……."

"무슨 말을 하고 싶은지 알겠어……. 나도 땀이 나니까……."

이렇게 습도가 높은 날씨는 마치 일본의 여름 같다. 습기라도 없으면 그늘에 들어가기만 해도 바로 시원해지겠지만, 습기가 많은 더위는 피할 곳이 없다.

그런 점에서 보면 우리 집은 고원에 있는 만큼 시원하다.

300년을 살았기 때문에 당연한 일로 여기지만, 남쪽으로 오면 그 고마움을 새삼스럽게 느끼게 된다.

"정말 한심하군요. 프라토르테는 인내가 부족합니다. 더위에 약한 종족이라고 해도, 조금은 참을 줄 알아야——."

"주인님, 이제 그만 밥을 먹죠! 많이 먹으면 기운이 빠지는 것도 해소될 겁니다!"

"잘 먹고 더위에 지지 않는 몸을 만드는 것도 중요한 일이죠. 아즈사 님, 식사를 하실까요?"

식사에 한해선 드래곤의 의견이 일치했어!

외모만 보면 여자애지만 운동부 남학생보다도 식욕이 왕성하니까 말이지. 드래곤의 덩치를 유지하려면 당연할 것이다.

"그러네. 내 볼일은 일단락됐으니까 레스토랑을 찾아볼까."

◇

우리는 가까운 시내로 이동해 대중식당처럼 보이는 가게로 들어갔다.

"저는 이 고장 요리는 뭐가 맛있는지 아직 잘 모르겠군요. 어쩔 수 없으니 이 페이지에 있는 걸 전부 맛보기로 할까요."

"그럼 프라토르테님은 다음 페이지에 있는 메뉴를 전부 주문하겠다."

"정말 호쾌하게 먹는구나……."

체중을 지나치게 의식하면서 다이어트를 하는 것보다야, 잘 먹는 게 더 좋겠지만.

주문을 받으러 온 점원이 황당한 표정을 지었다. 그야 황당할 만도 하지.

메뉴란 페이지 단위로 주문하는 게 아니니까.

"손님, 저희 가게의 인기 메뉴를 1위부터 10위까지 다 먹지 않으면 돌아가지 못하는 게임이라도 하시는 건가요?"

"아니에요! 그냥 잘 먹을 때라서 그런 것뿐이라고요!"

"그렇군요……. 저기…… 그 페이지에 있는 메뉴는 정식이라서 전부 밥과 수프가 같이 나오는데, 괜찮으세요?"

그렇구나, 그건 확인해 봐야겠지.

그리고 이 고장은 쌀을 수확하는 곳이라서 밥이 나오는 모양이다. 가게에 따라선 빵을 먹을 것인지 밥을 먹을 것인지 고르는 곳도 있겠지만, 이 가게는 밥만 있었다.

하지만 다음 전개는 어느 정도 예상이 됐다.

"프라토르테는 아무런 문제가 없다! 전부 가지고 와라!"

역시 그런 결론을 내렸단 말인가!

탄수화물이 좀 늘어나도 드래곤은 아랑곳하지 않는다.

오히려 반찬에 해당하는 메뉴를 단품으로 주문하면 주식이 부족해질 것이다.

수프는 딱히 필요 없을 것 같지만…… 땀도 많이 흘렸으니까 수

분을 보충하는 의미가 있다고 생각하면 되겠지.

주문은 했으니까, 이제 오는 것을 기다리기만 하면 된다.

그리고 나는 닭고기와 쌀을 섞어서 볶은 요리를 주문했다. 아마도 이 지방의 특유의 맛이 나는 것이 나올 것이다. 전에 왔을 때 이 고장 요리의 전체적인 맛의 경향은 파악했으니까.

그리고 요리가 나왔다.

동시에 테이블이 하나 더 놓였다.

그렇게 하지 않으면 프라토르테가 먹을 밥과 수프를 다 놓을 수 없었기 때문이다…….

다른 손님들 사이에서 "많이 먹기 대회라도 하나?"라고 말하는 목소리가 들렸다. 그렇게 틀린 말은 아니다.

"좋아, 이걸 먹고 더위에 지지 않는 몸을 만들겠다! 나는 더욱 강해질 것이다!"

멋대로 그럴듯한 해석을 늘어놓은 뒤에 프라토르테는 와구와구 먹기 시작했다.

나는 내가 주문한 지방 풍미의 요리를 천천히 먹었다. 그렇게 느리게 먹는 게 아닐지도 모르지만, 프라토르테가 아주 빠른 페이스로 먹고 있기 때문에 상대적으로 느리게 보였다.

그리고 라이카는 우아하게 먹긴 하지만 한 입에 먹는 양이 많아서 먹는 속도가 빨랐다.

"이건 해산물에 소스를 얹은 요리군요. 고원의 집에선 좀처럼 먹어 볼 기회가 없는 것이라 신선하네요. 이 요리는 생선 프라이고요. 살이 통통하네요. 이 밀가루 튀김옷으로 싼 요리도 맛있어요. 이 수프는 조금 독특한 산미가 느껴지지만 입이 개운한 상태에서 다음 요리를 먹을 수 있겠군요."

"엄청나게 잘 먹네."

돈이 부족하진 않지만, 슬라임을 잡는 페이스를 높여서 마법석을 모아야겠다는 생각이 저절로 들었다.

반면 프라토르테 쪽에선 유달리 쩝쩝거리는 소리가 들렸다.

솔직히 말해서 신경이 쓰였다. 하지만 프라토르테가 평소 식사를 할 때 소리를 내면서 먹은 기억은 없으니까, 테이블 매너가 아닌 음식 자체에 문제가 있을 것이다.

"으음, 쩝쩝, 이 밥이라는 건…… 쩝쩝…… 찰기가, 쩝쩝, 있네."

"프라토르테, 먹으면서 말하지 마."

프라토르테는 입안에 든 것을 일단 삼켰다.

"자잘한 알맹이들이 모인 것처럼 생겼는데 씹으면 찰기가 생기는군요. 빵만큼 목이 메지는 않지만."

밥에 익숙하지 않은 지역에 사는 사람의 감상 같다.

하지만 여기서 나오는 밥은 일본산 쌀에 비하면 가늘고 길면서 찰기가 없는 쌀로 만든 것이다. 그러므로 전생에 일본인이었던 나에겐 그렇게 질게 느껴지진 않았다.

하지만 그래도 프라토르테에겐 찰기가 강해서 이에 들러붙는 느낌이 들었던 모양이다.

"그러고 보니 우리가 사는 곳에선 쌀을 잘 안 먹는구나."

엄밀하게는 〈먹을 수 있는 슬라임〉과 거의 동시에 만든 〈이파리 슬라임〉이 떡과 비슷하긴 하지만, 쌀을 이용하는 방법이랑 쌀의 품종도 전혀 다르다고 생각한다.

이미 내 머릿속에서도 쌀을 씹으며 먹는다는 개념은 거의 사라져 있었던 것이다.

"벼는 한랭지에선 이삭을 맺지 못하니까요. 쌀을 빵 대신 먹는 곳은 남쪽이 많죠."

라이카가 내 말에 해설을 더해 주었다.

"응, 그러네."

일본이라면 홋카이도에서도 쌀이 자랐지만 그건 품종을 개량했기 때문이지……. 내가 벼라도 "응? 이런 추운 곳에서 우리가 자란다고요?"라고 의아해하며 겁을 먹었을 것이라 생각한다.

그렇게 말하는 라이카도 지식으로는 알고 있지만 실제로 밥에 익숙한 것 같지는 않았다.

나도 스푼으로 밥을 떴다.

스푼 위에 놓인, 기름에 볶여서 번들거리는 쌀알을 보면서 문득 어떤 생각이 들었다.

전생에선 이루 헤아릴 수 없이 몇 번이고 쌀을 먹었다.

슬슬 이 세계에서 쌀을 이용한 요리를 한번 만들어보는 것도 괜찮지 않을까.

나 자신도 쌀이 그립긴 했지만——.

밥이 담긴 접시를 열심히 비우는 프라토르테와 묵묵히 식사 중인 라이카의 모습을 보고 있으려니, 빵보다 밥이 더 어울리겠다는 생각이 들었던 것이다.

하지만 그저 빵을 쌀밥으로 바꾼 것만으로는 임팩트도 약하고, 좋게 받아들이지 않을 것이다. 나도 300년 동안 빵을 먹었다. 빵과 쌀밥 중에 고르자면 빵을 고를 것 같다. 다른 식구들이라면 더 그렇겠지.

쌀을 이용한, 쌀로만 만들 수 있는 요리를 개발할 필요가 있다.
"주인님, 이제 배가 찼나요? 제가 가져가겠습니다."
"아니, 더 먹을 수 있어……. 배불러서 멈춘 건 아니니까……."
스푼 위에 놓인 쌀을 지그시 바라봤다. 뭔가 힌트가 없을까.
쌀 속에 닭고기가 섞여 있었다.
"아! 그렇구나!"
머릿속에서 번뜩이면서 떠오른 게 있었다. 고원의 집에 돌아가면 당장 실행해 보자.
"아즈사 님, 그 요리와 어울릴 다른 메뉴라도 발견하셨나요? 추가로 주문해 드릴까요?"
"됐어, 라이카. 나는 이 요리만으로도 충분해!"
드래곤은 먹는 것에 관해선 일절 타협하질 않는단 말이지.
하지만 그런 모습도 내가 떠올린 아이디어에 힘을 보태 주었다.
"나중에 쌀을 파는 가게에 들러보자."
"호오. 벼도 약초로 쓸 수 있습니까?"
"그런 건 아니지만. 식재료로 활용해 보고 싶어졌어."
하지만 주먹밥을 먹으면 체력이 회복되는 게임도 있었으니까 쌀이 약초 같다는 인식은 일본에도 있지 않았을까……? 다친 사람이 주먹밥을 먹고 회복한다는 건 냉정하게 생각해 보면 이상하긴 하지만.
내가 식사를 끝냈을 때엔 두 드래곤은 디저트로 나온 과일을 먹고 있었다.
"과일을 보기만 해도 배가 부를 것 같아!"
가게를 나왔을 때, 점원이 환하게 웃으면서 "언제든 들러 주세요."라고 인사를 했다.
완전 VIP 고객으로 여기고 있네…….

나는 쌀을 파는 가게를 찾아가서 찰기가 어느 정도 있는 품종을 골라서 구입했다.
드래곤이 같이 있어서 다행이다. 얼마든지 가져갈 수 있으니까.
고원의 집 근처에선 입수할 수 없으니까 조금 많이 사두었다.
전기밥솥 같은 편리한 가전기기는 없으므로 솥도 하나 샀다. 이제 시행착오를 거듭하여 적절하게 밥을 짓는 법을 익히기로 하자.
"주인님, 집에서도 밥을 드시려는 겁니까?"
"그래. 해 보고 싶은 게 좀 있거든. 지금까진 빵만 주식으로 먹었잖아. 아직 확정된 건 없지만 밥이 주식이 되는 요리를 만들어 볼 거야."
가끔은 쌀을 입에 넣고 씹어 보는 것도 나쁘지 않을 것이다.
"그럼 앞으로는 빵과 쌀밥이 다 나오는 거군요. 먹는 재미가 있을 것 같습니다!"
"그럴 생각은 없어!"
빵 or 밥이 아니라 빵 and 밥으로 생각한단 말인가…….

고원의 집으로 돌아온 나는 곧바로 부엌에 들어가 메뉴 개발에 착수했다.
개발이라고 말했지만 사실 완성품은 이미 머릿속에 있었다.

이제는 이 세계에 있는 재료로 얼마나 가깝게 재현하느냐 하는 문제가 남았다.

"윽…… 쌀이 설익었어……. 이래선 다시물이 제대로 배이지 않을 텐데……. 다시물도 그렇게 맛있지 않은 것 같네. 이쪽도 튀김옷이 너무 딱딱해. 이러면 먹다가 입안에 상처가 나겠어. 튀기는 온도를 잘못 맞췄나?"

가족들이 뭘 하고 있는지 때때로 구경하러 왔지만, 설명하기가 귀찮아서 새로운 메뉴를 개발 중이라고만 알려줬다. 이 세계에 없는 것을 말로 설명해도 이해시키는 건 어려울 것이다.

한편 매일 바뀌는 요리 당번은 따로 있었다. 오늘 당번인 하루카라가 부엌에 와서 야채를 씻기 시작했다.

"스승님, 요즘 들어 가장 열심히 집중하시는 것 같네요~."

"약을 만드는 마녀가 그래도 되는 건가 싶기도 하지만, 그 말이 맞을 거야……."

상당히 기합을 넣은 상태로 새로운 메뉴 개발에 임하고 있는 것은 확실했다.

"저는 샐러드를 만들 거라서 금방 끝날 거예요. 독버섯이 들어가지 않도록 조심하기만 하면 되거든요."

하루카라의 샐러드에는 생으로 먹을 수 있는 버섯이 들어가는 경우도 있다.

"그래도 하루카라의 샐러드는 제법 호평이란 말이지. 딸아이들도 잘 먹어."

파르파도 샤르샤도 야채는 별로 좋아하지 않는다. 드래곤 두 명도 마찬가지였다. 두 드래곤은 야채를 싫어한다기보다 속이 든든해지지 않으니까 고기를 더 선호하는 것에 가까운 것 같지만.

"아마 제 특제 드레싱 때문이겠죠~. 샐러드가 맛있어서 자꾸 먹게 되는 드레싱을 열심히 연구하고 있거든요!"

하루카라는 의기양양한 표정으로 말했다. 엘프니까 야채를 맛있게 먹는 법은 잘 알고 있겠지.

"흐응. 그럼 묻겠는데, 그 비밀 드레싱은 어떻게 만드는 거야?"

"스승님 입으로 비밀이라고 말하고 바로 물어보신단 말인가요?! 하지만 딱히 숨길 만큼 대단한 것도 아니니까 가르쳐 드릴게요."

진짜 기업비밀은 아니었는지 바로 알려 주었다.

하루카라는 평소에 우리가 쓰는 드레싱 병을 꺼내서 보여줬다.

"이건 우리가 늘 쓰는 드레싱이에요."

"응, 기본 중의 기본이라고 할 수 있지."

플라타 마을에서도 파는 오렌지색 드레싱이다.

뒤이어 하루카라는 부엌 찬장에서 또 뭔가를 꺼냈다.

그 병에는 검은 것이 가득 들어 있었다.

병 라벨에는 〈엘빈〉이라는 이름과 엘프 아저씨가 오른손을 내밀면서 인사하는 그림이 그려져 있었다.

"엘프의 식생활에서 많은 신세를 지는 엘빈을 드레싱에 살짝 섞어 주는 거예요. 그러면 단번에 깊은 맛이 생기죠!"

"아아, 엘빈을 쓰는 거였구나!"

엘빈—— 그건 간장과 아주 비슷하게 콩과 식물을 발효시켜 만든 조미료다. 엘프의 독자적인 조미료라고 하며, 나도 하루카라를 통해서 처음 알았다.

…………잠깐.

간장과 아주 비슷한 조미료란 말이지.

그렇다면 내가 시도 중인 계획의 진도를 크게 앞당겨 줄 수 있지 않을까?

"하루카라!"

나는 하루카라의 팔을 힘껏 잡았다.

"스승님…… 드디어 금단의 가족 사랑에 눈을……? 저는 뭐든 받아들일 수 있어요!"

받아들이는 게 빠르네…….

뭔가 착각하는 것 같지만, 귀찮으니까 굳이 지적하지 않겠습니다.

"이 엘빈, 더 없어?"

"아, 네……. 이젠 그런 게 아니라는 해명도 안 하시는군요……. 아직 따지 않은 게 세 병 정도 있으니까 요리 개발에 쓰셔도 돼요……."

나는 곧바로 엘빈을 이용하여 다시물이랑 소스를 만들기로 했다.

역시 지금까지 했던 시행착오와 비교하면 단번에 정답에 가까워진 기분이 들었다. 간장 같은 맛이 나는 조미료와 쌀은 상성이 좋았다.

——그리고 일주일 동안 온갖 시도를 거듭한 끝에.

©Benio

"이거야."

나는 이 세계에 쌀 요리를 탄생시켰다.

…………어쩌면 마족의 세계에 비슷한 게 있을지도 모르지만, 그건 우연의 일치니까 예외로 치겠습니다.

마족들은 뭘 만들어도 이상하지 않으니까 말이지……. 카레 같은 것도, 라면 같은 것도 있었으니까…….

◇

나는 러닝을 마치고 식당에 들어온 두 드래곤을 불렀다.

"저기, 너희 드래곤들이 시식해 줬으면 하는 요리가 있는데, 괜찮을까?"

"지금 가겠습니다, 아즈사 님."

"만약 시간이 걸린다면 그때까지 주변을 더 뛰면서 시간을 때우겠습니다."

라이카도 프라토르테도 흔쾌히 승낙해 줬다.

두 사람은 식당에서 기대하는 표정으로 요리가 나오기를 기다리고 있었다.

나도 준비는 다 되어 있었기 때문에 바로 조리에 착수했다.

"아즈사 님. 하나 여쭤 보겠는데, 어떤 요리인가요?"

식당에서 라이카가 물었다.

"한마디로 말하자면 쌀로 만든 요리야."

"역시 그랬군요. 최근 들어 쌀로 다양한 실험을 하시는 걸 봤거든요."

똑똑한 라이카는 반쯤은 짐작하고 있었던 것 같다.

그야 일주일 동안 계속 부엌을 썼으니까, 알아차리지 못하는 게 더 이상하겠지.

"오, 좋은 냄새가 난다! 이거, 엘빈도 썼군요. 그리고 달걀 요리 같은 냄새도 나네요."

반면에 프라토르테 쪽은 야생의 감 같은 것으로 무슨 요리인지 꿰뚫어 보고 있었다…….

"두 사람 다 늘 많이 먹잖아. 그러니까 실컷 먹고 만족할 수 있을 만한 요리를 만들어 보자는 생각을 했어."

"그러네요……. 저도 양이 많은 게…… 그러니까, 기쁩니다……. 예전에는 조금 덜 먹자고 생각했지만요……."

라이카가 부끄러운 표정으로 얼굴을 붉혔다.

"아! 많이 먹어도 돼! 억지로 참는 게 더 안 좋으니까!"

왜 라이카가 먹는 양이 늘어났는지 궁금했는데, 그중 한 가지 이유는 프라토르테가 오면서 사양할 줄 모르는 식사량에 영향을 받았기 때문이라고 생각한다. 프라토르테가 함께 먹는다면 같은 수준으로 먹어도 그렇게 눈에 띄지 않을 것이라고 생각했겠지.

결과적으로 라이카가 세워놓고 있던 사양이라는 벽을 프라토르테가 파괴해 준 셈이다.

이러니저러니 해도 두 사람은 좋은 상승효과를 내고 있다.

그건 그렇고, 요리 쪽도 순조롭게 진행되고 있군.

이 세계 사람들은 반숙을 별로 좋아하지 않는 것 같으니까 달걀도 잘 익히자. 사실 이미 요리는 거의 다 끝난 상태다. 애초에 너무 복잡한 요리라면 내가 만들지 못한다.

덮밥 그릇 같이 생긴 움푹한 식기에 갓 지은 밥을 가득 담았다. 바닥이 깊은 식기에 담는다면 라이스라고 부르는 것보다 '밥'으로 부르는 게 더 어울릴 것이다.

밥도 잘 지어졌다. 쌀알이 탱글탱글했다.

그 위에 냄비로 닭고기와 달걀을 육수에 풀어 넣어 익힌 것을 얹었다.

마지막으로 파드득나물은 없지만 맛이 비슷한 허브를 위에 뿌렸다.

스푼을 옆에다 놓으면 완성!

"자, 다 됐어! 처음은 아즈사 특제 닭계란 덮밥!"

그렇다. 내가 만든 것은 바로 닭계란 덮밥이다.

한창 잘 먹을 때인 아이라도 이 정도면 만족할 수 있지 않을까?

나는 두 사람 앞에 각각 덮밥을 놓았다.

두 사람이 눈을 반짝이는 모습이 선명하게 보였다. 딱히 쌀을 싫어하지 않는 사람이라면 이 요리를 먹은 뒤에는 속이 든든할 것이다. 맛있게 실컷 먹을 수 있겠지.

"쌀도 쫀득쫀득한 식감이 있는 것을 썼어. 일단은 먹어 보――."

내 말이 끝나기도 전에 두 사람은 먹기 시작했다.

일심불란한 동작으로 스푼을 입으로 옮기고 있었다.

모든 신경을 덮밥에 집중하고 있었다.

아, 이젠 한입 먹어보고 "맛있어!"라는 흔한 감상도 말하지 않을 만큼 필사적으로 먹고 있네…….

어떤 의미로는 만드는 보람이 있지만, 감상을 듣는 건 한동안 기다려야겠군…….

뭐, 좋아. 어차피 두 사람 다 덮밥 한 그릇으로는 만족하지 않을 테니까 처음부터 또 다른 요리를 만들 예정을 잡고 있었다. 그쪽 작업도 바로 시작하도록 하자.

그렇지만 사실 만드는 법은 의외로 비슷했다. 돼지고기에 빵가루를 묻히고, 그걸 고온의 기름에 튀긴다.

돈가스만 만들면 다음은 어떻게든 완성할 수 있다.

잠시 작업을 하고 있으려니, 두 사람 다 덮밥 그릇을 깨끗이 비우고 있었다.

"아즈사 님, 맛있었습니다. 확실히 다섯 그릇 정도만 먹으면 배가 든든할 것 같군요."

"다섯 그릇을 먹으면 어지간한 요리는 배가 든든해질 것 같은데……."

평소 굶고 사는 게 아닐까 하는 생각이 들 정도로 깔끔하게 먹어치웠네.

"주인님, 이 식기는 핥으면 안 되는 걸까요?"

"응! 핥는 건 금지! 한심해 보이니까!"

"쌀이라는 음식은 입속에서 잘 씹히지 않는다는 느낌이 늘 들었는데, 이렇게 물기가 많은 것을 얹어 먹으면 딱 적당하군요. 국물이 밥알에 스며드니까요."

"그래, 바로 그거야! 국물을 머금은 밥은 아주 맛있어져!"

덮밥 같은 음식에서 국물이나 소스를 빨아들인 쌀은 그것만으로 맛이 좋단 말이지. 그걸 처음 생각한 사람은 노벨 평화상을 받아도 된다.

"달콤짭짤한 맛이 딱 적당하다! 프라토르테도 무의식중에 핥아버릴 만큼 맛있다!"

"결국 핥은 거야?!"

하지만 더 이상 뭐라고 할 수 없을 만큼 높은 평가를 받은 것은 확실했기 때문에 내 일말의 불안감은 사라졌다. 신작을 선보이는 건 못내 긴장이 되기 마련이다.

요리의 완성도만 문제가 되는 것이 아니라 문화적인 차이도 있으니까 말이지. 일본인은 어릴 적부터 쌀을 먹고 자랐으니까 모르겠지만, 계속 빵을 먹는 문화 속에서 자란 사람은 그릇에 담은 밥을 버겁게 느끼기도 한다.

"그리고 달걀은 잘 익혀서 만들었는데 그게 더 낫지?"

"그러네요……. 잘 익히지 않은 건 거부감이 좀 느껴질 것 같습니다."

라이카가 미안한 듯한 반응을 보였다. 역시 달걀을 날로 먹는 것을 꺼리는 문화권에서 살았던 사람이로군.

"프라토르테는 어때?"

"달걀을 껍질째 먹어도 맛있죠."

"호탕하네."

프라토르테는 반숙이라도 신경을 쓰지 않는 것 같지만, 처음 먹이는 것이니까 잘 익힌 버전으로 만들자.

"지금 두 번째 요리를 만들고 있으니까 조금만 기다려."
"프라토르테는 몇 가지 요리든 다 먹을 수 있습니다!"
아니, 그렇게 많은 종류를 준비하진 않았어…….
드래곤의 식사량을 우습게 본 걸지도 모르겠다.
자, 움푹한 그릇에 뜨거운 밥을 세팅하고.
이번에는 거기에 달걀을 두른 돈가스를 라이드 온!

"두 번째 요리는 돈가스 덮밥이야! 튀김옷은 적당히 바삭바삭하게 만들었으니까 맛있으면 칭찬해 줘!"

내가 생각해도 맛있는 돈가스 덮밥이 만들어진 것 같은데, 과연 어떨까?
이번에도 두 사람은 스푼을 무기처럼 빠르게 움직이면서 식사에 몰입했다.
튀김옷 감상은 다 먹을 때까지 들을 수 없을 것 같은 분위기네……. 어쩔 수 없지. 이렇게까지 최선을 다해 식사하는 모습을 보여주는 것만으로도 충분히 기뻐해야 한다.
모양이 예뻐서 소위 SNS빨이 받는 요리로 대화의 꽃을 피우는 것도 하나의 여흥이라고 생각한다. 혀만이 아니라 눈으로 즐기거나 향기를 코로 즐기는 것도 좋을 것이다. 식사 분위기를 흐리는 제한이나 속박 같은 건 필요가 없다.
하지만 마치 포식활동을 하는 것처럼 열심히 식사하는 모습을 보는 것도 역시 기분이 좋아지는 일이다.
단, 둘 다 돈가스 덮밥을 아주 진지하게 먹긴 하지만 잘 관찰해 보면 라이카와 프라토르테 사이에는 큰 차이점이 있었다.

라이카는 밥을 많이 섞지 않고 조금씩 위에 놓인 돈가스를 잘라가면서 돈가스 덮밥을 먹고 있었다.

프라토르테는 처음부터 죄다 섞어서 전체적으로 달걀과 돈가스가 고루 퍼지게 만들어놓고 먹고 있었다.

카레라이스가 있다고 하면, 우선 카레와 밥을 섞고 먹는 타입이구나……. 어릴 적에는 나도 그렇게 먹었지만 언제부터인가는 그렇게 먹지 않게 됐지…….

"프라토르테, 그렇게 먹으면 지저분합니다."

보다 못한 라이카가 주의를 줬다.

"애초에 요리를 먹을 때엔 식재료랑 식감의 차이를 즐겨야 하는데 그렇게 섞어버리면 차이를 느낄 수가 없게 된다고요. 위에서 아래로 스푼을――."

하지만 라이카의 입은 거기서 멈추고 말았다.

프라토르테가 반론해서 그런 것은 아니었다. 프라토르테는 아무 말도 하지 않았다.

그런 말은 신경도 쓰지 않고, 그저 맛있다는 미소만 지은 채 마구 섞은 돈가스 덮밥을 먹고 있었던 것이다.

"드래곤의 본능이 맛있다고 말하고 있다!"

아아……. 보기에는 지저분해도 그런 미소를 보여준다면 아무 말도 할 수가 없지. 식사의 원래 의미를 되새기게 하는 미소야.

좀 더, 좀 더 즐겁게 먹을 수 있는 것을 나도 만들어야겠어.

"그렇군요. 그게 당신이 먹는 법이란 말이죠."

라이카도 더 이상은 말하지 않고 다시 식사를 시작했다. 표정도 살짝 풀려 있었다. 흉내까지는 내지 않겠지만 프라토르테가 사는 법도 어느 정도는 인정하게 된 거 같다는 생각이 들었다.

닭계란 덮밥과 돈가스 덮밥을 만들길 잘했다.

반찬을 먹으면서 밥을 같이 먹는 문화에 익숙하지 않더라도 덮밥이라면 반응이 좋을 것이라 생각했는데, 역시 정답이었다.

이번에는 드래곤 두 사람에게 시식을 부탁한 형태지만, 이 정도 반응이라면 파르파랑 샤르샤, 그리고 하루카라도 만족해 줄 것이다. 어린아이가 싫어하는 야채도 거의 들어 있지 않으니까. 파드득나물 같이 생긴 허브는 빼는 게 좋으려나……?

스푼이 식기에 부딪히면서 달그락거리는 소리가 났다.

두 사람은 돈가스 덮밥도 깔끔하게 다 먹었다.

새삼 평가를 들어볼 것도 없을 만큼 잘 먹는 모습을 보여줬다.

"아즈사 님, 이 요리는 씹는 맛이 있군요. 쌀에 이렇게 다양한 가능성이 있다는 걸 저는 전혀 몰랐습니다. 역시 아즈사 님은 넓은 시야를 가지고 계시군요."

"너무 지나치게 칭찬하면 오히려 쑥스러워."

그리고 오리지널로 만든 게 아니라 과거의 지식을 활용한 것뿐이고 말이지.

"야식으로 세 그릇 정도 먹으면 딱 좋을 것 같습니다."

"그 정도면 속이 더부룩해서 잠을 못 잘 것 같은데!"

처음부터 곱빼기 수준으로 만들었는데, 그래도 부족했단 말인가…….

프라토르테는 아주 보기 좋은 표정으로 배를 두드리면서 천장을 쳐다보고 있었다.

"맛있었다. 제대로 먹었다는 느낌이 들었다."

실로 간결한 감상이었지만, 프라토르테의 기분은 잘 전해졌다.

내 요리의 레퍼토리도 늘어났으니 다행이다. 윈윈이란 건 이런 걸 말하는 거겠지.

하지만 두 사람의 시선이 동시에 나를 향했다.

""세 번째는 뭔가요?""

목소리가 하모니를 이루었다.

기대에 찬 시선이 따가워! 세 번째 요리는 생각하지 않았어!

드래곤의 입장에서 제대로 생각해 보지 못한 자신을 약간 반성했다.

아니, 식재료는 아직 남아 있다. 밥도 남아 있다. 지금 여기서 임기응변을 발휘해 보자.

"잠깐만 기다려봐. 뭐든 만들어 볼게."

나는 집에 있는 소스랑 드레싱들을 꺼내왔다.

그걸 이리저리 섞어봤다.

머릿속에서 어렴풋한 이미지로 잡혀 있던 완성형에 가까워졌다.

"약간 신맛이 좀 강하네. 단맛이 부족해. 그리고 걸쭉함이 좀 부족하려나……?"

이렇게까지 집중하면서 부엌에 서 있는 것도 오랜만인 것 같았다.

그럴 수밖에. 세 번째 요리를 기대하고 있는 손님이 있으니까 말이지.

그리고 납득할 수 있는 소스가 만들어졌다.

다음은 간단하다. 다시 돈가스를 튀기면 된다.

그 돈가스를 밥 위에 놓고 내가 만든 소스를 끼얹었다!

마지막으로 완두콩을 담으면……!

"좋아! 데미그라스 소스를 얹은 돈가스 덮밥이 완성됐어!"

그렇다. 돈가스 덮밥에도 여러 가지 베리에이션이 존재한다.

달걀을 두른 기본적인 것.

잘게 썬 양배추 위에 돈가스를 놓고 간장을 살짝 뿌린 버전.

된장 소스를 얹은 미소 돈가스 버전.

그리고 데미그라스 소스를 얹은 버전!

※데미글라스 소스로 표기하는 케이스도 있는 것 같지만, 데미그라스가 더 친숙하기 때문에 이렇게 적습니다.

라이카와 프라토르테가 기다리는 테이블에 그 돈가스 덮밥을 놓았다.

이번에도 두 사람은 곧바로 식사의 세계에 빠져들었다.

두 사람이 풍기는 분위기는 마치 위대한 마법사가 결계로 자신만의 고유한 공간을 만드는 것 같았다!

"맛있지? 소스의 적당하게 신맛이 밥에도 잘 어울리고 무엇보다 돈가스의 맛까지 호화롭게 장식해 줄 거야. 돈가스는 몇 번이든 화려하게 그 모습을 바꿀 수 있거든."

먹는 사람의 감상을 좀처럼 들을 수가 없었기 때문에 내가 직접 자화자찬하기로 했다.

그리 긴 시간도 지나지 않아 깨끗이 비운 식기가 테이블 위에 놓였다.

""맛있었습니다!""

이번엔 말뿐만이 아니라 미소까지 동시에 보였던 것 같았다.

"응, 맛있었다는 말을 들을 수 있어서 나도 만든 보람이 있네."

레퍼토리가 세 개나 늘어났네. 데미그라스 소스를 배합하여 만드는 법은 잊어버리기 전에 메모해 두자.

""네 번째는 뭔가요?""

진정한 최종 보스를 쓰러트린 줄 알았는데, 새로운 최종 보스가 있다는 말을 들은 기분이야!

"정말이지 드래곤의 배에는 얼마나 들어가는 거야? 설마 무한대로 먹을 수 있어?"

"아뇨, 저도 무한대로 먹지는 못합니다. 하지만 쌀로 만든 요리는 건강에 좋으니까요……."

라이카는 눈치를 보면서 말했지만, 그 말은 농담이 아니라 진심으로 하는 것 같았다.

"쌀을 사용했다는 시점에서 건강에 좋은 요리라는 발상을 떠올리는구나……."

"라이카가 하는 말도 이해가 된다. 고기는 그렇게 많지 않고 대부분이 쌀이니까 말이지. 주인님, 쌀도 고기 못지않게 훌륭하게 활약하는 모습을 보여주는군요."

나는 큰 착각을 하고 있었다.

"드래곤의 식사량은── 고기를 얼마나 먹느냐에 따라 정해지는 거였나……."

빵이든 밥이든 드래곤에겐 어디까지나 서브 요리였다. 부차적인 존재였던 것이다.

"아즈사 님, 이번에는 멧돼지고기로 비슷한 요리를 만들어 주시겠어요?"

"프라토르테는 거기에 양고기도 추가해 주시면 좋겠습니다."

쌀을 스테이크에 곁들이는 야채로 여기고 있어!

어떡하지……. 그야 멧돼지고기 덮밥도 양고기 덮밥도 있을 곳에는 있을 것 같긴 하지만 조리 방법을 몰라! 냄새를 없애는 기술도 잘 모른다고!

"그만, 오늘은 여기까지 하겠어!"

드래곤의 위장을 채우는 건 빵으로든 밥으로든 힘든 일이라는 것을 실감했습니다.

참고로 파르파와 샤르샤도 내가 밥으로 만든 요리를 맛있게 먹어 주긴 했지만──.

"이 데미그라스 소스 돈가스 덮밥에 딸려온 완두콩은 뺐으면 좋겠는데~."

"이 녹색이 전체의 조화를 망가트리고 있어. 빼는 게 더 완성도가 높아질 거야."

"완두는 먹기 싫단 말이니……? 뭐, 이해는 된다만……."

앞으로 완두는 넣지 않고 만들기로 했습니다.

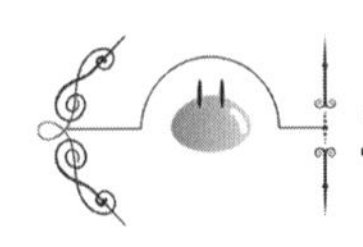

호랑이 축제에 갔다

오늘은 축일(祝日)이다.

전에 살았던 세상에선 축일이나 국경일은 휴일이라는 의미가 다였지만, 이쪽 세상에선 일단 유명한 성인을 기리고 축하하는 날이라는 요소가 남아 있었다.

그렇지만 그 성인의 신앙이 이 부근에선 별로 열성적이지 않기 때문에 결국 휴일 요소밖에 남지 않았다고 할까…….

그 밖에도 축일이 우리 집에 줄 수 있는 영향이라고 하면——.

하루카라가 집에 있다는 것이다.

"역시 쉬는 날이 늘어나는 건 좋네요~. 출근하는 것도 그런대로 생활에 자극을 줄 수 있지만 가끔은 자신에게 상을 주는 게 좋으니까 말이죠~."

그날 하루카라는 평소보다 늦게까지 잠을 잤다. 사전에 미리 이야기를 들었기 때문에 우리도 늦게 깨웠다.

지금도 혼자서 식당 테이블에 앉아 있었다. 나는 다른 가족들의 식기를 부엌에서 설거지하고 있었다.

"이렇게 빈둥거리고 있으면 영혼이 깨끗이 씻겨나가는 듯한 기분이 들어요~♪"

"아무리 그래도 그건 과장된 표현인 것 같지만, 쉬는 날이 반갑다는 말은 나도 이해가 돼."

하루카라 자신은 사장이므로 매일 여유롭게 천천히 출근해도 되지만, 그렇게 하진 않았다. 노동에 대한 하루카라의 자세는 늘 성실했고 진지했다.

"자, 그럼 플라타 마을까지 산책이라도 다녀올까요. 뭐 필요한 게 있으면 가는 김에 사 올게요."

"마음만 받아둘게. 오늘은 축일이니까 쉬는 가게도 많을 거야."

"그러고 보니 오늘은 뭐시기 신과 관계가 있는 뭐시기 성인의 날이었죠."

그 정도면 거의 아무것도 기억하지 않고 있는 수준인데. 하지만 나도 비슷한 레벨이라서 뭐라고 말할 수가 없었다.

"이 세계는 성인도 많으니까 말이지. 신도 아주 많고."

"그러네요. 전 엘프라서 인간이 믿는 교리는 잘 알지 못하지만, 엄밀하게 말하면 모든 날이 어떤 의미로는 축일이란 말이죠."

그런 쪽의 질문은 샤르샤에게 하는 게 좋겠다는 생각이 들어서 불러왔다. 마침 설거지도 끝난 참이었다.

"그 말대로 1년의 거의 모든 날이 어떤 축일에 해당된다고 할 수 있어. 예를 들면 오늘은 전 세계적으로 믿고 있는 성 마도쿠와가 죽은 날이라서 축일이 됐지. 이 시기에는 쉴 수 있는 날도 별로 없기 때문에 일을 쉬는 날이 된 거야."

"즉, 인기가 많은 성인의 축일이라면 쉬는 날이 된다는 이야기구나."

"엄마가 이해한 내용이 거의 맞아."

샤르샤는 고개를 끄덕였다.

"성 마도쿠와는 쇼카키 신을 믿는 성직자였는데 마족이랑 동물에게도 자신이 믿는 신의 가르침을 설파한 것으로 일컬어지고 있어. 마지막에는 호랑이에게 설교하려고 했지만 그대로 호랑이에게 잡아먹히면서 순교했지."

"비극인지 황당한 이야기인지 잘 구분이 안 되네……."

"성 마도쿠와의 신앙이 두터운 곳에선 오늘만큼은 사람들이 호랑이 모자를 쓰고 거리를 누비며 다녀."

"죽은 사람에게 실례인 것 같지만…… 축일은 다 그런가."

그런 이야기를 나누고 있으려니——.

이번에는 만드라고라인 산드라가 집으로 들어왔다.

"호랑이는 멋져. 그런 축제라면 구경해 보고 싶어."

"산드라는 호랑이를 좋아하니? 처음 듣는 소리인데."

"호랑이는 초식동물을 잡아먹어 주는 영웅인걸!"

인간이라면 그런 발상은 못할 거야!

하지만 딸이 축제에 관심을 보인다면 데려가 주고 싶어진다.

"샤르샤, 그 호랑이 축제는 이 부근에서도 하는 곳이 있니?"

"있어. 낭테르 주에서도 마도쿠와와 관련된 교회가 있는 위든이라는 도시가 있지. 그곳은 호랑이 축제를 성대하게 열어."

오, 그 정도면 라이카와 프라토르테에게 부탁하면 갈 수 있을 것 같다.

"좋—아, 그 호랑이 축제를 구경하러 가볼까!"

"뭐? 괜찮아? 정말 가도 돼?"

산드라가 눈을 빛내고 있었다.

물론이지. 딸이 웃는 얼굴을 보는 데 시간을 쓰지 않으면 대체 어디에 쓰겠어.

"축제라면 한 해에 몇 번이나 자주 하는 게 아니잖아. 가까이에 하는 곳이 있다면 보러 가자."

"그러네. 초식동물이 호랑이에게 먹히는 모습을 보고 싶어."

"그건 볼 수 없을 것 같은데."

그런 피비린내가 나는 축제는 곤란하다.

"축제 구경인가요~. 휴일을 만끽하는 방법으로도 괜찮을 것 같네요. 저도 참가할래요――라고 말하고 싶지만, 집에 남아서 하고 싶은 일이 있으니까 패스할게요."

하루카라가 그렇게 말했다.

"하루카라 씨는 쉬는 날에 저녁까지 자고 싶어서 그러는 거야?"

"햇빛을 받을 수 있는 시간인데도 계속 자겠다는 말이야? 게을러터졌네."

"그건 아니에요, 샤르샤, 산드라 양. 엄연히 할 일이 있다고요!"

하루카라, 딸들도 이젠 너를 아무 생각 없이 사는 사람으로 인식하게 됐구나…….

"보물을 정리하고 싶어요. 계속 방치해 두고 있었잖아요."

"보물? 그런 게 있었나?"

아르바이트로 모험가 노릇을 해 본 적은 있었지만, 딱히 이렇다 할 아이템을 던전에서 건진 적은 없었던 것으로 기억한다.

"스승님도 잊어버리셨군요……. 예전에 닌탄 여신상의 연못을 치웠을 때 보물을 잔뜩 받았잖아요."

그 말을 듣고서야 나는 겨우 기억해냈다.

"그래, 그랬지! 모기 대책을 세워달라는 연락을 받고 연못의 물을 전부 뺐던 그 일 말이구나!"

닌탄 여신 신앙의 총본산인 장소이다 보니 온갖 보물을 기증받았는데, 신인 닌탄은 물론이고 신전의 관계자도 제대로 관리를 하지 못하고 있었다.

그 일부를, 모기를 퇴치한 상이라는 명목으로 우리에게 준 것이다.

사실을 말하자면 '안 쓰는 헌 물걸을 물려받은 것' 이 아닐까.

"그것들을 빈 방에 계속 넣어둔 상태거든요. 슬슬 간단하게나마 분류하지 않으면 아무도 신경 쓰지 않은 채 몇 년이 지나갈 거란 생각이 들어요."

"그러네……. 그럼 하루카라에게 부탁할까……."

위든이라는 도시의 축제를 구경하러 가겠다고 가족들에게 알리려 했지만, 프라토르테와 로자리가 보이지 않았다. 어디로 갔는지는 파르파한테서 들었다.

"프라토르테 씨는 날씨가 좋으니까 전속력으로 하늘을 날다가 오겠대. 로자리 씨는 프라토르테 씨를 따라가겠다고 말했어."

"조깅족인가……."

결국, 세 딸들과 내가 라이카를 타고 위든까지 가기로 했다.

"거기라면 한 시간도 채 안 걸릴 겁니다. 평범한 인간이 걸어간다면 고원을 따라 오르내리면서 걸어야 하니까 이틀 넘게 걸리지만, 날아가면 문제될 것이 없으니까요."

"라이카는 정말 믿음직스럽네."

그럼 위든에 잠깐 들렀다 바로 오기로 할까.

◇

라이카의 말대로 위든에는 바로 도착했다.

지리적인 위치만 따지면 거의 다른 주라고 할 정도로 거리가 멀고 낭테르 주에서도 상당히 해발 고도가 낮은 장소에 있었지만, 라이카를 타고 가면 금방이었다. 40분 정도가 지났을 때쯤엔 이미 도착해 있었다.

그리고 도시의 중심지 쪽으로 가보니——.

"노란색 천지야!"

그게 내가 느낀 첫인상이었다.

오가는 사람들이 모두 노란 호랑이 모자를 쓰고 있었다. 모자라는 단어를 썼지만 앞에 챙이 달린 야구 모자 같은 게 아니라, 뒤통수와 목 뒤도 가릴 만큼 뒷부분이 길었다. 뒷부분이 호랑이의 몸통을 나타내는 것 같았다.

"장관이네~! 호랑이밖에 없어! 하얀 호랑이 모자도 있네!"

사방을 관찰하는 파르파의 눈은 날카로웠다.

그러고 보니 드물긴 하지만 노란색이 아니라 흰색 호랑이 모자도 섞여 있었다.

"저 모자를 쓰면서 호랑이에게 잡아먹힌 성 마도쿠와를 기리는 거야."

해설은 늘 그랬듯이 샤르샤에게 맡겼다.

"좋네, 좋아. 사람이 아주 많은걸."

산드라도 들뜬 표정을 짓고 있는 게 정말 다행이었다.

하지만 호랑이 모자만이 특징적인 요소이진 않았다.

유달리 얇은 나무판을 어깨에 걸치고 있었다. 거대한 아이스바의 막대 같았다.

"샤르샤, 저 막대기는 뭐니?"

"저 막대기를 쳐서 나는 소리를 성 마도쿠와에게 바치는 거야."

그렇구나. 축제에 음악은 필수적으로 있어야 하니까 저런 것도 있는 것이겠지.

"가게가 엄청 많아~. 다 맛있어 보여~!"

파르파는 거리의 양쪽에 늘어서 있는 노점에 눈이 팔려 있었다.

아아, 정말로 축제 날이었다. 이렇게까지 즐기기 편한 축제에 딸들을 데려온 적은 의외로 없었던 것 같으니 오기를 잘했다는 생각이 들었다.

반면에 라이카는 왠지 표정이 우울했다.

그런 건 바로 알아볼 수 있다. 라이카는 말은 하지 않지만 의외로 표정에 그런 게 다 드러나니까.

"라이카, 무슨 안 좋은 일이라도 있었어?"

"아까 위든 시립박물관이라는 곳을 지나쳤는데, 오늘은 휴관일이었어요."

"정말로 박물관 같은 곳을 좋아하는구나!"

"원래는 축일이나 주말일 때 박물관은 으레 개장하는 곳으로 알고 있었는데, 이곳에선 성인을 기리는 의미를 포함하고 있어서 지금은 일부러 휴관한다고 하네요……."

뭐, 그 말대로 쉬는 날이라면 그런 종류의 시설은 오픈할 것 같기는 한데. 그런 발상은 이 세계에서도 비슷하게 있단 말이군.

"음, 뭐…… 여기는 가까우니까 관심이 있다면 개인적으로 한 번 더 와도 될 거야……."

"네. 그렇게 하겠습니다. 이 호랑이 축제는 저도 모르고 있었으니까 나중에 다시 조사해 보고 싶어요."

그렇게까지 관심을 보여 준다면 이 축제도 기뻐하지 않으려나.

그나저나 길이 꽤나 혼잡했기 때문에 길을 잃을 우려가 있었다.

그리고 산드라는 사람이 많아서 축제 풍경을 제대로 구경할 수가 없었다.

합체하기로 할까.

나는 길가로 이동한 뒤에 웅크리고 앉았다.

"산드라, 목말을 태워 줄게."

"어, 어린애 같지만 뭐, 좋아. 그렇게 할게."

산드라는 부끄러워하는 반응을 보이는 듯하면서도 거부하지는 않았다.

무엇보다 이렇게 하면 파르파와 샤르샤가 자신들도 태워달라고 조를 것이라는 건 잘 알고 있었다.

말없는 두 사람의 시선이 내게 집중되었다.

"파르파와 샤르샤는 엄마와 손을 잡자꾸나. 그러면 되겠니?"

"응, 마마♪" "알았어."

일단 납득은 해 줬다. 내 왼쪽에 파르파, 오른쪽에 샤르샤가 자리를 잡았다.

"이거 제법 괜찮네. 호랑이 모자가 내 눈높이랑 비슷한 곳에 있어서 박력이 있어."

산드라도 시야가 훤히 트이니 만족하는 것 같았다. 이런 일로 기뻐해 준다면 엄마인 나도 마음이 편해서 좋다.

양쪽에 있는 두 딸도 축제 분위기를 즐기는 것 같았다.

응, 이렇게 소박하게 즐기는 것도 좋겠지. 작은 도시의 축제를 아이들과 함께 구경하면서 돌아다니는 것, 이 정도면 충분히 행복하다.

그동안 우리 생활에서 전체적으로 너무 화려한 일들이 많았으니까 말이지.

아니, 우리가 문제가 아니라 마족이 끼어들면서 이벤트의 사이즈가 거대해지는 일이 많았다…….

오늘은 마음 편히 작은 도시의 축제를 즐기기로 하자.

하지만── 나는 또 뭔가를 보면서 위화감을 느끼고 말았다.

노점에 어디선가 본 적이 있는 요리를 팔고 있었던 것이다.

그 이름은 소스빵.

밀가루에 양배추를 넣고 납작하게 만든 뒤에 철판으로 구웠으며, 그 위에 돼지고기를 얹고 마지막에는 소스를 뿌려서 완성하는 요리인 것 같았다.

이건 모양만 보면…….

"*오코노미야키 아니야……?!"

* 오코노미야키 : 일본 본토 서쪽 지방을 중심으로 유명한 부침 요리. 지역마다 형태는 조금씩 다르지만 반죽에 자신의 취향대로 재료를 섞어서 부칠 수 있다.

나는 딱히 오코노미야키에 대해서 잘 알지 못하기 때문에 세부적인 부분은 전혀 다를지도 모르지만, 적어도 완성된 형태는 오코노미야키와 아주 흡사했다.

"엄마, 저 요리가 어떤 건지 궁금해?"

샤르샤가 내가 지적하듯이 중얼거린 소리를 들은 것 같았다.

"저 소스빵은 호랑이 축제 때에 팔리는 거야. 관심이 있으면 먹어보면 돼."

"아즈사 님, 저도 마침 배가 고프니까 여러분 몫까지 포함해서 열 개 정도 사 오겠습니다."

"라이카, 배려해 주는 건 기쁘지만 한 사람이 몇 개를 먹는 걸로 계산한 거야?"

아이들은 두 개도 다 먹지 못할 것이다. 더구나 산드라는 아예 먹지도 않는단 말이지.

"아뇨, 여러분이 한 개씩, 제가 일곱 개 정도 먹으면 되겠다고 생각했는데요. 아, 일곱 개는 너무 많이 먹는 것 같으니까…… 다섯 개만 먹겠습니다."

고상한 아가씨답게 굴어야 하니까 적게 먹는 게 좋겠다고 생각한 것 같은데, 보통 기준에서 보면 그것도 여전히 많아. 한 직장 전체의 인원이 간식으로 먹기에도 충분한 양이라고.

그 후, 우리는 빈 테이블에 앉아서 소스빵을 먹었다.

역시 오코노미야키 맛이 나네……. 아무리 그래도 파래김은 안 뿌렸지만.

불안한 예감이 들었다.

처음에는 소박한 축제라는 생각을 했는데, 혹시 내가 모르는 뭔가가 더 있는 게 아닐까……?

그때 누군가가 우리에게 말을 걸었다.

"뭐꼬, 니들도 왔나. 왠지 만날 것 같다 싶긴 하드라만."

윽, 사투리처럼 말하는 이 목소리는…….

사사 사사 왕국의 국왕인 무가 서 있었다.

"아, 무 씨다~!"

"어라, 악령의 왕이잖아."

파르파와 산드라가 반응했다. 샤르샤는 마침 소스빵을 입에 물고 있었기 때문에 인사하지 못하는 상태였다.

이 타이밍에서 무와 마주친다고……?

우연치고는 너무 절묘하다는 생각이 들었다.

혹시나 했는데, 이 축제──.

전체적으로 *칸사이 분위기를 풍기지 않나……?

"저기, 무…… 왜 당신이 이런 곳에 있는 거야?"

우리 집에 놀러 온 거라면 그나마 이해가 되지만, 그게 아니라면 일단 낭테르 주에 올 일이 없을 것이다. 축제에 잠시 들렀다가 우리 집에 갈 생각이었는지도 모르지.

"그기야 이 축제가 울 나라의 옛날 축제를 기적적으로 물리받은 기니까. 내도 여서 축제를 하는 기를 을마 전에 알아뿟다."

* 칸사이 지방 : 교토를 중심으로 일본의 옛 수도권, 혹은 그 주변부까지 포함하는 지역 구분의 일종. 유명한 도시로는 교토, 오사카, 고베 등이 있다.

물려받았다고?
“저기, 무, 그 말이 무슨 뜻인지 잘 모르겠는데. 당신들의 고대 문명과 이 도시의 축제에는 어떤 관계가 있는 거야?”
고대 문명은 현재의 문명과 단절되어 있는 것으로 알고 있다. 그 증거로 마법도 상당히 다르니까.
“그카니까 기적적이다 안 카나. 마도쿠와라는 성인은 말이제, 원래는 우리 문명에서 믿던 신인 두마 두마 쿠와미라는 이름이 시간이 흘러가믄서 바뀐 기 틀림읍그든.”
오늘은 익숙하지 않은 고유명사를 자주 듣는 날이네.
“두마 두마 쿠와미에서 마도쿠와로 바뀌었다고? 시간이 지나면서 발음이 변하는 일이야 있겠지만 차이가 너무 커서 그런 주장은 무리가 있는 것 같은데.”
샤르샤가 타당한 이의를 제기하면서 반론했다. 어머니로서 샤르샤의 주장에 한 표를 던지겠어.
“그건 긴 시간이 음청 많이 흐르믄서 변한 기라 어쩔 수 없다 아이가! 호랑이 전설도 비슷하고 이 소스를 뿌리가 묵는 것도 옛날에 우리가 묵던 거라 안 카나. 마도쿠와 신화 속에 만드는 법이 있어갖고 우연히 전승된 기라.”
과연……
샤르샤는 억지 주장이라고 생각하는 것 같지만…… 아마도 무의 말이 옳을 것이라 생각한다.
무의 사투리와 오코노미야키 같은 음식.
나에겐 도저히 우연의 일치라는 생각이 들지 않았다.
무의 고대 문명에는 옛날에 〈붉은 악마의 보주〉라고 부르는 요리가 있었는데, 그건 타코야키로밖에 보이지 않았으니까. 그렇다면 오코노미야키 같은 음식이 있어도 이상할 게 없다.

대놓고 말해서 오코노미야키와 타코야키는 맛의 방향성이 비슷하기도 하고(개인적인 감상입니다).

"저기, 그럼 무의 나라 사람들은 이 요리를 뭐라고 불렀어?"

" '흑녹색 죽음의 이탄지(泥炭地)' 라 칸다."

"좀 더 식욕을 자극하는 이름으로 지어."

내 식욕도 사라졌다고. 먹을 거에 이탄지 같은 단어를 이름으로 붙이지 마.

"무 씨도 하나 드시겠어요?"

라이카가 소스빵을 하나 가리켰다.

"아이다, 난 육체는 있어도 산 기 아이라 묵을 수가 읎다. 마음만 받으께. 고맙다."

"아, 그랬었죠……. 죄송해요, 제가 그만……."

라이카가 큰 실수를 했다는 표정을 지었다.

"와 그리 미안해하노. 전혀 실례될 기 아인데."

"그래. 먹지 않고 살아갈 수 있다면 그게 더 합리적이야."

무와는 다른 이유로 음식을 먹지 않는 식물인 산드라가 말했다.

먹지 못한다는 건 안타까운 일이라고 생각했는데, 먹지 못하는 것이 당연한 자에겐 아무렇지 않은 일일지도 모르겠다. 그러므로 라이카가 너무 신경을 쓸 필요도 없는 것이다.

"그렇군요……. 제가 생각하기로는 축제에서 뭔가를 사 먹으며 돌아다닐 수 없다는 건 너무나도 괴로운 일 같아서……."

"라이카는 라이카대로 먹는 걸 너무 좋아하다 보니 괜히 더 진지하게 생각하고 있어!"

특별한 경우에 속하는 사람들이 많다 보니 일일이 대응하기가 힘들었다.

"그건 그렇고 무 씨는 그저 이 축제 하나만을 보려고 멀리서 온 거야~?"

파르파가 물었다. 응, 무가 이런 먼 거리를 이동하려면 엄청 힘들었을 테니까 말이지.

"그랴. 내 피가 좀 끓어올랐거든!"

그렇게 말하더니, 무는 다른 모자보다 한층 더 크고 리얼한 호랑이 모자를 썼다.

그 정도면 모자보다는 옷이라는 말이 어울릴 것 같았다.

뒷부분은 무의 다리 근처까지 호랑이의 몸통을 표현하는 천이 늘어트려져 있었다.

"이기 바로 우리가 쓰던 모자인기라! 잘 봐라, 인자 슬슬 클라이맥스니까!"

그렇게 말한 뒤에 무는 축제가 열리고 있는 거리를 향해 약간 걸었다. 그래봤자 가설 텐트의 지붕 언저리까지밖에 걷지 못했지만.

"무, 걷는 속도가 좀 빨라졌네."

예전까지는 한 걸음 걷기만 해도 축 늘어지기 일쑤였는데 말이지. 지금은 걷는 속도가 좀 느린 평범한 사람 수준이었다.

"아이다, 이건 몸을 마법으로 띄운 것뿐인기라."

"아, 그렇구나……."

"참고로 나나 나나한테 내가 달리는 기록을 재보라 캤는데, 더 약해지뿟다……. 시간이 한 시간이나 더 늘어나뿌릿거든……."

달리는 운동 종목 중에 기록이 한 시간이나 더 늘어나는 종목이 있었던가. 달린다는 표현부터가 말이 안 되는 것 같은데.

무는 이대로 계속 마법으로 몸을 띄운 채 돌아다니는 게 더 좋을 것 같다.

그건 그렇고 이 축제의 클라이맥스라니 대체 뭘까?

무의 손에는 다른 축제 손님들도 들고 있던 거대한 아이스바 막대기 두 개가 쥐어져 있었다.

그걸 탕탕탕 두들기면서 소리를 냈다.

아, 이 리듬은 어디선가 들은 적이 있는데.

"때리라— 마도쿠와! 날리라, 날리뿌라, 마도쿠와!"
"야구 응원이잖아!"

사실 왠지 그럴 것 같다는 예감은 들었다.

아까부터 야구 팬 같은 분위기를 풍기고 있었으니까.

"그리고 '때리라' 라고 했는데, 대체 뭘 때리라는 거야?!"

"엄마, '때리라' 와 '날리라' 는 이미 정확한 의미가 사라진 후렴구 같은 거야."

샤르샤는 진지하게 자신의 지식을 알려 주는 것이겠지만, 내용이 내용이다 보니 웃기는 소리를 하는 걸로밖에 들리지 않았다.

" '때리라' 도 '날리라' 도 우리 말로는 '박살을 내라' 카는 뜻이 있다. '뭘 꼬라보노, 날리불까, 확' 하고 겁줄 때 쓸 수도 있제."

"왕족인데 입이 너무 거칠어."

"이, 이건…… 정말로 고대 문명의 신앙이 성 마도쿠와의 제례로 이어진 걸지도 모르겠는데……."

샤르샤는 몸을 부들부들 떨면서 아주 진지한 말투로 말했다.

샤르샤의 머릿속에선 너무나 큰 발견이었던 모양이다.

무뿐만이 아니었다. 어느새 호랑이 모자를 쓰고 있던 사람들도 거대한 아이스바 막대기를 들고 탁탁 치기 시작했던 것이다.

더구나 관악기를 이용한 연주도 섞이기 시작했다.

그 멜로디도 왠지 야구장에서 들었던 것 같았다. 곡명은 모르겠지만…….

이 정도면 이제 뭐라고 지적하진 못하겠다. 따지기 시작하면 끝이 없을 테니까. 축제는 시끌벅적한 게 더 좋은데다, 시끌벅적한 분위기가 마음에 안 든다고 불평을 늘어놓는 것도 이상하니까.

""때리라— 마도쿠와! 집에서 뛰라, 집에서 뛰라, 마도쿠와!""

"집에서 뛰라는 건 또 무슨 소리래?!"

새로운 후렴구를 듣고 나도 모르게 그만 딴지를 걸고 말았다.

"엄마, 성 마도쿠와는 생전에 뭔가를 생각할 일이 있을 때엔 방 안을 마름모 모양으로 달렸다는 일화가 있어. 그래서 '집에서 뛰어라' 라는 말이 나오게 된 거야."

"샤르샤, 해설해 줘서 고맙구나. 하지만 그것만으론 해결이 안 되는 답답함과 짜증이 내 속에 남아 있는 것 같아……."

"응, 집안을 마름모 모양으로 달린 의미에 대해선 아직 해석이 분분해. 엄마가 답답해하는 건 학문을 대하는 올바른 태도야."

딸에게 칭찬을 받았지만, 내가 느끼는 답답함은 그런 학술적인 것이 아니었다.

아, 알았다.

하지만 이걸 내 입으로 말하면 무슨 뜻인지 모르겠다는 반응을 받을 것이다. 그러니까 나는 마음속으로만 외쳤다.

'집에서 뛰어라' 라는 건 홈런(Homerun)이구나!

"자, 니들도 해 봐라. 판이 없으믄 손으로 해도 된다. 때리라— 마도쿠와! 날리라, 날리뿌라, 마도쿠와!"

무의 권유를 받으면서 우리도 일어섰다. 이 정도면 응원할 수밖에 없겠지.

라이카가 나무 막대기를 사 왔다. 오늘만 쓰고 버릴 것 같지만 이런 곳에서 돈을 아껴봤자 어디에 쓰겠어.

나도 목소리를 높여서 외쳤다.

"때리라, 마도쿠와! 홈런, 홈런, 마도쿠와!"

하지만 무가 이상하다는 표정으로 나를 보고 있었다. 뭐지? 리듬이 틀린 것도 아닐 텐데.

"아즈사, 그 '홈런' 이라 카는 건 뭐고?"

나도 모르게 그만 익숙한 단어를 말하고 말았다.

"신경 쓰지 마. '집에서 뛰어라' 의 사투리 같은 거야……."

결국, 우리는 마도쿠와라는 성인의 응원(?)을 한동안 계속하게 됐다.

기묘한 축제였지만 이건 이것대로 재미있었다. 축제는 역시 참가하는 게 더 즐겁다.

마지막에는 모두가 아이스바 막대기를 연타했다. 아마 야구경기에서 안타가 나왔을 때의 반응이 이와 비슷할 것이다.

응원이 끝난 후, 무슨 이유인지 샤르샤가 울먹이고 있었다.

"왜 그래? 무슨 슬픈 일이라도 있었니?"

딸의 눈물을 보고 나는 당황했다.

"고대 문명의 신앙이 아직도 남아 있을지도 모른다. 그런 낭만이 이 축제 속에 존재한다는 걸 알았어. 감동적인 경험이야……."

"그러네. 샤르샤가 보기엔 엄청난 발견이겠구나."

그러나 내가 보기엔 단체로 무슨 개그를 하는 걸로만 느껴지는지라 솔직하게 감정 이입을 할 수가 없었다……. 과거의 기억이 방해하고 있어…….

"하나 더 알리 주자믄 마지막에는 코시원이라는 성지를 향해 합장하믄서 기도를 하믄 끝나는 긴데 그건 전승이 안 된 것 같네. 코시원도 인자 읎으니까 아는 사람이 읎을 기다. 우짤 수 읎네."

발음이 *코시엔과 비슷하지만 단순한 우연인 걸로 치고 그냥 넘어가겠습니다!

"그라고 **거인족을 밟는 행위를 하는 의식도 사라진 것 같다."

"뭐, 뭐어…… 거인과도 사이좋게 지내는 게 좋지 않을까……."

---

* 코시엔(甲子園) : 일본 효고 현 니시노미야 시에 있는 지명. 일본 고등학교 야구 대회 결승전이 열리는 곳이자, 프로 야구팀 한신 타이거스의 홈 구장인 한신 코시엔 야구장으로 유명하다.

** 거인족 : 현실 세계에는 한신 타이거스와 같은 리그에 도쿄 요미우리 자이언츠라는 야구팀이 있다.

"벌써 점심때가 다됐네. 여까지 온 김에 고원의 집에도 가 보자. 로자리도 있겠제?"

로자리는 프라토르테와 함께 외출했지만 점심시간에는 돌아올 것이다. 프라토르테가 점심 식사 당번이니까.

"알았어. 그럼 같이 가."

가까운 곳에서 열린 축제였기 때문에 아직 하루가 끝나려면 멀었다. 의미 있게 보낸 축일이었다.

"라이카, 한 사람 더 탈 수 있을까? 사람 수가 많아도 아이들이 많으니까 아직은 괜찮겠지?"

"그건 괜찮습니다만, 저기서 파는 토끼고기를 먹은 뒤에 가도 될까요?"

정말로 잘 먹는 아이야!

무의 말에 따르면 토끼고기를 먹는 것도 일반적인 관례였다고 한다. 그 말을 듣고 샤르샤는 고대신앙과 성 마도쿠와 신앙 사이에 또 하나의 연결고리가 있다는 걸 알면서 다시 감동했다.

우리는 호랑이 축제를 구경한 뒤 고원의 집으로 돌아왔다.

집에 돌아오니 마침 고기를 굽는 좋은 냄새가 풍겼다. 프라토르테가 점심 당번인 날이니까 프라토르테가 굽고 있는 것이겠지.

"주인님, 다녀오셨습니까! 지금 사슴 고기와 양파를 굽고 있습니다! 암염을 갈아서 뿌려 드십시오!"

"맛있을 것 같긴 한데, 엄청 와일드한 요리네."

점심 메뉴로는 지비에 요리 같은 것이 나왔다. 아직 축제에서 먹은 오코노미야키 비슷한 것이 소화가 덜 됐는데, 먹을 수 있으려나.

무는 로자리를 발견하고는 악령끼리 수다 삼매경에 빠졌다.

듣자니 요즘 인간들은 별것도 아닌 일로 너무 쉽게 악령이 된다는 투의 푸념을 늘어놓는 것 같았다.

그런 '요즘 젊은 것들은~' 같은 화제는 어느 커뮤니티에서나 자연스럽게 생기는 모양이다. 이건 인간(정확하게는 악령이지만)의 업보 같은 것일지도 모르겠다.

파르파와 샤르샤는 호랑이 축제에서 보고 온 것을 부엌에 있는 프라토르테에게 이야기해 주고 있었다.

"헤~, 호랑이라. 그러고 보니 최근에는 호랑이랑 실력을 겨뤄 본 적이 없었네~."

호랑이와 싸우는 축제가 아니야. 그리고 그 말을 들어보면 과거에 호랑이와 실력을 겨뤄 본 적이 있다는 말이구나……. 호랑이한테도 민폐가 될 것 같다.

뭐, 어찌 됐든 관심이 있으면 점심을 먹은 후에 다녀와도 될 것이다. 프라토르테라면 금방 갈 수 있을 테니까.

"하루카라는 아직 보물을 정리하는 중이나? 슬슬 점심시간이니까 불러올까."

내가 보물을 보관해 둔 방으로 가보니 비싸 보이는 물건들이 복도에 너저분하게 놓여 있었다.

유달리 정교한 조각이 새겨진 상자나 은으로 만든 촛대 등, 딱 봐도 미술적 가치가 있을 것 같은 물건들이었다. 신에게 바치는 것이니까 바치는 사람도 가치가 없는 걸 들고 오진 않았겠지.

방문을 여니 전보다 더 어질러진 것처럼 보였다.

"먼지가 많네……. 하루카라도 안 보이고."

일단 시작해 봤다가 아무래도 끝이 안 나겠다는 생각이 들어서 도중에 포기한 걸까.

애초에 정리하려고 해도 놓아둘 찬장이나 담을 상자가 있는 게 아니므로 한계가 있었다. 잘해 봐야 종류별로 나눠서 모아두는 게 고작이겠지.

——그렇게 생각하고 있었는데, 비싸게 보이는 의자 위에서 이런 내용이 적힌 종이를 발견했다.

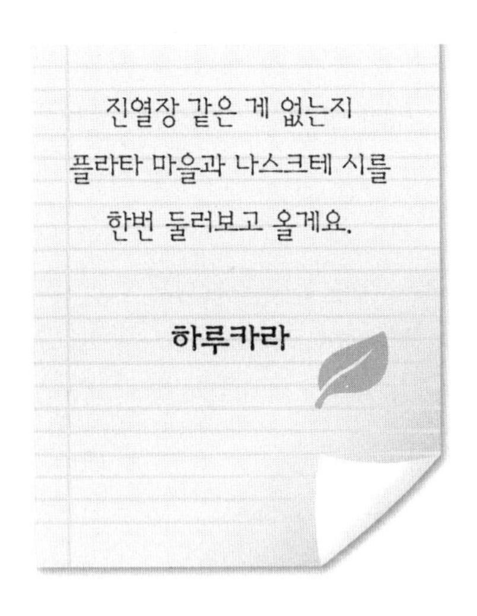

선반이 필요하다는 것을 하루카라도 깨달은 모양이다.

하지만 이걸 전부 정리하려면 아무리 우리 집이 넓어도 전용 창고가 추가로 필요할지도 모른다. 라이카에게 창고를 만들어 달라고 부탁하면 며칠 만에 완성할 수 있을 테니까 큰 문제는 되지 않겠지만.

방에 들어가 보고 든 생각인데, 반짝반짝 빛나는 것이 많아서 눈이 아팠다.

신에게 바치는 거라서 그런지, 실용성을 무시한 디자인의 금속제 가구랑 장식품도 많았다. 그중에는 보석으로 만든 개구리까지 있었다.

이거, 닌탄도 필요가 없어서 우리에게 떠넘긴 것 아냐……?

"고급품이긴 하지만 가치가 얼마나 있는지 잘 모르겠네. 알아볼 수 있는 사람은 알아보려나."

돈이 궁하다면 파는 것도 생각해 볼 수 있겠지만, 다행히 생활은 안정적이고 돈이 많이 생긴다고 해도 슬라임을 잡아서 돈을 버는 생활은 바꾸지 않는 게 좋을 것이다. 생활 리듬은 지켜야 하니까.

식당 쪽으로 돌아와서 식사가 완성되기를 기다리고 있으려니, 마침 하루카라가 뛰어서 들어왔다.

"그렇게 서둘러서 집에 돌아올 필요는 없지 않아?"

"스승님, 플라타 마을에 엄청난 일이 생겼어요! 역시 성 마도쿠와의 축일이기 때문일까요?"

"엄청난 일? 좀 더 구체적인 정보를 말해 주지 않으면 무슨 일이 일어난 건지 전혀 모르겠는데."

일단 하루카라가 흥분하고 있다는 것만큼은 잘 알겠다.

"마족이 엄청 많이 플라타 마을에 왔지 뭐예요."

"뭐? 마족?"

맨 처음 떠오르는 건 바알제붑의 얼굴이었지만 많이 왔다고 하니 그건 아닌 것 같다.

"신의 가르침을 마족들에게도 설파하려고 했던 성 마도쿠와의 축일이니까 그걸 기념하기 위해서인지도 모르겠네요."

"응, 일리가 있네."

플라타 마을에 찾아오는 마족이 점점 늘어나는 것 같지만, 그래도 인간이 사는 세계를 전체적으로 보면 아직 마족에 대한 저항감이 있거나 거리를 두고 있는 케이스가 더 많을 것이다.

두려워한다기보다는 단순히 물리적으로 사는 곳의 거리가 서로 멀리 떨어져 있기 때문에 접점이 생기기 어렵다는 게 실제 사정이라 할 수 있을 것이다. 인간 측에선 마족의 토지에 들어갈 방법이 거의 없으며, 마족 측도 개인적으로 와이번 같은 것을 타고 날아오는 일이 가끔 있는 정도니까.

그러므로 마족과도 관계가 있는 성인의 축일을 좋은 구실로 삼고 여러 명이 한꺼번에 찾아올 수는 있겠지. 평소에는 인간의 땅에 오지 않는 마족일수록 이런 기회를 노렸다가 일부러 오는 것일지도 모른다.

"그래서 어떤 마족이 왔어?"

바알제붑이나 페코라라면 하루카라도 일단 이름을 말할 테니까 그녀들처럼 자주 오는 마족은 아닌 것 같다.

"감정 기사단이라는 마족 일행이에요!"

이해가 잘 안 되는 대답을 들었다.

그야 마족 중에도 기사단은 있을 수도 있겠지만, 그 앞에 붙은 '감정' 이란 단어는 무슨 뜻이지? 기사단과 감정이라는 단어가 잘 연결이 되지 않았다.

"미안하지만 좀 더 자세히 설명해 줘. '아~ 감정 기사단 말이구나~' 라고 말할 수 있을 정도로 그들이 누군지 잘 아는 인간이 없으니까."

"그 이름 그대로예요! 야아, 정말로 필요할 때 도움의 손길이 나타났다니까요! 라이카 씨, 프라토르테 씨, 점심을 먹은 후에 물건을 옮기는 걸 도와줄 수 있을까요?"

"네에…… 저는 상관없지만 뭘 옮기려고요?"

"그렇군. 기왕이면 무거운 게 좋겠다. 힘을 겨룰 수 있으니까."

프라토르테는 뭐든지 경쟁하려고 하는구나.

"닌탄 여신님의 교회에서 받은 보물들이 있잖아요! 그걸 플라타 마을로 가져갈 거예요."

그 말을 듣고 나서야 하루카라가 무슨 생각으로 그렇게 의욕적으로 구는지 알 수 있었다.

"감정 기사단은 전국을 돌아다니면서 그 장소에 있는 다양한 것들의 가치를 조사하는 사람들이에요. 그 보물들의 가치도 한번 감정을 받아보자고요!"

그런 기사단이 있을 리가 없잖아.

——라고 말하고 싶었지만, 아마 존재하겠지…….

"호오, 그거 좋은 생각이네요. 저도 그 물건들의 가치가 궁금했으니까요."

라이카도 상당히 관심을 보이고 있었다. 드래곤은 금은보화를 모으고 싶어 하는 경향이 있다고 들었으며, 라이카 자신도 상당한 양을 모아놓고 있었다.

"오, 플라타 마을에서 가격을 비교하자는 거냐? 그렇다면 지고 있을 순 없지!"

실력을 겨루는 대신에 가격을 놓고 겨루겠다는 거야?!

아무래도 점심을 먹고 플라타 마을로 가는 건 확정된 듯하다.

하지만 몇 가지 의문이 생겼다.

마족이 인간 세계의 보물도 감정할 수 있을까?

그리고 어떤 마족이 감정하러 와 있는 걸까?

◇

고원의 집에서 플라타 마을을 내려다보기만 했는데도 이미 마족이 왔다는 걸 알 수 있었다.

딱히 거인 같은 마족이 와서 그런 게 아니라 와이번 몇 마리가 공중을 날고 있는 것이 보였기 때문이다.

우리 가족과 무는 플라타 마을로 나와 있었다.

라이카와 프라토르테, 그리고 하루카라는 보물을 옮기기 위해 우리와는 따로 행동했지만, 플라타 마을은 좁기 때문에 금방 합류할 수 있을 것이다.

그리고 이런 간판이 놓여 있었다.
마족은 이런 이벤트를 참 좋아한단 말이지. 아니, 이 세계에 사는 사람들 전체를 생각해 봐도 이벤트를 좋아하는 사람이 많은 것 같다.
"마을 중앙 광장에서 개최한다고 하더라고요. 여러 가지로 많이 준비했어요~!"
그렇게 말하면서 하루카라가 마을 안쪽에서 종종걸음으로 다가왔다.
"보물을 광장에 두고 왔어요. 야아~ 가격이 얼마나 나올지 기대가 되네요!"
하루카라는 누가 봐도 흥분한 상태였다.
"너, 골동품에 그렇게 관심이 많았었니?"
"가격이 높게 책정되면 역시 기쁘잖아요."
그 마음은 이해가 안 되는 것도 아니다.
"그리고 가격을 잘 모르면 보관할 때도 어떤 것을 우선할지 알 수가 없으니까요. 만약 별로 가치가 없는 잡동사니가 섞여 있다면 처분하는 게 더 나을 테고요."
그것도 그렇다. 전부 합치면 꽤 양이 많으니까 말이지. 어느 정도는 부피를 좀 줄이고 싶다.

광장에 가보니 이미 마을 사람과 인근에 사는 사람들에 마족까지 꽤 많이 모여 있었다.
"어? 손님들 중에도 마족이 있는 거야?"
마침 촌장이 보여서 물어봤다. 적어도 촌장은 아무렇지 않게 생각하고 있는 것 같았다. 이야기하기 전에 안색을 보고 알았다.

"저기, 마족들이 꽤 많이 온 것 같은데요."

"오오, 고원의 마녀님. 듣자니 감정 기사단의 감정 쇼는 마족 세계에선 인기가 많은지라 구경하러 온 사람들도 있는 것 같습니다."

"원정 투어 같은 건가……."

"오늘은 성 마도쿠와의 축일이므로 마족과도 사이좋게 지내야 하는 날입니다. 마침 좋은 기회가 아닐까요. 그리고 마을에 돈이 들어온다면 반가운 일입니다."

이런 일에 유연하게 대응할 수 있는 건 플라타 마을다웠다.

"아, 이제 슬슬 시작하는 것 같군요."

광장에는 특설스테이지가 설치되어 있었는데, 그곳으로 길드 직원인 나탈리 씨가 올라왔다.

"여러분, 오래 기다리셨습니다! 마족 감정 기사단이 이 플라타 마을에 출장 감정을 하러 와 주셨습니다. 그분들이 집에서 잠들어 있는 가치 모를 보물의 가격을 매겨 주신다고 합니다!"

플라타 마을 사람들은 마족에 상당한 면역이 생긴 모양이다. 이것도 바알제붑 일행이 몇 번이나 찾아온 덕분이겠지.

"그러면 감정 기사단 여러분을 모셔보겠습니다!"

맨 먼저 올라온 사람은 나도 알고 있는 고양이귀 언데드였다.

폰델리야!

"첫 번째 분은 장난감을 담당해 주실 폰델리 씨입니다!"

"네, 안녕하세요. 저는 직업상 온갖 게임과 장난감을 봐 왔으며, 인간 세계에서도 오래 살았기 때문에 그쪽 방면의 가치도 잘 알고 있답니다."

확실히 그 발언이 틀린 건 아니로군. 40년은 인간 세상에서 언데드인 것을 숨기고 살았던 것으로 알고 있으니까.

하지만 장난감 담당이라니, 영역이 너무 특수한 거 아닌지…….

좀 더 일반적인 골동품을 담당할 수 있는 사람도 있으려나?

"그리고 기사단을 자칭하고 있지만 검을 잡아 본 적도 말을 타본 적도 없습니다. 인간의 세계에 익숙한 사람이 가는 게 좋겠다는 이유 때문에 임시로 참가했습니다."

그런 점에 대한 기준은 유연한 모양이다. 기사단은 이름일 뿐이고 진짜 기사다운 행동은 하지 않는 모양이로군.

"폰델리 씨, 오늘은 잘 부탁드리겠습니다! 자, 그럼 두 번째 분을 소개하겠습니다!"

설마 그다음에도 내가 아는 사람이 나올 줄은 몰랐다.

하지만 여러 번 만난 사람은 아니다. 그래도 그 아름다운 금발과 마녀스러운 분위기를 풍기는 모습은 기억에 또렷하게 남아 있었다.

"여러분, 안녕하세요. 마슬라라고 합니다. 주로 마법과 관계된 아이템, 속칭 아티팩트라고 불리는 것을 감정할 수 있습니다."

마법사 슬라임인 마슬라야!

우리를 알아봤는지, 마슬라는 우리를 향해 손을 흔들면서 인사했다.

나도 신세를 진 적이 있기 때문에 같이 손을 흔들어 답례했다.

파르파가 갑자기 슬라임 모습으로 바뀐 채 돌아오지 못하게 됐을 때에 마슬라를 찾아가서 해결법을 물어본 적이 있었다.

그리고 시로나의 이야기에 따르면 마슬라는 마법을 가르쳐 준 스승 같은 존재라고 한다. 의붓딸의 스승님인 셈이다. 왠지 이래저래 인연이 많았다.

"마슬라 씨는 마족처럼 보이지 않는데 마족이신가요?"

나탈리 씨가 물었다.

"넓은 의미에서 보면 마족이랍니다. 고원의 마녀님보다는 마족에 더 가깝죠."

일부 관객이 "그럼 거의 마족이로군."이라는 말을 했다.

아니, 그렇게 말한다면 나도 마족으로 분류하고 있다는 이야기잖아? 나는 어디까지나 인간이거든…….

"그리고 저도 인간의 땅에서 살고 있었기 때문에 출장 감정에 필요하다는 이유로 이번에 급히 불려왔어요. 기사 노릇을 해 본 적은 없습니다."

기사단 기능은 없다고 봐야겠군, 이 단체.

"자, 그럼 마지막으로 세 번째 감정 기사님입니다. 이분은 이번에 유일하게 참가하신 감정 기사단의 정규 멤버이십니다!"

그렇다면 나도 모르는 사람이겠군. 아니, 보자마자 처음 본 사람이라는 것을 알 수 있었다.

그야 하반신이 뱀이었으니까.

분명 나가라는 종족일 것이다. 상반신 쪽은 밝은 녹색 머리 여성이었지만. 그리고 그 자체가 골동품처럼 보이는 독특한 안경을 쓰고 있었다.

"안녕하세요. 감정 기사단 멤버인 솔리야라고 합니다. 반제르드 성 앞 도시에서 골동품 가게를 몇백 년 운영하고 있습니다. 오늘은 잘 부탁드립니다."

마족 관객들 사이에서도 "솔리야 씨가 왔어!"라고 외치는 목소리가 들렸다. 유명 인사인 모양이다.

"이렇게 세 분이 감정을 맡아 주시겠습니다! 자, 참가 번호 1번, 플라타 마을에서 안트 상회를 운영하는 카르히스 씨, 올라오세요!"

초로의 남성인 카르히스 씨가 가져온 것은 두 손으로 들기에는 벅찰 것 같은 큰 접시였다.

"이건 증조부님께서 소중히 보관하시던 접시입니다만 가치가 있는 건지 궁금해서 가져왔습니다."

"그렇군요! 그럼 바로 묻겠는데, 예상 감정가는 어느 정도로 생각하시나요?"

카르히스 씨가 가전에 들고 있던 패널을 펼쳤다.

"30만 골드 정도는 되지 않겠나 생각합니다."

"그럼 감정 기사단 여러분, 감정해 주십시오!"

감정 기사단 멤버인 폰델리, 마슬라, 솔리야는 바로 접시를 확인하기 시작했다.

마슬라는 매직 아이템인지 아닌지 확인하는 마법 주문을 읊고 있었다. 솔리야라는 나가는 자신이 낀 안경으로 세부를 확대하여 확인하고 있었다.

꽤나 본격적으로 조사하고 있었다.

하지만 폰델리는 뒤로 손을 돌린 채 머리를 갸웃거리고 있을 뿐이었다.

장난감이 아니라서 모르는 모양이네……. 자신의 전문 분야가 아니라면 어쩔 수가 없겠지.

우리 가족도 준비된 자리를 찾아서 앉은 뒤에 구경했다. 특히 딸들은 계속 선 채로 구경하다간 지칠 테니까 말이지.

"아~ 저건 그 접시로군."

산드라는 뭔가 아는 게 있는 것 같았다.

"산드라는 저런 골동품에는 관심이 없는 줄 알았는데?"

어린아이가 골동품에 관심이 있는 것이 더 이상할 것 같기는 하지만. 산드라는 인간이 만든 것에는 특히 더 부정적인 경향이 있다.

"저런 도자기는 산산조각으로 부서진 게 땅에 종종 섞인 채로 나타나. 옛날에 저택이 있었던 곳에는 특히 더 많았지. 뿌리에 부딪히면 따끔거려서 아파."

"역시 식물의 관점에서 본 이야기였어?!"

그런 대화를 나누는 동안 감정 기사단 멤버들은 보드 같은 것에 숫자를 적기 시작했다.

"자, 감정이 끝난 것 같습니다. 감정 기사단 여러분, 가격을 공개해 주시죠!"

카르히스 씨의 증조부가 소중히 보관한 접시

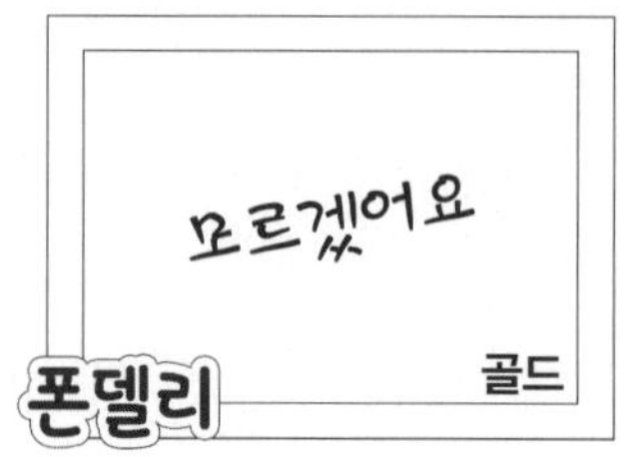

공개된 가격을 보고 카르히스 씨가 쓴웃음을 지었다. 그리고 행사장이 "아~!"하는 웃음소리에 휩싸였다.

"이런, 낮은 금액이 나왔군요. 우선 나가인 솔리야 씨, 왜 이런 감정가가 나왔는지 설명해 주세요."

"사나게 공방이라는 오래된 공방에서 만든 것을 모방한 것입니다만, 의외로 만든 지 얼마 되지 않은 겁니다. 아마 의뢰인의 증조부께서 살아 계셨을 때 만들어진 것이겠죠. 모조품치고는 잘 만들었다고 생각합니다."

역시 그쪽 방면으로는 프로인지라 설득력이 있는 감정 결과를 이야기하는군.

"그리고 마슬라 씨는 5000골드라고 적으셨군요."

"아티팩트는 아니더군요. 하지만 이 접시는 우연히도 무늬가 마법진을 형성하고 있네요. 그래도 마법사가 지닐 만한 접시치고는 너무 화려합니다."

그건 마법사의 기준으로 판단한 것 아닌지…….

"폰델리 씨는 모르겠다고 적었군요."

"게임이 아니라서 전 모르겠습니다."

애초에 폰델리는 감정을 하지 않았다.

"네, 다음은 참가번호 2번, 나스크테 시에서 오신 벨라느 씨께선 커다란 항아리를 들고 오셨습니다!"

할머니가 스테이지로 올라왔다.

"이 항아리를 사면 불행을 막아 준다고 해서 30년 전에 80만 골드를 주고 산 거라우."

전형적인 사기잖아!

꽤나 임팩트 있는 물건이 나타났다.

"80만 골드에 샀으니까 가능하면 80만 골드의 가치가 있으면 좋겠구려. 그리고 이걸 판 사람은 이미 붙잡혔다오."

그럼 진짜 사기잖아! 80만 골드의 가치가 있으면 사기가 아니지!

또 감정이 시작됐다. 역시 감정하는 시간만큼은 진지했다.

"자, 결과가 나왔습니다!"

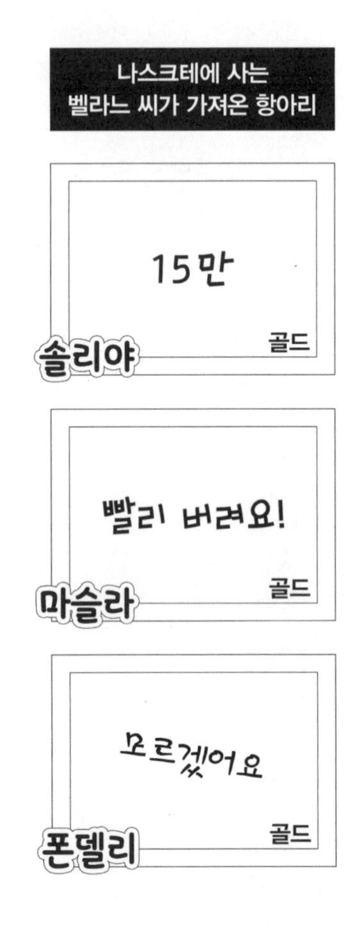

어라, 의외로 높은 가격이 나왔네. 맨 처음은 솔리아가 말했다.

"80만 골드의 가치는 없습니다만, 항아리 자체로선 좋은 물건입니다. 톳코난 공방에서 만든 거군요. 아, 참고로 이 자리의 분위기를 띄우기 위해서 가격을 좀 높게 설정하긴 했습니다. 그리고 골동품 가게에선 이 가격으로 사들이지 않으니까 주의하세요."

그런 본심까지 다 말해도 되는 걸까.

한편 마슬라 씨는 난처한 표정을 짓고 있었다.

"아뇨…… 불행을 막아 주기는커녕 위험한 마법이 걸려 있어요. 빨리 버리세요……. 깨면 좋지 않은 일이 일어날 테니까 산속에라도 버리고 빨리 거리를 두는 게 좋겠어요. 아니면 보기 싫은 사람에게 파는 것도 좋을 것 같네요."

마슬라가 창백해진 모습을 보니 불길한 물건인가 보다…….

"아마 제 생각이지만, 이걸 판 사람이 붙잡힌 것도 저주 때문일 거예요……."

판 사람이 저주를 받는단 말이야?!

그리고 폰델리는,

"큰 항아리네요."

아주 싸구려 감상을 입에 올리고 있었다. 이 정도면 장난감이 나오지 않았을 때엔 폰델리한테 아무 말도 시키지 않는 게 더 좋을 것 같다. 폰델리도 난처하겠지.

하지만 행사장의 분위기는 상당히 달아오르고 있었다.

기획은 재미있는 것 같다. 예상대로였지만 라이카와 샤르샤가 특히 더 열심히 몰입한 채 구경하고 있었다.

그 뒤에도 사람들이 계속 보물을 가져와서 감정을 받았다.

레스토랑 〈날카로운 독수리〉의 주인이 가져온 그림(의뢰인 예상 : 10만 골드)은,

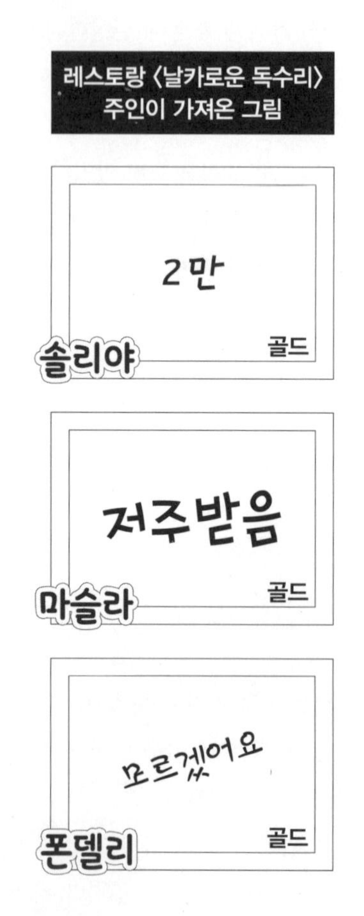

우연히 플라타 마을에 와 있던 남자 모험가가 내놓은 호신용 부적(의뢰인 예상 : 2만 골드)은,

플라타 마을에 온
모험자의 호신용 부적

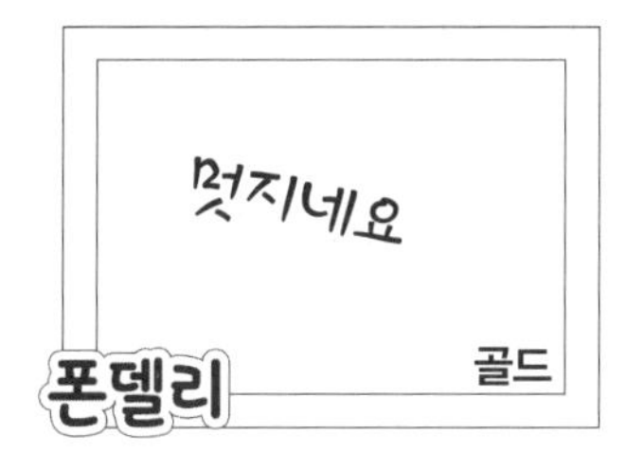

모험가 길드의 나탈리 씨가 가져온 소녀 인형(의뢰인 예상 : 5000골드)은,

길드 직원 나탈리 씨가 가져온 소녀 인형

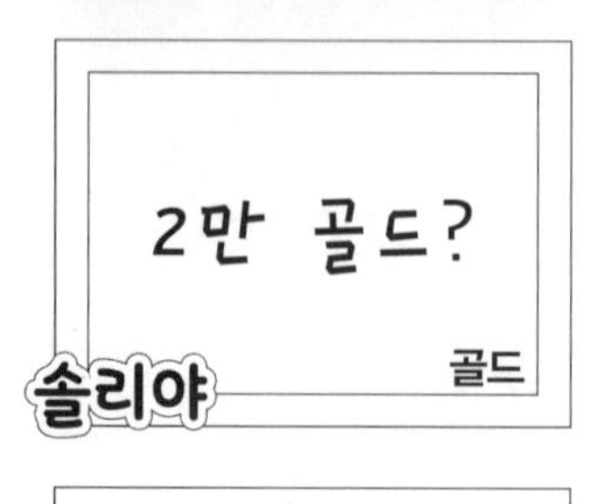

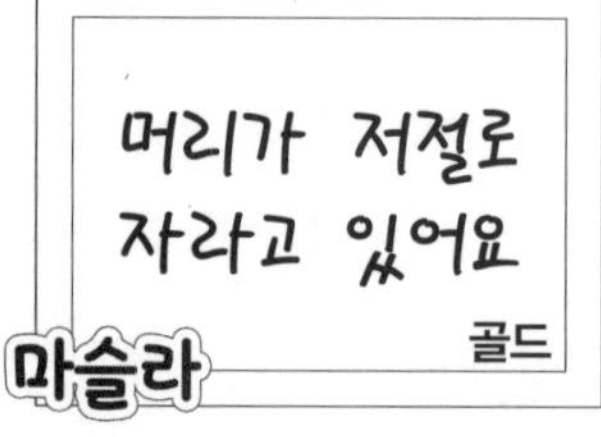

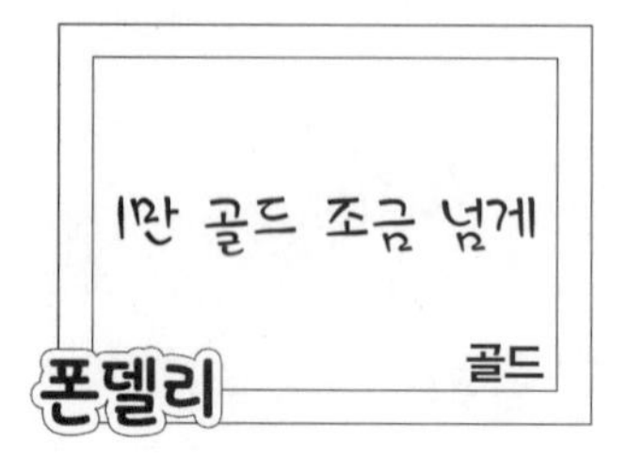

등등, 차례로 감정을 받았다.

폰델리도 인형이 나왔을 때엔 그제야 자신이 할 일이 생겼다고 생각했는지 약간 기뻐하는 것 같았다.

"저기, 아즈사 님. 왠지 저주 받은 아이템이 많지 않은가요?"

뒤에 앉아 있던 라이카가 작은 목소리로 물었다.

"나도 그런 생각은 했어……."

전체적으로 불길한 느낌이 들었다.

"오래된 물건에는 모종의 마음이나 감정 같은 게 깃들어 있는 걸까요?"

"그럴 가능성도 있겠네……. 하지만 우리가 가지고 있는 건 개인의 소유물과는 비교가 안 되는 거란 말이지……."

나는 어두운 표정을 지으면서 스테이지 옆에 산더미처럼 쌓인 닌탄의 보물들을 봤다.

"저 물건들에서 시작부터 저주받은 게 나온다면 정말 최악인데."

더구나 신에게 바친 것이니까 말이지. 누군가가 병에 걸리길 기원하면서 바친 것이 섞여 있다면 어떡하지. 그런 물건은 처음부터 원한이 가득 담겨 있는 거란 말이야.

라이카가 바들바들 떨었다.

"아즈사 님, 그런 무서운 말씀은 하지 마세요……. 전 그런 이야기는 정말 질색이에요……."

"미안, 나도 좋아하진 않지만 입에서 그만 나와 버렸어……."

"두 분 다 유령인 제가 같이 살고 있는데 너무 두려워하시는 거 아닙니까?"

로자리가 우리 위에서 그런 말을 했지만 그런 차원의 문제가 아니다. 무서운 것은 무섭다.

"저주라 캐도 대단한 기 아이다. 저그믄 아모도 안 죽고 하믈며 가문이 망할 일도 읎을 끼라. 없는 기나 마찬가진데이, 없는 기나."

악령의 왕인 무가 그렇게 말했지만 기준이 이상했다.

감정 자체는 계속 진행됐고, 드디어 우리 이름이 불렸다.

"자, 다음 분이 마지막 의뢰인입니다. 고원의 마녀님과 가족 분들입니다! 올라오세요!"

내 이름을 불렀기 때문에 나는 나가지 않을 수 없었지만, 이번 일을 주도한 사람은 하루카라이므로 하루카라도 스테이지에 따라왔다.

오랜만에 마을 사람들의 주목을 받고 있었다. 뭐, 이 정도면 괜찮겠지.

"고원의 마녀님, 이번에 가져오신 보물은 어떤 것인가요? 아니, 아마 관객 여러분은 이미 다 알고 계실 것 같습니다만."

나탈리 씨가 사회자다운 말투로 노련하게 내게 물었다. 작은 마을이므로 길드 직원 말고도 여러 일을 맡느라 힘들 것 같다.

"제 뒤에 있는 것들 전부요. 닌탄 대성당에서 받은 건데요……."

스테이지 옆에 딱 봐도 문화재 같은 분위기를 풍기는 것들이 늘어서 있었다.

골동품 가게가 이사를 온 것 같은 상태였다.

"지금부터는 하루카라 씨에게 여쭤보겠습니다. 단도직입적으로 묻겠는데 목표 금액은 얼마인가요?"

하루카라도 보드 같은 것을 들고 있었다. 사전에 준비했던 모양이다.

"이 정도예요! 짜잔—!"

하루카라가 들어 올린 보드에는 '5억' 이라고 적혀 있었다!

엄청 통 크게 나왔네!

그리고 오른쪽 아래에 '하루카라 제약의 〈영양주〉' 라고 적혀 있었다. 틈만 나면 광고하는 스타일. 이 정도면 감탄스럽다.

"5억이란 말인가요? 지금까지 나온 것과 비교해 봐도 단독 1위인 거대한 액수인데 승산이 있을까요?"

"아뇨~, 이런 건 일단 크게 적는 게 분위기가 달아오르잖아요. 그리고 저희 차례가 마지막을 장식하는 순서이기도 하고요."

"배려해 주셔서 감사합니다."

이상한 곳에서 눈치 빠르게 행동하네.

"자, 그럼 수량이 많으니까 감정 기사단 여러분은 지금 바로 감정을 시작해 주세요! 그동안의 시간은…… 어떻게 할까요……. 이렇게 시간이 많이 걸릴 것이 나올 줄은 예상하지 못해서……."

나탈리 씨의 애드립 능력도 한계가 온 것 같았다. 그야 가게 하나를 통째로 털어 온 수준으로 많은 물품을 출장 감정 자리에 들고 올 줄은 미처 몰랐겠지……. 미안해요…….

"저기…… 고원의 마녀님, 노래는 부를 줄 아시나요?"

"그런 식으로 떠넘기는 건 제발 참아줘요! 여긴 술자리가 아니니까! 어디까지나 감정에 관한 이야기를 하면서 진행하라고요!"

마을의 수호신 같은 존재로 지나친 존경을 받는 것도 부담스럽지만, 뭐든지 도와주는 캐릭터로 쉽게 이용당하는 것도 기분이 좋진 않다고.

"어흠…… 알겠습니다. 그럼 감정 기사단 멤버 여러분의 가게를 소개하죠."

그렇군. 광고로 시간을 번단 말인가.

"폰델리 씨가 경영하는 〈게임센터 폰☆델리〉는 마족이 사는 반제르드 성 앞 도시의 제7골목길과 형장다리가 만나는 곳 근처에 있습니다."

행사장에 있던 마을 사람들이 "못 가는 곳이잖아."라고 말하는 목소리가 들렸다.

마족이 사는 곳이니까 말이지…….

"다양한 게임을 가동 중이므로 관심이 있으면 들러서 이용해 주시기 바랍니다."

폰델리가 앞으로 나와서 손을 흔들고 있다. 감정이나 하라는 생각이 들었지만, 폰델리가 대응할 수 없는 것들만 나왔으니까.

"또한 폰델리 씨는 카드 게임 〈켓트 켓트〉의 디자이너이며 〈카드게임 숍 데드 오어 언데드〉의 점장이기도 합니다. 이곳에서도 매주 각종 대회랑 이벤트를 하고 있으니까 들러 주세요."

"이 가게는 건너편 드워프 거리의 중간 길목에 있어요~."

폰델리가 주소를 추가로 설명했다.

또 행사장에선 "못 간다고."라는 목소리가 들려왔다. 마족의 땅에서 감정할 때라면 이런 광고도 의미가 있겠지만 플라타 마을에선 너무 멀다.

"네, 다음에는 마법사인 마슬라 씨의 공방을 소개하겠습니다만, 이곳의 위치는 완전히 비밀로 하고 있다고 합니다. 관심이 있는 분은 들러봐 주세요."

뒤에서 구경 중인 마족들도 "못 가잖아."라고 말했다.

애초에 그건 광고도 아니잖아.

"마지막으로 나가인 솔리아 씨가 경영하는 〈골동품점 만룡당〉

은 구울 다리와 사신 교회가 맞닿은 곳 부근에 있다고 합니다. 거대한 해골이 특징적인 간판——이라고 하는군요. 광고를 해드리고 있는 저도 갈 수 없는 곳인지라 잘 모르겠네요."

행사장에선 "가고 싶지 않아."라는 목소리가 터져 나왔다.

지금까지 한 광고는 거의 의미가 없는 거잖아!

그러나 하루카라가 이런 기회를 그냥 놓칠 리가 없었다.

"네—에! 나스크테 시에서 성업 중인 하루카라 제약입니다! '감정 기사단이 출장 감정하는 자리에 있었다' 고 말씀만 하시면 내일부터 3일 동안 직영점에서 구입 시에 〈영양주〉 한 병을 서비스로 더 드리겠어요!"

"갈 수 있어!"라는 목소리가 행사장에 울려 퍼졌다. 이제야 갈 수 있는 곳이 광고로 나왔다.

"그리고 명과 〈먹을 수 있는 슬라임〉도 호평 발매 중이에요. 마음이 편안해지는 달콤한 슬라임을 꼭 한 번 구입해 보세요. 가족용 선물로도, 소중한 분께 드리는 선물로도 좋답니다. 〈먹을 수 있는 슬라임〉은 호평발매중입니다."

광고하는 방법이 유달리 숙달되어 있었다. 오랫동안 상인으로 살아온 사람은 다르긴 하네.

문득 그런 생각이 들었다.

지금 같은 시간이 어쩌면 TV의 광고 시간 아닐까?

그리고 광고를 할 수 있겠다고 생각했는지, 그 밖에도 아는 사람들이 등장했다.

소나무 정령인 미스잔티가 스테이지로 올라왔다.

──거대한 소나무를 등에 진 모습으로.

임팩트는 있지만 너무 이상해!

"소중한 사람과 소중한 시간을……. 소나무 정령 미스잔티 신전에서 기억에 남을 결혼식을 ── 이상입다!"

미스잔티는 그대로 무대에서 내려갔다.

"저 사람은 누구야?" "신전 관계자겠지." "무겁겠는데."

그런 목소리가 들렸다.

플라타 마을 사람들은 미스잔티를 소나무 정령으로 인식하지 못하고 있었다. 광고를 위해서 너무 갑작스럽게 일반인에게까지 자신의 모습을 보였으니 말이지…….

그 후에도 몇 명이 플라타 마을과 나스크테 시에 있는 가게를 광고하기 위해서 스테이지로 올라갔는데, 그러는 사이에도 감정 기사단의 솔리야와 마슬라 두 사람은 다양한 물건들을 체크하고 있었다.

"우와~ 좋은 거네요." "아, 역시 장비하면 저주를 받는 거네." "이것도 제법 괜찮은데." "아아, 이것도 복잡한 사정이 있는 물건이네요. 바친 사람의 피로 물들어 있어요." "이건 마코시아 마케즈기라이 후작이 바친 거군요." "어두운 오라가 엄청난데요."

감정 기사단 쪽에서도 종종 듣기 두려운 말이 들려왔다.

애초에 고원의 집에 둬도 괜찮았던 걸까?

"오, 드디어 감정 결과가 나온 것 같습니다! 한번 보실까요!"

드디어 구체적인 숫자가 나왔어!

하루카라는 손을 꼭 쥐면서 뭔지 모를 기도를 하고 있었다.

목표 금액에 도달하길 바라는 기도일까. 기왕이면 높게 나오길 바라는 마음은 이해가 된다.

하지만 너무 높은 가격이 나오면 그건 그것대로 관리가 힘들 것 같으니 아예 싸구려라는 결과가 좋지 않을까?

나는 그냥 저들이 말한 가격을 그대로 받아들일 뿐이다.

자, 감정가는?!

고원의 마녀님이
닌탄 대성당에서 받은 보물

200억 이상은
확실!
골드
솔리야

대체로 250억!
저주 해제 필수
골드
마슬라

박물관에 있을
법하네요
골드
폰델리

"엄청난 금액이 나왔어!"

정신이 아찔해질 것 같은 숫자였다.

행사장에서도 놀라는 목소리가 여럿 울려 퍼졌다.

"스승님, 됐어요! 이겼다고요!"

"이겼다니, 뭘?!"

하루카라는 그대로 나를 끌어안았다. 잘 모르겠지만 승리한 걸 기뻐하는 것 같았다. 확실히 기쁜 일이긴 하지만…….

"엄청난 금액이 나왔군요! 터무니없는 숫자가 나왔습니다! 사회를 보는 저도 10퍼센트 정도 받고 싶네요! 1퍼센트라도 좋아요!"

나탈리 씨, 본심이 다 드러나고 있어요!

"자, 그럼 감정 기사단 여러분에게 설명을 듣겠습니다!"

마슬라가 먼저 대답하게 되었다.

"훌륭한 아티팩트가 많이 포함되어 있었습니다. 마법사 시점에서 봐도 훌륭한 컬렉션이니 당연히 전시 내지는 보존해야 할 것으로 생각합니다. 닌탄 여신이라는 고대신에 대한 신앙이 얼마나 두터운지를, 그리고 헌상품에 새겨진 지명을 통해서 이 종교의 영향 범위가 얼마나 넓은지도 느낄 수 있었습니다."

오오, 본격적인 설명인데.

"하지만 염원 등의 감정이 강하게 담겨 있는 아티팩트도 많더군요. 원래는 닌탄 여신께 바친 것이므로, 다른 자가 자꾸 만지다간 화를 입는 것도 섞여 있으니까 전문가에게 부탁하여 저주를 푸는 과정을 거치세요."

그야 신의 가호를 바라면서 고급품을 바친 케이스도 있을 테니까 말이지…….

로자리가 내 쪽으로 둥실둥실 다가왔다.

"음, 그냥 놓아두는 것만으로 누군가가 불행해질 정도로 강하지는 않으니까 그렇게 마음에 두시지 않아도 됩니다. 도난을 당하면 훔친 사람이 위험해질 수는 있겠지만요."

"응, 그냥 보관만 하는 건 괜찮다는 말이지……?"

하지만 도둑이 그런 걸 훔쳐갔다가 사흘 후에 죽기라도 하면 뒷맛이 씁쓸할 테니까 저주는 풀어두기로 할까. 아무래도 내가 쓸 수 있는 수준의 마법으로 해결하는 건 무리일 것 같으니까 특별하게 저주를 푸는 과정이 필요할 것 같지만.

다음은 솔리야가 해설할 차례였다.

"양이 많아서 자세한 감정은 날을 별도로 할 필요가 있지만, 모든 물건이 닌탄 여신에게 바친 물건이라는 건 틀림없습니다. 연대도 다양하지만, 특히 신이 쓸 것을 상정하고 만든 책상과 의자 세트는 1000년 전에 나스나 호탕 공작이 바쳤다는 것은 사료를 통해서도 확인할 수 있으니 아주 귀중한 것이라고 할 수 있겠습니다. 그 밖의 것들은 개별적인 설명을 생략하겠습니다만…… 개인의 집에 대충 놓아둘 물건은 아니므로 적절한 관리 방법을 생각해 주시면 좋겠군요."

솔리야의 이마에 땀이 밴 것을 보면 이게 심상치 않은 일이라는 것은 분명한 것 같았다.

그리고 하루카라가 나를 계속 끌어안고 있었기 때문에 조심스럽게 슬쩍 떼어놓았다. 허그를 하는 건 좋지만 아무래도 시간이 좀 긴 것 같았다.

행사장의 누군가가 박수를 쳤고, 그를 따라 관중들이 일제히 기립박수를 했다.

나는 받은 물건의 가격을 알고 싶었던 게 다였기 때문에 이런 반응이 쑥스럽기도 했지만, 엄청난 결과가 된 건 사실이라고 할 수 있다.

"자, 고원의 마녀님, 감상을 말씀해 주시겠어요?"

나탈리 씨가 나에게 코멘트를 요청했다.

"저기…… 응원(?)해 주셔서 감사합니다. 그리고…… 도둑맞지 않도록 조심해야겠네요."

고원의 집은 말 그대로 고원 한복판의 외딴 데 있으므로 수상한 사람이 오면 바로 알아볼 수 있다는 게 그나마 감시하기에는 편하겠다는 생각이 들었다.

지금부터 결계용 마법을 중점적으로 걸어두기로 할까.

"하루카라 씨도 한 말씀 하시겠어요?"

"〈하루카라 제약〉이 영업부진에 빠져도 안심할 수 있겠네요! 그렇게 되면 이 컬렉션을 경매에 내놓을까 하거든요."

그런 노골적인 말은 하지 않아도 돼.

어쨌든 닌탄 여신에게서 받은 보물들은 그야말로 진짜 보물이라는 것이 명백해졌다.

하지만 이렇게 되면 정말로 보존이나 관리를 할 수밖에 없겠구나…….

나는 보물을 바라보면서 그런 생각을 했다.

이벤트가 끝난 뒤에 무는 와이번을 타고 돌아갔다. "다음에는 우리 왕국의 보물도 감정을 받아볼라 칸다."고 말했지만, 그 안에는 오파츠 같은 것도 포함되어 있을 것 같으니까 제발 참아 주면 좋겠다.

손님들도 자리를 떴지만 우리는 보물을 가지고 돌아가야 했기 때문에 대기하고 있었다. 그때 폰델리가 우리를 찾아왔다. 그녀의 뒤에는 다른 두 감정사들도 있었다.

"이따가 이 마을에 있는 〈날카로운 독수리〉라는 가게를 빌려서 뒤풀이를 할 생각인데, 같이 가시겠어요?"

그곳 말고 달리 뒤풀이 장소로 이용할 만한 가게가 플라타 마을에 없기는 하지.

오늘 일을 생각해 보면 역시 참가해야 할 자리이겠지.

"응, 그런데 우리 가족이 다 참가해도 괜찮겠어?"

"물론이죠." 하고 뒤에 있던 마슬라 씨가 미소를 지으며 고개를 끄덕였다.

설마 오래전부터 이용하던 마을 가게가 마족들의 뒤풀이 장소가 될 거라곤 생각도 해 보지 못했다.

◇

우리 가족은 〈날카로운 독수리〉에서 감정 기사단의 뒤풀이에 참가했다. 사람도 많은지라 자리는 특별히 정해놓지 않은 채 각자 알아서 이리저리 이동하며 즐기는 스타일이었다.

요리를 집어서 담고 있을 때에 폰델리가 나에게 다가왔다.

"오랜만입니다, 아즈사 씨. 엄청난 것들을 가지고 계셨네요~."

"아니…… 그냥 주는 걸 받은 거야. 아니, 그렇게 받은 거라서 그런 엄청난 것들이 많이 있었다고 해야 할까."

자랑할 일은 아니라고 생각했기 때문에 일단 겸손하게 말했다.

마슬라도 날 찾아왔다. 그렇지, 시로나를 가르친 사람이기도 하니까 이 자리를 빌려서 제대로 고맙다는 인사를 해야겠다.

"오랜만에 뵙네요. 슬라임 정령인 시로나도 많은 신세를 진 것 같더군요……. 감사합니다. 제가 의붓어머니라고 할 수 있는 사람인지라 인사를 드리고 싶었어요."

"아닙니다. 시로나 씨는 괴짜 중의 괴짜이긴 했지만 배우려는 기백만큼은 확실히 가지고 있었으니까요."

"역시 괴짜이긴 하다는 말씀이군요……."

아이 일로 학교 선생님과 이야기하는 기분이 이런 걸까? 왠지 모르게 낯간지러운 기분이 드는데.

"괴짜이긴 하지만 성실한 괴짜이니까 괜찮아요. 적을 만들기 쉬운 성격이긴 하지만, 모험가의 세계는 경쟁사회인 것 같으니 그런 성격이 더 적합할지도 모르죠."

"그렇겠네요……. 친구가 좀 더 있는 게 안심이 되겠지만 말이에요."

완전히 어머니가 된 기분으로 대화를 나누고 말았다. 시로나 본인이 있었다면 분명 어머니처럼 굴지 말라고 말했겠지.

이번에 처음 보는 나가인 솔리야하고도 이야기를 나눴다. 삶은 달걀을 유달리 많이 먹었다.

"야아, 성 마도쿠와 축일에 인간이 사는 곳에서 출장 감정을 하는 건 전례가 없는 일도 아니지만, 설마 그런 보물이 나타날 줄은 생각하지 못했네요. 살다 보면 무슨 일이 생길지 모른다니까요."

솔리야 씨는 아직도 약간은 정신을 차리지 못하는 것 같았다.

"너무 깜짝 놀라서 탈피하는 줄 알았지 뭐예요."

"나가가 된 적이 없어서 그게 어떤 느낌인지는 잘 모르겠네요."

몸통이 뱀이면 그런 생리현상도 일어나는 모양이다.

"아아, 하지만 예전에도 인간이 사는 곳에는 와 본 적이 있단 말이군요."

성 마도쿠와 축일이라면 인간들도 마족을 거부감 없이 받아들일 수도 있겠지.

"네, 마왕님께 이런 곳으로 가 보는 게 어떻겠냐는 제안을 받아서 가 본 적이 있죠."

이런 데에까지 페코라의 마수가 뻗쳐 있었단 말이야?!

"감정 기사단은 형식상으로는 마왕님을 따르는 자들이니까요. 하지만 무훈을 세워야 할 필요는 없으며 단지 마왕님의 보물을 관리하는 게 저희 일이지만요."

"아~ 왕실에서 거느리고 있는 자들이라는 말이군요."

그 말을 들으니 납득이 됐다.

왕실이라면 동서고금으로 막대한 컬렉션이 있겠지만, 왕 본인이 그걸 전부 파악할 순 없다. 그러므로 그 일을 맡을 전용 직원은 필수적으로 필요할 것이다.

그런 자들이 소속된 단체가 감정 기사단이라는 뜻이겠지. 마왕 직속이라면 기사단이라는 이름이 붙어도 그렇게 이상하지는 않을 것 같다.

"하지만 올해는 플라타 마을이라는 작은 마을로 가라는 명령을 받아서 처음에는 솔직히 '어째서?' 라고 생각하긴 했죠."

전부 페코라가 꾸민 일이었나!

아니, 페코라 밑에서 일한다는 말을 들은 시점에서 그럴 거라는 예상이 들긴 했다.

더구나 페코라는 내가 닌탄에게 보물을 받은 것도 알고 있었을 것이다. 바알제붑이나 파트라가 보고했겠지. 사실은 페코라의 손바닥 위에서 놀아나고 있었단 말인가…….

"마왕님의 말씀에 따르면 다트를 지도에 던져서 꽂힌 곳이 이 플라타 마을이라고 하시더군요. 불만이 있으면 다트에게 따지라고 하셨죠."

솔리야는 그렇게 말했지만, 페코라는 절대 다트를 던져서 정하지 않았을 것이다. 내기를 해도 좋다. 미리 찍어 놓고 여기를 고른 것뿐이다.

"그랬더니 이런 보물이 잠들어 있었을 줄이야. 야아, 정말 훌륭한 것들을 많이 볼 수 있었어요. 감사합니다."

"그렇게 기뻐하시니 영광이네요. 제가 감사 인사를 받을 만한 일을 했는지는 모르겠지만요."

"그리고 그런 물건이 한두 개뿐이라면 소중히 보관하시라는 말만 드리는 것으로 끝나겠지만……."

그때 솔리야의 눈이 번쩍하고 빛났다.

"진짜 훌륭한 컬렉션이니까 소중히 보관해서 후세에 남겨 주세요. 엄연한 문화재로 생각하시면서 보호해 주시길 바랍니다."

"그래야겠죠……."

이 정도면 이젠 개인 소장품이라기보다 국가 차원, 혹은 전 세계적인 차원의 보물인 것이다.

번거롭긴 하지만 어떻게든 할 수밖에 없겠지.
"그 문제라면 저도 생각한 게 있어요."
그때 누군가가 끼어들었다.
하루카라였다.
하지만 그때의 하루카라를 보고 나는 강한 위화감을 느꼈다.

"뒤풀이 자리인데…… 취하지 않았네?!"

이, 이런 일이 일어날 수도 있는 건가? 좀처럼 믿을 수가 없었다. 환각이라도 보고 있는 걸까?
"이게 얼마나 중요한 문제인지는 저도 인식하고 있거든요. 그래서 애끓는 심정으로 술을 마시지 않은 채 참고 있었죠."
"하루카라, 그렇게까지 각오를……."
"이 이야기가 잘 마무리되면 참은 만큼 더 마실 거예요."
그럼 오늘도 토하는 건 확실하겠군. 아니, 오히려 짧은 시간에 너무 많이 마시니까 토하는 거라고 생각한다.
그 후에 하루카라는 본격적으로 솔리야와 이야기를 나눴으니 보관 문제는 분명 잘 풀릴 것이다. 하루카라의 일 처리 솜씨는 믿을 수 있다.
그리고 이야기가 끝난 후에는 연거푸 술을 들이켜다가, 역시나 토하고 말았다.
술을 마시기 시작한 뒤에 하루카라가 하는 말은 절대로 믿어선 안 된다. 이번에도 "괜찮아요우웨에에에엑!"이라고 괜찮다고 말하면서 토하는 고급 기술을 선보이고 있었다.

"호, 혹시 이건 헌상품의 저주 때문인 건 아닐까요……?"

마슬라가 "술 때문이에요."라고 웃으면서 단단히 못 박듯이 말했다. 내가 아니라도 그렇게 단호하게 부정하고 싶은 기분이 드는 건 인지상정이겠지…….

샤르샤는 솔리야와 마슬라로부터 문화재 이야기를 흥미진진하게 듣고 있었다. 전문가와 대화할 기회는 흔하지 않으니까.

"정말 똑똑한 따님이네요. 장래가 기대돼요."

나중에 솔리야가 그렇게 말해 줬다.

"그렇죠? 자랑스러운 딸이랍니다. ~~후후후후후~~."

딸이 칭찬받으니까 너무나 기쁘네! 내가 칭찬을 받는 것보다 훨씬 더 기뻤다.

전체적으로 보면 감정 기사단과 함께 참가한 뒤풀이는 기분 좋게 끝났습니다.

◇

그 후, 하루카라는 라이카에게 부탁해서 나스크테 시에 뭔가를 만들고 있었다.

라이카뿐만 아니라 프라토르테도 어디선가 돌을 잘라서 그곳으로 옮기고 있는 것 같았다.

자세한 이야기는 듣지 못했지만, 하루카라의 눈이 진지할 때는 믿어도 되겠지. 문제가 있을 것 같으면 라이카가 제지할 테니까.

——그리고 약 3주 후.

"스승님, 드디어 완성했어요!"
"응, 나스크테 시에 뭔가를 만들고 있었지?"
하지만 그게 뭔지는 대충 예상이 됐다.
닌탄의 보물을 보관하는 창고겠지.

"〈하루카라 제약 박물관〉이 완성됐어요!"
"예상했던 것보다 더 대단한 게 만들어졌어!"

그만한 수준으로 뭔가 만들 때는 미리 말해 주면 좋겠는데…….
그때 라이카도 끼어들었다.
"아즈사 님, 지금부터 박물관으로 안내하겠습니다."
"아, 응……. 보지 않고 넘어갈 순 없을 테니까 잘 지어졌는지 확인해 보러 갈게……."
"제가 사는 곳 근처에 박물관이 생겨서 전 정말 기쁘답니다!"
라이카는 얼굴 한가득 미소를 짓고 있었다.
박물관에 있으면 하루 정도는 너끈히 써버릴 수 있는 성격이니까, 라이카의 입장에선 최고로 기쁜 일이라고 할 수 있을 것이다.
그리고 우리는 나스크테 시의 교외에 완공된 박물관을 찾았다.
라이카를 타고 이동하면서 하루카라로부터 들은 이야기인데, 교외가 아니면 토지를 확보할 수 없었다고 한다. 그건 그렇겠지.
하루카라 제약 박물관은 그야말로 내가 상상했던 박물관 그 자체였다.
흰색의 신전 같은 큰 건물이었으며 기둥도 엔타시스 방식이라고 하는 걸로 만들었기 때문에 신전다운 분위기를 풍겼다.

하지만 기둥 위쪽에 무슨 글자가 새겨져 있었다.

프라토르테 님이 깎아서 만들었다.

공사 관계자가 자신의 존재를 주장하고 있네……. 뭐, 눈에 잘 띄지 않는 부분에 있으니까 괜찮겠지.

안에도 수많은 보물들이 나란히 전시되어 있었다.

어떤 전시물인지 알려 주는 패널까지 빠짐없이 놓여 있었다.

"정식 개장은 좀 더 나중에 할 것 같지만, 보관 공간으로선 이렇게 만드는 게 좋을 것 같아요. 지하도 있으니까 그곳을 수장고로 이용할까 해요~."

하루카라가 자랑스럽게 설명해 줬다.

"응, 이젠 네가 하고 싶은 대로 해. 전부 너에게 맡길게……."

"그리고 저쪽은 특별 전시실로 만들었어요. 스승님도 구경하러 가 보세요."

그런 말을 들으면 안 갈 수 없어서, 나는 하루카라를 따라갔다.

하루카라 제약의 역사

이곳에서는 이 박물관을 세운 회사
하루카라 제약을 해설합니다.

회사 코너가 있어!

더구나 유달리 반듯하게 그려진 하루카라의 초상화까지 걸려 있었다. 용케도 이런 짓을 할 생각을 했구나…….

"어떤가요? 잘 그려졌죠? 위엄이 넘치죠?"

"응…… 잘 그린 그림이라는 건 인정할게……."

회사가 돈을 내서 만들었으니까 딱히 뭐라고 할 말이 없다. 나쁜 짓을 하고 있는 것도 아니니까.

하지만 파르파가 초상화를 보고 고개를 갸웃거리고 있었다.

"파르파, 무슨 문제라도 있나요?"

"하루카라 씨, 이런 걸 걸면…… 왠지 죽은 사람 같아……."

"그런 말을 하면 안 되죠! 술 때문에 의식을 잃는 일은 있어도 쌩쌩하게 살아 있다고요!"

"의식을 잃는다는 것도 알고 있으면 좀 적게 마셔! 그 정도면 역시 건강에 좋지 않으니까!"

오랜만에 스승답게 잘 꾸짖은 것 같다.

하루카라 제약 박물관의 입장료는 500골드라고 합니다.

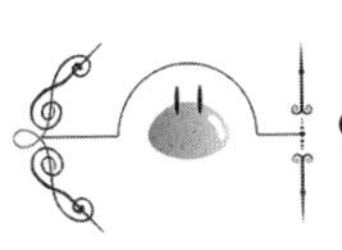

악령과 심령 스폿에 갔다

그날, 나는 처음 들른 남쪽 도시를 걷고 있었다.

그곳은 악령이 살고 있는 곳으로 (내 주변에선) 유명한 사사 사사 왕국에 비교적 가까웠다. 참고로 나를 여기까지 데려다 준 라이카는 다른 볼일이 있다면서 다른 산으로 갔다.

지금은 유령들과 산책 중이다.

나보다 약간 앞에서 로자리와 무가 걷고 있었다.

하지만 로자리는 일반인에겐 보이지 않게 하고 있는지라 일반인이 보기엔 무가 혼자 걷고 있는 것처럼 보일 것이다.

"무의 움직임도 예전과 비교하면 나아진 것 같네."

무는 자신의 힘으로 몸을 움직이는 것은 많이 힘들다고 했지만, 고대 마법을 이용하여 조작하기만 하면 간단하다고 했다.

그러면 처음부터 늘 그렇게 움직이면 될 것 같은데, 자신의 힘만으로 움직이지 않으면 안 된다나. 너무 특수해서 공감하기 힘든 묘한 집착이 있었다.

"그러네요. 예전에는 발바닥이 지면에 닿기 전에 다른 발이 올라가는 식으로 작동했던 적도 있었지만, 그 점은 많이 개선됐죠."

내 옆에 떠 있는 나나 나나 씨가 말했다. 그 모습도 일반인에겐 보이지 않는다.

"그러면 두 발이 지상에 다 닿지 않는다는 뜻인데……."

"그 마법을 조정하는 것도 많이 힘들었기 때문에 그럴 바엔 자력으로 걷겠다고 폐하께선 말씀하셨답니다. 힘들어서 지친 상태에서도 계속 걸었던 것도 그게 발단이었고요. 최근에는 조정 기술이 발전한 덕분에 어색하지 않게 걷는 것처럼 보이죠."

메일을 보내는 방법을 모르니까 손으로 편지를 써서 보내겠다는 발상이네…….

그건 그렇고── 앞에서 걸어가는 두 사람은 무슨 이야기를 나누고 있는 걸까?

앞에서 들려오는 목소리를 약간 집중해서 들어보자.

"이 부근은 악령이 적네."

로자리의 눈으로 보면 그렇게 보이는 것 같다.

"평화로운 도시니께. 끔찍한 사건도 별로 읎써갖고 악령도 그리 많이 안 생기는 기라. 악령이 좀 더 늘어나 주는 게 재미있을 낀데 말이제~."

처참한 사건이 일어나기를 바라지 마.

"하지만 무, 악령이라고 해도 그 종류는 천차만별이잖아. 상대를 가리지 않고 나쁜 짓을 저지르는 성질머리 더러운 악령이 있는가 하면 그냥 머뭇거리기만 하는 소심한 악령도 있다고."

그렇구나……. 듣자니 악령 중에도 정말로 성격이 안 좋은 불량아 같은 자도 있는가 하면 집단 생활에 녹아들지 못하는 타입도 있단 말인가.

"그리고 예전에는 남을 원망했지만 지금은 그 원한도 상관없게 되면서 나쁜 짓을 했던 과거가 있는 자로는 보이지 않게 바뀐 자도 있어. 나도 넓은 의미에서 보면 그런 사람에 해당된다고."

로자리는 말투에 불량한 면이 남아 있기 때문에 그렇게 말하는 것도 이해가 됐다.

악령이라고 해도 각양각색으로 다른 것 같다.

그래도 나는 두려움을 잘 타기 때문에 기본적으로는 악령이나 공포 체험은 사양하고 싶어…….

로자리와 살고 있고, 게다가 지금도 악령의 나라의 왕이랑 대신과 나란히 걷고 있지 않느냐고 반문할 수도 있겠지만 아는 사이라면 이야기가 달라진다. 누구인지 알고 커뮤니케이션이 가능해진다면 두려워할 필요가 없어지니까.

"이 도시는 꽤나 평화롭네요."

나나 나나 씨가 그렇게 말했다.

"그러고 보니 나나 나나 씨를 비롯한 다른 악령들은 인간의 도시에는 가보지 않은 지가 오래됐죠?"

"네. 대부분의 악령들은 자신이 있는 곳에서 벗어날 수가 없으니까요."

나나 나나 씨가 고개를 끄덕였다.

"지금의 저도 특수한 고대 마법을 써서 억지로 이동하고 있죠. 마족들의 마법을 참고했답니다."

"아, 마족의 마법이 고대 마법의 진보에도 영향을 줬군요!"

마족이 고대 마법을 이용하여 ○튜버처럼 활동하거나 영상을 방송으로 보내는 것은 여러 번 봤지만, 그와 반대가 되는 영향도 있었단 말이구나.

"아직 시험 단계지만, 그게 성공하면 악령이 전국을 이동할 수 있게 될 거예요."

"말만 들으면 실현되는 게 좀 두려워지는데요……."

글로벌화 한다고 해서 좋게 받아들일 문제가 아닌 것 같다.

"그건 그렇고 살아 있는 사람들이 사는 도시에는 제법 관심이 생기네요."

나나 나나 씨는 차가운 표정을 짓고 있었지만, 그건 표정만 그럴 뿐이고 본인은 뭔가 생각하는 바가 있는 것 같았다.

이 사람도 사실은 각지를 여행하고 싶은 걸까.

"언젠가는 흙으로 돌아간다는 것도 잊은 채 아무것도 모르고 설치는 모습을 보면 흐뭇해지거든요."

"목소리가 들리지 않는다고 해서 그런 식으로 말하진 말아요!"

나도 작은 목소리로 지적했다. 안 그러면 허공에 대고 혼자 떠드는 사람처럼 보일 것이다.

"아뇨, 현재의 인간 문명은 별로 발전되지 않았으니까요. 얼마든지 멸망시킬 수 있을 거예요."

"나나 나나 씨, 국제문제가 될 수도 있을 것 같으니까 실체를 드러내진 말아줘요……."

표정이 바뀌지 않으니까 개그로 한 말이라는 걸 알아보기가 힘들어서 무섭다. 그리고 아무리 개그로 한 말이라고 해도 대신이 그런 말을 하면 문제가 커질 거야.

역시 로자리와 무의 대화를 듣는 게 마음이 더 평화로울 것 같다.

다시 두 사람의 대화에 귀를 기울였다.

"그건 그렇고 이 도시는…… 산 사람, 산 사람, 산 사람…… 다들 살아만 있는 거 아이가? 좀 더 많이 죽어야 될 낀데!"

무슨 그런 황당한 지적을 하는 거야?!

"아, 저짜 있는 할배는 얼마 안 가 죽긋네. 얼굴에 죽을상이 보이거든."

대화 주제가 전혀 평화롭지 않아! 듣고 싶지 않아!

그때 무의 발이 멈췄다.

정말로 급정지한 것처럼 앞으로 넘어질 뻔했다.

멈춰 선 게 아니라 운전을 멈춘 것처럼 보였다.

"무슨 일이야, 무? 악령이라도 있었어?"

"그건 아이다. 우리가 살던 시절에는 없던 가게가 생기서 그란다."

무가 보고 있는 방향에는 그 도시의 모험가 길드가 있었다.

죽은 자의 왕국에는 길드가 없었으니까 어떤 시설인지 궁금했던 모양이다.

그러고 보니 모험가 길드는 어느 시대에 생겼을까……? 이 세계에 위화감 없이 존재하고 있지만 그 운영 실태는 베일에 싸여 있었다.

"그럼 내가 설명해 줄게. 시간은 금이고 목숨에는 끝이 있다고 하니까 바로 들어가 보자고."

"아, 고맙데이. 참말로 고맙데이. 그럼 드가보까~."

앞에서 걷던 두 사람이 길드 안으로 들어갔다.

트러블이 일어날 것 같은 예감이 들어서…… 나와 나나 나나 씨도 그 뒤를 따라 들어갔다.

안에는 딱 봐도 모험가로 보이는 덩치 큰 사람들이 많이 있었다.

이 가게는 여자 비율이 낮아서 내가 들어가니 눈에 띄네…….
뭐, 마법사 자체는 그렇게 드물진 않으니까 괜찮겠지.

"헤에~. 여도 산 사람만 있네~."

"활기는 넘치지만, 성질이 급해서 일찍 죽는 치들이 많아."

여전히 독특한 대화를 나누고 있네…….

"오, 보석을 가져온 아가 있구마."

"저건 몬스터를 잡고 얻은 마법석을 돈으로 바꾸려고 가져온 거야."

"흐응. 산 것들끼리 서로 죽이나? 어차피 지도 죽을 낀디."

역시 산 자의 상식은 통하질 않는구나…….

"저 게시판은 뭐꼬?"

"아아, 저건 의뢰할 내용을 적은 종이를 붙이는 곳이야. 나쁜 짓을 하는 몬스터를 잡아달라거나, 사라진 개를 찾아달라는 내용이 적혀 있곤 해."

로자리도 이제 길드에 대해선 자세히 알게 됐다.

무와 함께 있으면서 로자리도 성장하게 된 것 같았다. 아주 바람직한 일이다.

"음, 이런 의뢰도 있나?"

무가 어떤 의뢰용지에 관심을 보이는 것 같았다.

어디 보자. 악령의 시점에선 어떤 게 궁금하게 보이는 걸까.

폐허 호텔의 문제 해결

근처 산에 있는 호텔은 옛날부터 사람들이 두려워하는 심령 스폿입니다.

철거를 시도할 때마다 공사 관계자가 사고를 당해 계획이 취소되면서 현재까지 아무런 조치를 취하지 못하고 있습니다.

최근에는 몬스터가 정착하면서 주변 치안 악화에도 영향을 주고 있습니다.

문제가 없다는 것을 확인한 뒤, 가능하면 건물을 철거해 주십시오.

추천 랭크 : C랭크 이상

보수 : 30만 골드

(철거에 성공한 경우는 규모에 따라 추가 보수 있음)

악령과 관계가 있을 법한 일이야!

이런 거면 악령도 관심을 보일 만하지.

하지만 모험가 길드에 의뢰할 내용치고는 의외로 정상적인 것 같기도 하다.

장소의 성격을 보면 몬스터가 터를 잡고 살고 있을 수도 있으니까 모험가에게 맡겨야 할 내용이었다.

마침 지나가던 모험가들이 그 의뢰를 주제로 이야기를 나누고 있었다.

“저 호텔에 있는 것들이 아직도 나타나는 모양이네. 네가 한번 가보지 그래?”

“싫어……. 난 무서운 건 질색이라고…….”

모험가라도 괴담이 취약인 사람은 있나 보다. 정말 공감합니다.

애초에 이 장소에 악령들이 꽤 많이 와 있다는 것까지는 인식하지 못하는 걸 보면 이 사람들의 영감은 별로 강하지는 않은 것 같지만.

그때 그중 한 명이 나나 나나 씨의 몸을 통과했다.

“윽! 지금 엄청 오싹한 기분이 들었는데!”

그 모험가가 자신의 손으로 두 팔을 꼭 안는 자세를 취했다.

“이봐, 의뢰 이야기를 한 것만으로 저주라도 받은 것처럼 이야기하지 마.”

“아니, 이 부근에 뭔가 이상한 곳이 있어……. 그 부근을 지나면 유달리 싸늘한 느낌이 든다니까…….”

이 사람, 나나 나나 씨가 있는 곳을 가리키면서 말하네…….

그러자 나나 나나 씨가 또 한 명의 모험가를 통과했다.

“어라……? 나도 오한이 드는데……?”

“그렇지? 이 부근이 이상하다니까. 기분 나쁘니까 어서 여길 뜨자고…….”

모험가 두 사람은 도망치듯이 그 자리를 떠났다. 그렇게 강해 보이지도 않으니 무리해서 폐업 호텔에 가지 않은 것만으로도 다행이라고 생각해야 할 것 같다.

한편 나나 나나 씨는 무슨 이유인지 계속 고개를 끄덕거리고 있었다.

"인간과 겹치면 오한을 발생시킬 수 있단 말이군요. 좋은 참고가 되겠네요."

"너무 악용하진 말아요……."

이 사람은 악의가 담긴 말과 행동을 일부러 하는 타입인지라 자꾸 주의를 주고 싶다.

로자리와 무는 아직도 그 의뢰를 바라보고 있었다.

"흐응. 이거 재미있어 뵌다."

악령도 심령 스폿을 궁금해한단 말인가. 아니, 악령이라서 더 궁금한 걸까.

하지만 무의 반응은 궁금해하는 차원에선 끝나지 않았다.

"좋아, 안 그래도 심심했는데 이 호텔에 함 가보자!"

뭐? 가자고?

"그렇게 할까. 하긴 너무 민폐를 끼치는 악령이라면 주의 정도는 줄 수 있겠지."

로자리도 따라갈 마음을 단단히 먹은 것 같았다.

자신이 그런 지박령이었으니까 더 신경이 쓰이기도 하겠지.

"안주할 땅을 위협받아서 그러는 거라면 이해가 되지만, 해를 계속 끼치기만 한다면 그건 도가 넘은 짓이니까 말리는 게 좋아. 이야기를 들어보면 타협해서 해결할 방법이 있을지도 모르고."

응, 그 마음은 이해가 된다. 불량했던 과거를 가진 사람은 불량아의 갱생을 도와주고 싶어 하니까.

하지만……… 두 사람에게만 맡기는 건 좀 불안하다.

만일의 경우도 있으니까 보호자 자격으로 내가 가야겠지……. 악령의 짓인지 확실하지도 않으니까.

하지만 두렵기도 하다. 저런 호텔에 가는 건 정말 사양하고 싶다.

——그때 갑자기 어깨에 오싹하는 오한이 느껴졌다!

"꺄악!"

나나 나나 씨가 내 어깨에 손을 얹고 있었다.

"아, 피부가 민감하시군요."

"그러지 좀 말아요! 그리고 피부가 민감하다는 말은 이럴 때 쓰는 게 아니에요!"

나나 나나 씨가 다른 사람에게 보이지 않는데도 진심으로 발끈하면서 꾸짖고 말았다. 그 때문에 일부의 사람들이 나를 이상한 눈으로 바라봤다. 나는 어디까지나 피해자라고요.

"아즈사 씨, 정말 죄송하지만 폐하가 저 호텔에 가시려 하는 것 같으니 경호원으로서 따라가 주실 수 없을까요? 예측 못한 사태가 일어나면 제 힘만으로는 대처하지 못할지도 모르니까요."

그런 식으로 부탁할 거라면 방금 그 쓸데없는 짓은 하지 말라는 생각이 들었다.

하지만 거절하긴 어렵겠네.

"알았어요. 갈게요……."

그리고 그 후, 합류한 라이카에게 같이 폐업 호텔에 가겠느냐고 물었더니,

"전 그런 곳은 좀……."

이렇게 말하면서 동행을 거절했다.

역시 강하다고 무서운 이야기를 좋아하는 건 아니란 말이지.
라이카와 싸울 사람은 무서운 이야기를 계속 떠들면 유리하게 싸울 수도 있을 것 같다.
구체적으로 이야기하기 전에 불을 뿜을 위험도 있겠지만…….

◇

그리고 풀과 나무도 잠이 드는 한밤중.
산드라의 말에 따르면 대부분의 식물은 그 시간에 자기 때문에 그 표현은 틀린 게 아니라고 한다.
나와 세 명의 악령, 총 네 명으로 이뤄진 우리는 폐허가 된 호텔 〈바사드산 관광호텔〉 앞에 도착했다.

"——아니, 잠깐, 왜 굳이 한밤중에 가는 건데?!"

낮에 가면 되잖아! 일부러 공포감을 조성하는 시간대에 가지 않아도 되는 거잖아!
"그건 한밤중에 더 잘나오기 때문이죠."
눈앞에 있는 나나 나나 씨는 얼굴 부근만 환하게 빛을 내고 있었다.
"무서워! 뭐하는 거예요?!"
"고대 마법을 썼어요. 밤에도 빛이 있으니 편리하죠?"
나를 놀라게 하려는 순도 100퍼센트의 악의밖에 느껴지지 않았다.

"아뇨, 누님, 정말로 악령이 있다면 밤에 더 잘 나올 테니까 확인하기가 쉽습니다. 그러므로 시간은 잘 선택한 겁니다."

로자리의 말에는 악의가 느껴지지 않으니까 믿어도 될 것이다.

"그 말은 맞다. 악령은 저녁형인 인간이 많거든. 내 듣자카이 밤에 생활을 하는 인간이 악령으로 이 세상에 남게 되는 확률이 높다 카더라. 굳이 말하자믄 저녁형 인간이 건강이 더 안 좋다 아이가. 그래서 그런 아들이 불만도 많은 걸까?"

유령이 밤에 나오는 게 생전에 아침형 인간이었는지 저녁형 인간이었는지를 따져야 할 문제일까?

"밤에 와야 더 좋다는 건 이해했어. 아무리 생각해도 사실상 나 혼자만 심령 스폿을 억지로 체험하는 것 같은 기분이 들기도 하지만."

나 말고는 전원이 악령이니까 말이지…….

호텔은 이미 폐업한 곳이라서 그런지, 입구의 문도 경첩이 망가져 위쪽만 겨우 연결된 채 덜렁거리고 있었다. 얼마든지 무단 침입을 할 수 있는 상태였다.

"그런데 이건 길드의 의뢰를 받고 온 게 아니라 우리가 멋대로 온 건데, 실은 무단 침입이 되는 것 아냐……?"

나는 너덜너덜한 문 앞에 멈춰 서서 말했다. 적어도 내가 예전에 살았던 곳에선 폐허에 멋대로 들어가는 것도 법적으로 문제가 되는 행동으로 알고 있다.

"누님, 그건 괜찮습니다. 소유자도 죽었으니까 누가 들어가도 OK예요."

로자리가 바로 가르쳐 주었다.

"아, 다행이다. 그런데 로자리는 용케도 그런 걸 알고 있네."
"마침 여기에 소유자가 있어서 바로 이야기를 들을 수 있었죠."
"뭐? 소유자는 이미 죽었다고 방금 말하지 않았……."
로자리가 문 옆에 있는 벽을 가리켰다.
그곳에는 약간 지저분하게 얼룩이 진 부분이 있었다.
망한 호텔이라 청소도 제대로 되지 않았을 테니까 그 사실 자체는 이상할 게 없지만——.
이제 아시겠습니까?

그 얼룩이 왠지 모르게 사람 얼굴처럼 보인다……!

"적자가 계속되면서 호텔이 망하는 바람에 생활고를 이기지 못해 죽은 소유자의 유령이랍니다. 보이시나요?"
"꺄악! 왠지 얼굴 같이 보인다 싶었는데 정말로 유령이었어!"
"아, 누님, 그건 그냥 얼룩입니다. 진짜는 좀 더 옆에 있어요."
"뭐~야. 아니었구나. ——아니, 결국은 악령이 있는 거잖아! 있는 건 마찬가지잖아! 괜히 안심했어!"
그리고 아직 호텔에 들어가지도 않았는데 벌써 이런 공포 체험을 한다는 게 납득이 되지 않는다. 나오는 게 너무 빨라. 영화로 치면 시작하자마자 3분도 안 돼서 클라이맥스 장면이 나온 셈이니까.
나로선 제발 이 정도가 클라이맥스면 좋겠는데…….
"오~. 직이네, 직여."
무슨 이유인지 무가 박수를 치고 있었다.

"아즈사, 니 딴죽도 이젠 꽤 날카로바짓네. 많이 성장했구마. 재미가 늘었다."

"심령 스폿에서 그런 걸로 칭찬하지 마!"

아무리 그래도 이런 자리에서 할 이야기가 아니니까.

"여러분, 즐거워하시는 것 같아서 다행이군요. 다들 바보처럼 즐거워하시네요."

나나 나나 씨의 말에는 역시 악의가 느껴졌다…….

"누님, 이 호텔의 소유자가 한 말에 따르면 악령이 여기에 들러붙어 사는 바람에 난처하다고 합니다."

"그렇구나. 어라……? 그건 좀 이상하지 않아……?"

어째 이야기가 혼선되는 것 같은데.

"폐업한 호텔이라는 장소에 강한 미련이 있는 사람이라면 바로 그 소유자가 유령일 거라 생각하는데. 달리 이 호텔에 들러붙을 사람이 있긴 해?"

"그것도 한번 물어보겠습니다."

로자리는 허공으로 시선을 돌렸다. 실제로 소유자의 유령이 있는 것 같았다.

"그랬군, 그것참 큰일이로군. 거참, 이걸 인과응보라고 해야 하나. 도리도 인정도 없는 짓을 했단 말이지. 정말 어쩔 도리가 없었겠어. 눈물도 말라서 나오질 않네. 하지만 그렇게 맥이 빠져 있어 봤자 소용이 없잖아. 이 문제는 우리한테 맡겨보겠어? 괜찮아, 내가 몸은 썩었어도 마음까지 썩어빠지진 않았으니까."

왠지 옛날 도쿄토박이 같은 말투로 말하네.

무와 나나 나나 씨도 소유자의 말이 들리는지 고개를 끄덕거리고 있었다.

이제 와서 이런 말을 하는 것도 우습긴 하지만, 이쯤 되면 내가 참가하는 게 별로 의미가 없을 것 같은데. 보호자 같은 역할로 따라 온 거니까 어쩔 수 없지만.

"누님, 이 호텔은 도산한 뒤로 심령 스폿으로 인기가 생겼다고 하는군요."

"응, 거기까진 나도 알아. 소유자의 유령도 있으니까."

"그런데 담력 시험을 하러 온 인간이 불의의 사고로 인해 죽었다고 합니다. 그리고 그 인간이 '심령 스폿에 오는 거 아니었어…… 원통해…….' 라고 미련을 버리지 못하는 바람에 악령이 되었다고 하는군요. 그 때문에 철거도 하지 못하는 지경이 됐다고 합니다."

"거짓말이 참말이 됐어!"

모든 것은 담력 시험을 하러 왔다가 죽은 인간 때문이었다.

"소유자의 미련은 다 버렸다고 하는데, 호텔이 여전히 남아 있는 게 마음에 걸려서 여길 뜨지 못하고 있답니다. 그러니까 빨리 이 호텔이 철거되어서 사라지면 좋겠다고 하는군요."

들러붙어 있는 유령한테서까지 건물을 없애달라는 요청을 받다니, 이건 너무나도 예상 밖의 일인데.

"그건 그렇고 이 호텔은 왜 망한 기고?"

무도 소유자에게 물었다.

아직 입구에 서 있을 뿐인데 모든 의혹이 밝혀지고 있었다.

하지만 확실히 호텔 자체가 망한 것은 사실이다.

어쩌면 그 시점에서 무슨 문제가 있었던 건 아닐까……?

"아~ 숙박료는 비싸뿌면서 서비스는 엉망인지라 인기가 읎어

망했뻿단 말이가. 별거 읎네."

완전히 자업자득이야!

"손님이 안 오니까 이익을 낼라꼬 가격은 올리고 급료는 낮추더니, 비싼 주제에 서비스는 엉망인 호텔이 되는 바람에 손님이 더 안 오게 되면서 망했단 말이제. 악순환이구마."

그냥 경영수완이 모자랐기 때문이었어?!

"그 정도로 장사가 망했으면 지박령이 될 정도로 자기혐오가 들 법도 하네요. 멍청하다는 말이 딱 어울리는 지경이니까요."

나나 나나 씨의 독설이 심한 것은 일단 넘어간다고 해도, 그 말이 틀리지는 않았다.

"좀 더 장래성을 내다보고 경영을 하는 게 좋았을 텐데. 그랬으면 이런 심령 스폿이 생기는 일도 없었을 테니까."

"아즈사 씨, 장래성을 내다볼 수 있는 인간이라면 자살하지 않고 타개책을 생각했을 거예요. 멍청한 건 죽어도 낫지 않는답니다."

"계속 그런 식으로 말하다간 나중에 나나 나나 씨가 악령에게 저주를 받을 것 같아서 두려워요."

"듣기로는 이래저래 번잡하게 얽힌 사정이 있는 것 같지만 직접 가 보면 알겠죠. 이제 그만 들어가 볼까요."

나나 나나 씨가 얼굴만 문 안쪽으로 들이밀었다. 목이 잘린 것처럼 보이니까 제발 그렇게 어중간한 자세로 들어가지 마.

"좋다, 드가 보자. 어떤 악령이 있을지 궁금하데이."

무도 문을 난폭하게 열면서 안으로 들어갔다.

어쩔 수 없네! 나도 갈 수밖에 없겠어!

하지만 들어가자마자——.

"우왓! 이기 뭐꼬!"

무의 비명이……! 정말로 초반부터 너무 많은 일이 일어나잖아!

"무, 왜 그래?"

"거미줄이 얼굴에 음청 많이 붙었다!"

"겁을 먹는 장르가 달라!"

그 말대로 무의 몸에는 거미줄이 많이 들러붙어 있었다.

"폐하, 꼴좋군요. 폐하, 괜찮으신가요?"

"형식상 걱정하는 말과 진심이 담긴 말을 동시에 하는 건 아이지! 걱정하는 척만 해도!"

나나 나나 씨가 너무 무례하게 구는지라 무가 왕이라는 것을 잠시 잊을 뻔했다.

"야아, 육체가 있으면 참 힘들겠네요. 거미줄 따위로 고생을 한다니. 자, 아즈사 씨 몸에 거미줄이 붙으면 안 되니까 폐하가 계속 앞서서 걸어가 주세요."

"알았다! 알았으니까 찌르지 마라!"

무는 폐자재를 집더니 그걸로 거미줄을 털어내면서 앞장서 걸어갔다. 손으로 움직이는 것처럼 보였지만, 아마 폐자재를 공중에 띄워서 거미줄을 털어내는 거겠지.

나는 로자리와 나란히 그 뒤를 따라서 걸어갔다.

"왠지 모르게 어느새 두려움이 사라졌어……."

고마워, 악령의 왕과 대신.

애초에 악령들이 심령 스폿에 찾아온 시점에서 모든 게 다 이상하게 돌아가는 것 같지만, 그런 생각은 하지 않기로 했다.

“누님, 두려움이 사라진 건 좋지만 여긴 질 나쁜 녀석들이 많이 모여 있는 곳입니다. 저도 악령이라서 느낄 수 있거든요.”

“그렇구나. 여긴 진짜 심령 스폿이란 말이지…….”

가능하면 호텔 소유자 유령처럼 말귀를 알아듣고 대화로 해결할 수 있게 되기를…….

1층의 분위기가 기분 나쁘긴 했지만, 우리는 겨우 안쪽 계단까지 다다를 수 있었다.

“아무래도 위층에 모이가 있는 것 같다. 아니믄 말고.”

거기서 ‘아니믄 말고’를 붙이면 믿어도 되는 건지 알 수가 없으니까 그러지 않았으면 좋겠다.

“그러고 보니 나도 소름이 끼치기 시작하네…….”

계단을 쳐다보니 깨진 창을 통해 달빛이 약간 비치고 있을 뿐인지라 너무나도 음산했다.

이 정도면 악령이 없어도 무섭다고.

“그러네요. 악령으로 보이는 자들이 ‘오지 마, 오지 마’라고 말하고 있는 것 같군요.”

“생각한 것보다 수가 많은 것 같은데. 그렇게 사람이 많이 죽은 사건이 이곳에서 일어났단 말인가.”

나나 나나 씨와 로자리도 이 앞에 악령이 있다는 건 파악한 것 같았다.

세 악령이 이 앞에 뭔가가 있다고 말했다면 틀림없이 뭔가가 있는 거잖아.

나는 다리를 떨고 있었다.

"싫어……. 가고 싶지 않아……."

나도 라이카처럼 직접 가지 않고 프라토르테라도 대신 보낼 걸 그랬다. 프라토르테라면 유령 같은 존재에게도 강하겠지.

어쩌면 나중에 불평을 듣긴 하겠지만 바알제붑에게라도 공략을 부탁할 걸 그랬다. 바알제붑에겐 악령은 죽은 인간에 불과할 테니까 말이야.

"아즈사, 너는 겁이 많구나. 그리 강한데도."

"어쩔 수 없잖아. 강한 거랑 겁이 많은 건 다른 문제라고."

숲속에서 멧돼지가 나오거나 늑대가 나와도 위험하진 않지만 악령은 대처하기가 곤란하다.

"좋아, 이 자리는 내한테 맡기그라! 내는 잘 모르겠지만서도."

"일단 맡기라고 말했으면 말을 덧붙여서 책임을 포기하지 마!"

그래도 무는 성큼성큼 위로 올라가고 있었다.

그때—— 깨진 창문에서 돌풍이 불어왔다!

역시 이건 더 이상 침입을 허용하지 않겠다는 악령의 소행이 아닐까.

게다가 그뿐만이 아니었다.

계단참까지 올라온 무의 머리로,

——천장에 달려 있던 샹들리에가 떨어졌다!

챙그랑—!

"우왓—! 와—앗!"

나는 눈을 가렸다.

무가 그런 걸로 죽을 리가 없다(아니, 이미 죽었다)는 건 알고 있지만 그래도 심리적으로는 좀처럼 안정이 되지 않았다.

"누님, 별 거 아닙니다. 악령이 돌풍을 일으킨 것뿐이니까요."

"그게 무서운 거야! 그런 말은 아무런 위로도 안 돼!"

그럴 때는 아무도 없다고, 단순한 자연현상이라고 말해 주면 좋겠다.

"그건 그렇고 물리적인 공격을 시도한다는 건 그냥 넘어갈 수 없겠네요. 정말로 누군가를 위험하게 만드는 건 반칙이니까요."

나나 나나 씨가 묘한 지적을 하면서 불만을 제기했다. 하지만 하고 싶은 말이 이해가 안 되는 건 아니다.

"뭐, 물리적인 공격으로 죽을 사람은 아무도 없으니까 해는 없겠지만 말이죠. 아즈사 씨도 괜찮겠죠? 당신 머리라면 다이아몬드보다 단단하잖아요? 몬스터 급의 돌머리잖아요?"

"누가 몬스터 급의 돌머리라는 거예요. 그리고 해가 없더라도 마음이 편하진 않거든요……? 공격을 받고 있다는 뜻이니까."

멤버 편성이 특수한 탓에 무섭기도 하지만, 한편으로는 맥이 빠지는 부분도 있었다. 그리고 나나 나나 씨에게 온갖 독설을 듣는 바람에 짜증도 났다.

"이봐, 무, 괜찮아? 제대로 직격을 맞은 것 같은데."

로자리가 무에게 물었다. 그러고 보니 계단 중간에 여전히 쓰러져 있었다.

"괜찮긴 한데, 기습을 받는 바람에 육체에 대미지가 생기뿌다. 참말로 치사한 짓을 하는구마. 똥구멍에 저주를 처박아서 이가 떨리도록 만들어 줄 테니까 기다리고 있어라이!"

그제야 무가 일어났다.

그러나 일어난 것치고는 묘하게 키가 작아 보였다.

뭔가, 뭔가 이상한데…….

"일단 계단을 내리가서 합류하자."

그리고 무가 내려왔다.

마치 브리지 자세를 취하는 것처럼, 얼굴은 우리 쪽을 보고, 두 손을 바닥에 댄 모습으로…….

그 움직임은 마치 거대한 거미 같았다…….

"꺄아—! 무서워, 무서워, 무서워! 제발 다리로 걸어!"

너무나도 끔찍한 악몽 같은 게 오고 있어!

"폐하, 징그럽습니다. 너무 징그럽군요. 몸을 원래대로 돌려놓은 뒤에 오십시오."

나나 나나 씨가 봐도 문제가 있는 것 같았으니 굳이 더 말할 필요도 없겠지.

"응? 아, 참말로 그러네. 다리로 걸을라 캤는데 손으로 이동하고 있구마. 샹들리에에 부딪친 충격으로 고장이 났는갑다."

느긋하게 그런 말을 하면서 무는 여전히 계속 내려오고 있었다.

"스톱! 거기 있어! 그 자리에서 복구한 뒤에 내려와! 보기만 해도 온몸에 소름이 끼치니까!"

"아즈사, 말이 너무 심한 거 아이가! 오늘은 도시로 나간다 캐서 일부러 화장까지 했단 말이다! 평소보다 더 귀여우면 귀여웠지 그런 말을 들을 정도는 아이다!"

"귀엽냐 아니냐를 따질 차원의 문제가 아니야! 몬스터 그 자체라고!"

"뭐라카노! 딴지와 악담은 엄연히 다른 기다! 아무리 나라 캐도 악담은 상처 받는다 안 카나!"

아니, 나도 마음에 대미지를 입을 정도로 심각한 공포 체험을 하고 있다고!

"이봐, 무."

그때 로자리가 냉정한 목소리로 타일렀다.

"저쪽 복도에 거울이 있으니까 직접 봐."

"뭐라꼬? 그리 이상하나?"

무와 로자리는 함께 복도 쪽으로 잠시 되돌아갔다.

——몇 초 후.

"징그랍다!"

라는 절규가 들려왔다.

응, 역시 무섭겠지. 기분 나쁘겠지.

"이건 너무 심하게 꾸물거리는데! 내가 무슨 문어도 아이고!"

칸사이 사투리 덕분에 두려운 기분이 완화되고 있었다. 고마워, 칸사이 사투리.

잠시 후에 몸 모양을 정상적으로 복구한 무가 돌아왔다.

"아즈사, 미안하다. 참말로 징그랍더라. 끔찍한 것도 웬만큼 끔찍해야지~."

"응, 내 기분을 이해한 것 같아서 다행이야."

"앞으로 조심할 기다. 내는 잘 모르겠지만서도."

"잘 모르겠다는 말은 제발 참아 줘."

지금까지는 오히려 같은 편을 보고 가장 크게 놀란 것 같다.

◇

우리는 드디어 2층에 올라왔다.

샹들리에를 떨어트리는 식으로 물리적인 공격을 받을 위험도 있으므로 만일을 대비해서 벽이랑 천장에도 주의를 기울였지만 딱히 아무 일도 없었다.

——하지만 2층에 올라오니 아까보다 더 불쾌한 느낌이 들었다.

"불길한 예감이라고 해야 하나? 더 가면 좋지 않은 일이 일어나겠다는 확신이 든다고 해야 할까……."

"누님도 느끼셨군요. 상당히 강한 원념 같은 것이 느껴집니다. 그것도 여럿이 있군요."

심령 스폿은 웬만한 던전보다 더 힘든 곳이구나.

2층 복도는 1층보다 더 황폐했다.

유달리 구멍이 뚫린 곳이 많았다. 보아하니 누군가가 발로 차서 만든 구멍인 것 같았다.

"야생동물이나 몬스터가 살면서 생긴 건 아닌 것 같네. 인위적인 것으로 보여……."

앞에서 걸어가던 나나 나나 씨도 신중한 태도로 다리를 움직이는지라 나도 속도가 느려졌다.

무는 방을 하나씩 열어보면서 안을 확인하고 있었다.

"이 방도 아무것도 없구마. 그냥 어지럽혀져 있을 뿐이다."

나는 자연스럽게 로자리의 뒤에 바짝 붙어서 걸어가게 되었다. 이런 곳을 일부러 찾아오는 사람의 마음이 이해가 되지 않았다.

그것만으로도 평생 서로를 이해할 일은 없을 것 같다.

나도 슬쩍 방안을 향해 시선을 옮겼다. 응, 그냥 마구 흐트러진 방일 뿐이다. 피투성이 시체가 있지는 않았다. 그런 게 있다면 꼼짝없이 큰 사건이 되겠지만.

"아뇨, 폐하. 이 방에는 뭔가가 있는 것 같습니다."

나나 나나 씨가 불길한 소리를 입에 올렸다.

"응? 그럴 리가 없을 낀데. 악령이 방 안까지 들어왔는데 악령이 숨는다는 기 말이 되나."

"아뇨, 영적인 존재는 아닙니다. 숨소리가 들리니까요."

그렇다면 몬스터일까. 어떤 종류인지 모르겠지만 몬스터인 게 차라리 낫다.

"저 침대 밑에서 들려오는군요."

하필이면 제일 찾아보기 꺼림칙한 장소에 뭔가가 숨어 있어!

"뭐? 어떡하지……. 도끼를 든 인간이 있거나 하면 큰일인데……."

나는 로자리를 붙잡으려고 했지만 손이 그냥 통과하고 말았다.

내가 안을 수 있는 대상은 앞에 있는 무뿐이기 때문에 공포를 덜어내기가 어려웠다. 이럴 줄 알았으면 쿠션 같은 거라도 들고 오는 건데…….

"도끼를 든 인간이 뭐한다꼬 이런 먼지티백이 곳에 숨겠노."

지금은 악령이 더 현실적인 존재였다.

하지만 그러면 침대 밑에 뭐가 숨어 있는 걸까……?

다음 순간, 침대에서 뭔가가 뛰쳐나왔다!

크기가 작은데, 소형 몬스터일까?

"냐앙~. 냐앙~."

이건 살쾡이?! 종류는 잘 모르겠지만 내가 플라타 마을에서 종종 보는 것보다는 사이즈가 큰 것 같았다.

그 고양잇과 동물은 무에게 다가갔다.

"응? 뭐꼬. 귀엽네. 나중에 훌륭한 호랑이가 되겠구마."

무도 그 고양잇과 동물을 귀여워하면서 쓰다듬어 주었다.

긴박했던 분위기는 단숨에 풀렸다. 나도 그 동물을 보고 자연스럽게 미소를 지었다. 동물의 치유효과는 뛰어나다.

"그런데 그 아이가 호랑이 맞아? 털을 보면 호랑이는 아닌 것 같은데……."

"폐하께선 호랑이를 아주 좋아하시거든요."

역시 칸사이 사람 아냐?

하지만 사실은 나도 그 고양잇과 동물을 쓰다듬었습니다.

아무래도 이 침대 밑은 고양잇과 동물의 집이 된 모양이다. 아마 침대랑 의자에서 조달한 것으로 보이는 털로 모포 같은 것까지 만들어놓고 있었다.

비바람도 피할 수 있는데다, 외적으로부터 몸을 보호하기에 이 호텔의 환경은 적합할 것이다. 먹이를 얻으려면 호텔 밖으로 나가야 할 테니까 그건 좀 힘들 것 같지만.

"냐아~."라고 울면서 그 아이는 무릎 위에 올라왔다.

"아~ 귀여워, 귀여워라♪ 이대로 그냥 집으로 데려가고 싶네♪"

"니, 그걸 핑계로 은근슬쩍 바로 돌아갈라 카는 기제?"

무에게 들키고 말았다.

당연하잖아. 내가 무슨 잘못이 있어서 이 고양잇과 동물과 헤어지면서까지 심령 스폿을 계속 돌아야 하는 건데.

하지만 다들 더 조사해 볼 생각을 하고 있는 것 같았기 때문에 나도 따라갈 수밖에 없었다. 혼자 남는 게 더 무서우니까. 고양잇과 동물도 데려가고 싶었지만, 조금 전에 샹들리에가 떨어진 것 같은 사건이 또 일어날 수도 있으므로 그 자리에 두고 왔다.

"그렇게 큰 호텔도 아니니까 이제 슬슬 적의 본거지에 들어오지 않았을까요."

"나는 개인적으로 그런 곳에 발을 들이고 싶지 않은데……."

안쪽으로 들어갈수록 지금까지 느낀 것 이상으로 온몸이 오싹해졌다.

나는 영감이 강하지 않으므로 일반인조차도 또렷하게 느낄 수 있을 만큼 무시무시한 공간에 왔다는 뜻이 된다.

무가 어떤 방을 가리켰다.

"저가 제일 강하게 느끼진다. 뭔가가 있는기라."

"아~ 정말이네. 저기서 사람이 몇 명 죽었군."

로자리도 바로 동의했다.

"뭐? 그런 것까지 알 수 있는 거야?"

"누님은 느껴지지 않습니까? 적지 않은 원한을 품고 죽은 것 같군요."

그러면 100퍼센트 어떤 복잡한 사정이 있는 장소잖아.

"저기, 나는 이 복도에서 기다리는 게 더 나을 것 같은——."

"그럼 연다. 실례한데이. 실례인 것 같으믄 돌아가라 캤던가—. 그럼 실례가 아이니까 들어간데이—."

내 말을 무시하고 무가 문을 열었다.

아아, 진짜! 여기까지 왔으면 안 보고 넘어갈 수도 없잖아!

나도 복도에서 방안을 들여다봤다.

그곳은 지금까지 본 방과는 달랐다.

일단 수많은 글씨가 벽과 바닥에 잔뜩 적혀 있었으니까.

트, 틀림없어. 이, 이건…….

흑기사단
여기에 서다!

보드 군 최강의 사나이!

7대 총장
곤봉의 사이존
특공마차 크레이지 울프 클랜

"불량 서클이 모이는 곳이었어!"

이 정도면 딱 봐도 불량 서클이다. 내가 아는 불량 서클과는 가치관이 약간은 다를지도 모르지만, 그건 반대로 말하자면 대부분이 일치한다는 뜻이다. 불량한 인간들은 어디서나 비슷한 짓을 하는 모양이다.

하지만 이곳은 단순한 불량배들의 집합장소가 아니었다.
내 시야에 뭔지 모를 검은 안개 같은 것이 여러 개 들어왔다.
밤의 어둠과는 이질적인 것이었다.
혹시 악령인가?

"이놈들, 돌아가라……."

아, 목소리가 들렸어. 이 정도면 확실하다. 영적인 존재가 있는 방이야.
이 방에서 나가야겠어! 무서워, 무서워!
"흥, 웃기지 말라고!"
유달리 큰 소리를 내는 불량 악령도 다 있구나 싶었는데——.
로자리가 크게 외치는 소리였다.
"어떤 놈의 구역인지는 모르겠지만 말이지! 좀 지나치게 까부는 거 아니냐?! 애초에 이 호텔은 너희 것도 아니잖아! 여기 남는 건 너희 선택이지만 철거되는 것쯤은 납득하고 넘어가야지! 계속 까불면 나도 그냥은 못 넘어갈 줄 알아!"
로자리가 누가 봐도 알 수 있게 시비를 걸고 있었다.
일단은 악령 대 악령의 구도일 텐데, 왠지 모르게 불량배 대 불량배의 싸움처럼 보였다.
"그래, 좋아. 그러면 밖으로 나와! 뭐? 이 방에서 못 나간다고? 장난하냐?! 나와! 지박령이라서 못 나간다고? 날 우습게 보는 거냐?"
"아니, 저 악령은 아마 정말로 못 나가는 것 같은데!"
그건 그렇고 일이 이상하게 돌아가고 있었다.

로자리와 악령들의 대결(?)이라는 양상을 띠고 있었던 것이다.

악령이 상대라고 해도 위해를 가할 수는 없을 것 같은데, 대체 일이 어떻게 돌아가려고 이러지……?

"무섭네요. 악령이 아니라 말투가."

나나 나나 씨가 감상을 늘어놓았다.

"좀 더 기품 있는 말투로 싸웠으면 좋겠는데요. '한 방 날려 드릴 테니 맞아보시겠어요?' 라는 식으로 말이죠."

"그건 그냥 조롱하는 걸로밖에 안 들려요."

한 방 날려 주겠다는 말을 그렇게 정중하게 하는 사람은 본 적도 없다고.

"그런가? 술에 취한 왕족끼리는 이 정도 대화는 신성왕국어로 주고받았는데."

"폐하, 그래서 왕족은 무섭다는 말을 듣는 겁니다."

"신성왕국어는 커뮤니케이션이 쉬워서 싸움도 자주 나니께. '물로 보지 마레이!' '함 뜰까, 짜슥아!' 라고만 말하면 바로 싸움이 가능하다 안 카나."

외부 요인이 없었어도 고대 문명은 알아서 망했을 것 같다…….

"저기, 무. 로자리는 괜찮을까……?"

제령을 하러 온 신관 같은 사람과 마주치는 것도 곤란하기 때문에 나까지 따라왔지만, 악령들끼리 충돌하면서 일어나는 일이라면 상황이 어떻게 돌아가는지 알 수가 없다.

무는 내 앞으로 오더니 날 붙잡아 말리는 동작을 취했다.

"별일 아이다. 상대는 평범한 악령인 기라. 끽해야 평범한 인간을 저주할 수 있는 수준일 끼다."

"해가 없는 존재인 것처럼 말하지만 그 정도면 충분히 해롭거든."
"내나 아즈사가 위험해질 일은 읎다. 그라고 평범한 인간을 저주하지 말라고 알아듣게 타이르믄 된다."
무의 표정은 약간은 왕다웠으며 너그러운 미소를 짓고 있었다. 일단은 적을 앞에 두고도 전혀 아무렇지 않은 듯한 반응을 보였다.
아니지, 잘 생각해 보면 심령 스폿이 어떤 곳인지 보러 온 것뿐이니까 무에겐 아무런 이해관계가 없는 것 아닌가…….
한편, 로자리는 아직도 계속 악령들이 있는 것으로 보이는 장소를 노려보고 있었다.
"붙어보자는 거냐? 무슨 헛소리야—! 진짜 뻔뻔한 자식이네! 당연하지!"
또 도쿄토박이처럼 말하고 있어!
하지만 표준어로 '당신과 싸우고 싶습니다. 그럼 잘 부탁드립니다.' 라는 식으로 말하면 투쟁심도 사그라질 것 같으니까 감정을 끌어올릴 때엔 이런 말을 쓰는 게 더 효과적이겠지.

"덤벼! 오라오라오라! 오라— 오라오라오라!"

로자리가 오라오라를 연발하고 있었다. 응, 이런 식으로 상대에게 얕보이지 않게 행동하는 것이 중요하겠지.
나에겐 잘 들리지 않지만, 상대 악령도 틀림없이 비슷한 말을 하고 있을 것이다.
"오라오라오라오라오라! 오라오라라, 라오라오라오라오!"

"로자리, 중간부터 라오로 바뀌었어!"

어느 쪽이든 별 차이가 없겠지만 역시 좀 찜찜해!

그때 로자리가 뭔가를 알아차렸는지 헉 하고 놀라면서 뒤로 돌아봤다.

"무! 그쪽으로 가는 놈들이 있어!"

뭐?!

빈틈을 너무 많이 보였는지도 모르겠다.

이 호텔 전체가 악령의 아지트라면 뒤에서 협공을 당할 수도 있었던 것이다.

그러나 내가 돌아봤을 때는――.

나나 나나 씨가 오른발로 반투명한 누군가를 짓밟고 있었다.

"느리고 맥아리가 없는 공격이네요. 한 번 더 되살아나 죽은 뒤에나 덤비든가 하세요."

나나 나나 씨가 한심하다는 표정으로 상대를 모욕하고 있었다.

머리는 모히칸인 것처럼 보이니까 불량배인 것 같은데 반투명하니까 악령이려나.

"로자리, 걱정 안 해도 된다. 이깟 놈들은 지금 바로 처리할 수 있데이."

무 앞에도 반투명한 남자가 모습을 드러내기 시작했다.

아무래도 공격을 받으면서 모습이 약간 보이게 된 것 같았다.

"내한테 덤비기에 영혼을 쪼매만 손봐줬다. 그랬더니 바로 기절해뿌네."

"그분도 죽어 있길 잘했군요. 폐하께 해를 끼치려했으니 만약 살아 있었으면 사형을 받았을 겁니다."

나나 나나 씨는 팔짱을 낀 자세로 악령의 얼굴 부분을 마구 짓밟고 있었다.

이 사람, 왠지 사디스트 같다는 생각을 하곤 했는데, 정말로 그런 성격이었네…….

“저기, 악령 중에서 무랑 나나 나나 씨는 엄청 강한 축에 속해?”

악령끼리의 싸움 같은 건 본 적이 없어서 잘 모르겠지만 격이 다른 것 같았다.

“악령으로 지낸 기간이 길어서 그렇다. 우리는 악령 대책 하나만큼은 완벽하다카이.”

자신만만한 태도로 무가 말했다. 어떤 분야에도 파워 밸런스란 것은 존재하는 모양이다.

“이 시대의 악령도 대단치가 않구마. 로자리, 니도 실력을 보이바라.”

무는 그렇게 말했지만, 로자리는 일반인 아니 일반악령이니까 악령을 상대로 싸워 이길 수는 없을 것이다.

실제로 오라오라나 라오라오라고 소리만 쳤지, 제대로 된 결판은 내지 못한 것 같으니까.

하지만 싸움은 갑자기 끝이 났다.

“냐아~. 냐아~.”

고양잇과 동물 한 마리가 방으로 들어온 것이다.

‘잠깐, 아무리 그래도 동물 몸에는 빙의하진 마’ 라는 생각을 했는데, 그건 쓸데없는 걱정이었다.

오히려 소름이 오싹 끼치던 감각이 갑자기 확 줄어들었다.

"뭐야, 너희도 동물은 귀여워한단 말이야? 뭐? 아아, 과연. 그래, 그건 그렇지. 응, 그래."

로자리가 뭔가를 파악한 것 같았다.

"누님, 이 녀석들은 이 동물이 사는 곳을 지키기 위해서 그동안 악령 짓을 했다고 합니다."

의외의 사실이야!

그 후에도 로자리는 이야기를 계속 듣고 있었는데, 갑자기 울음을 터트렸다.

"그랬구나……. 너희는 비를 맞고 있던 이 녀석들을 위해서 부서진 판자랑 문을 띄워서 비를 피할 곳을 만들어 줬단 말이지……."

버려진 고양이를 보호하는 불량학생 같은 짓을 하고 있었어!

깨닫고 보니 무까지 눈시울을 붉히고 있었다.

나나 나나 씨도 애처롭다는 표정을 짓고 있었다.

"좋은 이야기구마……. 지들이랑 마찬가지 신세인 갈데없는 동물을 그냥 보고 있을 수 없었다 이 말 아이가……."

"단순한 불량배가 아니라 다정한 마음을 가진 사람이었단 말이군요. 죽은 뒤에라도 그런 마음이 있다는 걸 깨달아서 다행이잖아요. 저도 이젠 긴장이 좀 풀리네요."

"저기…… 살아 있는 나만 분위기를 따라가지 못하고 있으니까 누가 설명 좀 해 줘."

악령들끼리만 감동에 젖어 있지 말고.

"누님, 이 녀석들이 기왕 이야기할 거면 살쾡이 방으로 자리를 옮기자고 말합니다."

"살쾡이 방?"

아직 조사하지 않은 방으로 들어가니 고양잇과 동물(살쾡이겠지)들이 잔뜩 모여 있었다.

그뿐만 아니라 다른 동물까지 있었다. 여우랑 너구리와 비슷하게 보이는 동물까지 함께 살고 있었던 것이다.

"여기가 야생동물의 터전이 되어 있었단 말인가……."

여우새끼가 내게 다가왔기 때문에 들어서 안아 주었다.

심령 스폿이 순식간에 마음이 훈훈해지는 장소가 됐어…….

"사람을 잘 따르네~. 야생동물 안 같다."

"누님, 이 아이들은 여기 사는 악령의 보호를 받으면서 사는지라 경계심이 없는 것 같습니다."

"동물 중에 악령을 볼 줄 아는 기 있어도 딱히 희한한 일이 아이긴 할 끼다. 동물이 보기엔 악령도 아즈사도 차이가 없이 보이지 않긋나."

악령과 차이가 없다는 말이 좀 걸리긴 하지만 날 보고 도망치는 것보다는 훨씬 낫겠지.

"이럴 줄 알았으면 라이카도 같이 오는 게 좋았을 텐데~. 나중에 다시 같이 오기로 할까."

큰맘 먹고 심령 스폿에 온 보람이 있었습니다.

——그건 그렇고 악령이 동물을 보호하려 했다는 건 알았지만, 그 이전의 행적은 여전히 명확하지 않았다.

동물을 지키기 위해서 주변의 악령이 모인 것은 아닐 것이다.

악령은 일반적으로 자신의 사연과 얽힌 장소를 떠나지 못한다. 악령들은 이 호텔에 대해 어떤 식으로든 후회나 원한의 감정을 가지고 있을 것이라 생각한다.

무엇보다 이 폐업 호텔에 왜 이렇게 악령이 많이 존재하게 된 걸까?

소유자 악령의 말에 따르면 심령 스폿이 된 뒤로 사람이 죽는 사건이 일어났다고 하던데, 그래도 죽은 사람의 수가 유달리 많단 말이지…….

하지만 그 장본인인 악령이 여기 있었기 때문에 모든 수수께끼는 바로 풀렸다. 추리할 필요조차 없었다.

로자리가 통역해 준 내용에 따르면――.

"누님, 그 왜, 불량한 애들이라면 괜히 오기가 발동해서 담력 시험을 하고 가곤 하지 않습니까."

"아니, 나는 불량이 아니라서 그런 상식은 잘 모르는데……."

뭐, 그렇다면 그렇겠지. 그러고 보니 옛날에 TV에서 본 심령 스폿 방송에서도 불량 서클이 적은 것으로 보이는 낙서가 은근히 자주 보였던 것 같다.

"그러다가 이 호텔에서 불량한 패거리들이 우연히 마주치게 되었고, 그대로 대규모 항쟁으로 발전한 겁니다. 그때 한쪽 패거리가 궤멸되면서 사망자가 많이 나온 것 같더군요."

"음~……. 악령이 있는 시점에서 뭔가 끔찍한 사건이 있었을 거란 예상은 했지만, 그 정도면 꽤나 중대한 사건인데."

"저도 이해가 되네요. 어릴 적에는 비밀기지 같은 걸 만들곤 하니까 말이죠."

"나나 나나 씨, 지금 이건 그런 흐뭇한 이야기가 아니에요!"
사망자가 여러 명 나온 수라장이라고.
"하지만 비밀기지로 삼은 영역 때문에 다툰 것과 얼추 비슷한 걸요? 인간이 벌이는 전쟁은 대부분이 영역 다툼이잖아요. 별 차이가 없답니다."
"그렇게 말하면 반박을 못 하겠네……."
다음에 있었던 일은 우리가 아는 이야기였다.
이 호텔에서 죽은 불량배들은 지박령이 되면서 그대로 남았다.
참고로 승자가 됐던 불량 서클도 악령이 많이 머무르게 되는 바람에 이 호텔을 바로 떠났다고 한다.
그런 과정을 겪으면서 이 호텔은 진짜 심령 스폿이 됐단 말인가——.
그때 악령들은 야생동물이 여기에 모여 있다는 걸 알게 되면서, 그대로 동물의 귀여움을 깨달았다.
악령들은 동물이 살 곳을 지키기 위해서 침입자가 오면 겁을 줘서 내쫓았다.
——그리고 지금에 이르게 된 것이다.

"하아~, 그건 그렇고 이거 참 난감하게 됐네~."
무는 바닥에 드러누워 있었다. 그 위를 라쿤 같이 생긴 동물이 지나갔다. 어쨌든 제대로 즐기고 있네.
"난감하다니, 뭐가? 수수께끼는 다 풀렸고 악령도 동물을 아끼잖아. 겁을 줬던 것도 동물을 보호하기 위해서 그랬던 거고."
"동물의 낙원이 됐다는 건 알았지만 폐허가 되다시피 한 이 호텔이 위험한 것도 사실이다 아이가. 악령이 침입자에게 나쁜 짓을 하지 않았다 캐도 얼라들이 놀러왔다 다칠 수도 있을 끼고 난중에 산적들이 숨어 사는 곳이 될 수도 있다."

"그러네. 악용될 수 있다는 문제는 남아 있구나……."

폐허에 눈독을 들이는 인간은 이 세상 어디엔가 있을 것이다. 그렇기 때문에 모험가 길드에게도 철거 의뢰가 들어온 것이다.

"그리고 소유자 유령도 있다 아이가. 이 호텔이 계속 남아 있는 한은 저 사람도 계속 여 남아 있게 될 끼라."

"저 사람은 저 사람 나름대로 좋지 않은 기억이 남아 있는 유산을 계속 보게 되기 때문에 '성불' 하지 못한단 말인가……."

"역시 어느 시대든지 인간이든 악령이든 문제가 있구마. 그 점은 심장이 뛰든 말든 달라지는 게 읎다."

무는 아무렇지 않은 표정을 짓고 있었지만, 그건 아무리 봐도 속마음을 숨기고 있다는 인상을 받았다.

폐업한 호텔을 찾아오려고 한 것도 악령이 괴로워하고 있는 게 아닌지 걱정이 되어서였을지도 모른다.

그야 미련이 있어서 악령이 되는 거니까.

지금부터는 살아 있는 내가 할 일이라는 생각이 들었다.

악령만으로는 인간사회와 교섭하는 것에 한계가 있다.

"저기, 로자리, 여기 있는 악령의 대표자는 누구야?"

나는 로자리에게 물었다.

말이 통한다면 시도해 볼 가치는 있을 것이다. 스테이터스로 따지면 살아 있는 인간들 중에서 내가 최강이긴 하지만 굳이 힘으로 모든 걸 해결할 필요는 없는 것이다.

"누님, 잠시만 기다려 주십시오."

로자리는 악령에게 뭔가를 이야기하고 있었지만, 도중에 난처한 표정을 지었다.

"대표를 정하겠다고 하더니 악령끼리 싸우기 시작했습니다!"

"너무 다혈질이야!"

그 후에 나는 싸움으로 정해진 악령의 대표자에게 내가 생각한 것을 제안했다.

"——이렇게 하려고 하는데, 어때?"

악령들로부터 동의를 받아낼 수 있었다.

자, 그럼 날이 밝으면 본격적으로 움직여볼까.

◇

며칠 후, 그 호텔은 무사히 철거됐다.

악령이 아무 짓도 하지 않을 것이라는 믿음을 주기 위해서 일류 모험가인 시로나를 불러서 대기해달라고 부탁했다.

S랭크 모험가가 괜찮다고 말하면 다들 안심할 것이다.

물론 철거 작업 중에도 아무런 문제가 일어나지 않았다.

단, 호텔이 있던 곳 바로 옆에는 작은 집이 세워졌다.

작은 집이라고 말했지만 천장이 낮아서 인간이 들어갈 수 있을 만한 사이즈가 아니었다.

그곳은 폐업 호텔에서 살고 있었던 동물들의 새로운 거주지다.

나는 로자리랑 라이카와 함께 그 집에 들렀다.

"우와아, 귀엽네요!"

라이카는 웅크리고 앉더니 대량으로 모여 있던 동물들을 보면서 눈을 반짝이고 있었다. 역시 라이카는 이런 것을 좋아했지.

동물 쪽도 라이카에게 적극적으로 다가갔다. 여우와 라쿤과 살쾡이가 라이카에게 달라붙어 있었다. 털도 마음껏 쓰다듬을 수 있을 것 같았다.

하지만 무슨 이변을 느꼈는지 왼팔을 오른손으로 눌러서 붙잡았다.

"아즈사 님, 여기에 뭔가가 있는 것 아닌가요……?"

"응, 눈에 보이지 않는 관리인들이 있어. 이 집은 방범 대책도 완벽하지."

그렇다. 그 호텔에 있었던 지박령들은 이 땅에 남아서 동물을 지키는 일을 맡도록 제안한 것이다.

그 제안에 동의했기 때문에 호텔을 철거할 수 있었던 것이다.

동물이 안심하고 살 수 있는 환경을 유지할 수 있다면 굳이 그 호텔에 집착할 필요는 없을 테니까 말이지.

호텔이 없어지면서 소유자 악령도 사라졌다——고 생각했는데, 불량배 악령들과 함께 동물 관리인으로 일하고 있다고 한다…….

영원히 동물을 돌볼 수 있으니까 나름대로 즐겁다나 뭐라나. 그건 개인의 자유니까 하고 싶은 대로 하면 될 것이다.

"아즈사 님, 역시 대단하십니다! 이런 어려운 문제를 해결하셨군요!"

"아냐~. 나는 살아 있는 인간의 대표로서 나섰을 뿐인걸. 이번 일은 어디까지나 로자리랑 무가 잘해 줬기 때문이야."

무가 길드를 통해 들어온 이번 의뢰에 관심을 보이지 않았다면 절대 시작되지 않았을 일이다. 나도 조금은 도움을 준 것 같아서 기분이 좋긴 했지만.

"저도 다양한 악령이 있다는 걸 알게 되어서 다행이라고 생각합니다. 남 일이 아니니까 말이죠."

로자리가 지금 우리 가족이 돼서 고원의 집에 살고 있는 것도 별것 아닌 우연 때문이라고 할 수 있으니까 말이지.

만약 로자리가 행복한 일생을 보냈더라면 악령이 되지 않았을 것이다. 그랬다면 하루카라가 공장으로 이용하기 위해 산 건물에 로자리가 있을 일도 절대 없었겠지.

이야기를 하다 보니 이상하게 되긴 했지만, 로자리가 불행하게 죽은 덕분에 우리는 로자리와 만날 수 있었던 것이다.

내가 과로사한 것이 계기가 되면서 이 세계에서 마녀로 살게 된 것처럼…….

인연이란 것은 참으로 복잡한 것이다.

우리도 하나하나의 인연을 소중히 여기면서 살아가기로 하자.

"불행이 좋은 만남을 제공해 주는 경우도 있겠지. 그러자고 일부러 불행해질 필요는 없겠지만."

"네. 그게 삶과 죽음의 재미라고 저도 생각합니다!"

야아, 정말로 인생이란 뭐가 어떻게 돌아갈지 예상할 수가 없는 법이다.

"그래서 말인데 또 다른 심령 스폿에도 가보고 싶습니다만, 누님, 함께 가시지 않겠습니까?"

로자리가 눈을 빛내면서 말했다.

"이 세상에는 아직 더 많은 심령 스폿이 있을 겁니다! 앞으로도 계속 찾아서 돌아보기로 하죠!"

나는 쓴웃음을 지으면서 대답했다.

"무서우니까…… 되도록이면 사양하고 싶습니다."

딱히 이번 건으로 심령 스폿에 내성이 생긴 것도 아니니까!

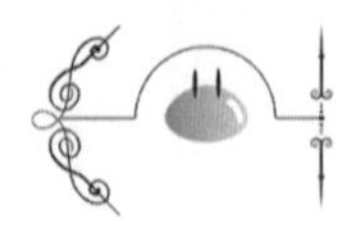

CD 비슷한 것이 만들어졌다

빨랫감을 널고 있으려니, 멀리서 뭔가 커다란 것이 날아왔다.

“저건 와이번이네.”

우리 집은 마족 지인이 많기 때문에 와이번이 들르는 일도 많다. 소포랑 편지를 전해 주러 오기도 하며 마족이 타고 오는 경우도 있었다.

이 근방 사람들은 이제 익숙해졌는지, 와이번을 보고도 놀라지 않게 되었다.

가끔 레비아탄도 보니까 말이지……. 드래곤은 거의 매일 보고 있고……. 이제 와서 새삼스럽게 와이번 정도로는 반응하지 않겠지…….

그건 그렇고, 이번에는 무슨 일로 온 걸까.

그 의문에 대한 정답은 손님이었다. 그것도 두 명이었다.

각각 귀가 특징적이어서 바로 알아볼 수 있었다.

토끼 귀는 쿠쿠, 고양이 귀는 폰델리였다.

“너희 둘이 함께 오다니 별일이네.”

와이번에서 내린 두 사람을 보고 인사를 했다. 두 명 다 짐이 꽤나 많았다. 또 뭘 그렇게 많이 들고 온 걸까.

“오랜만입니다, 아즈사 씨. 아니…… 그렇게 오랜만에 뵙는 건 아닐지도 모르겠군요."

쿠쿠는 릴레이 마라톤 대회의 공식 테마송인 〈후보 선수의 인생〉을 불렀으니까 말이지.

"그렇게 따지면 폰델리는 감정 기사단이 여길 찾아온 이후로 보는 거니까 더 최근에 만난 셈이네."

이래저래 반제르드 성 앞 도시에 사는 사람들과는 자주 보는 일이 많았다. 물리적인 거리가 느껴지지 않을 정도로 마족은 우리 집에 자주 찾아온다.

"그러네요~. 저도 또 올 줄은 몰랐어요. 최근에는 오래 틀어박혀 있을 수가 없네요."

"그건 은둔형 외톨이였던 사람의 농담으로 듣기로 할게."

폰델리는 오랫동안 게임만 하면서 빈둥빈둥 살았다. 지금은 마족용 게임을 만들어서 생계를 꾸리고 있다.

"참고로 오늘 저는 그냥 따라온 것으로 생각하시면 됩니다. 쿠쿠 씨가 여러분에게 꼭 들려주고 싶은 게 있다고 하더군요."

"신곡이라도 선보이려고 온 거야? 그렇다면 기쁘긴 하지만 일부러 여기까지 찾아오다니 왠지 미안하네."

하지만 그렇다면 폰델리가 여기에 온 이유를 잘 모르겠다.

"글쎄요~? 그 답은 나중에 알려 드릴 테니 기대하세요~."

뭐야. 뭘 또 꾸미고 있는 건가?

"뭐, 좋아. 일단은 안으로 들어와."

나는 마지막 빨래를 넌 뒤에 두 사람을 식당으로 안내했다.

마침 식당에는 프라토르테도 있었다.

음악 이야기라면 프라토르테가 가장 잘 아니까 타이밍도 적절했다.

"어, 쿠쿠잖아. 요새도 음악 활동은 잘하고 있는 것 같던데."

"네, 프라토르테 씨. 덕분에 생계는 잘 꾸리고 있습니다."

쿠쿠가 정중하게 머리를 숙였다. 프라토르테가 은사 같은 대접을 받는 일은 사실 엄청 드물지 않을까.

그리고 머리를 다시 들어 올린 쿠쿠의 표정은 꽤나 진지하게 바뀌어 있었다.

"저기! 오늘은 프라토르테 씨에게 이야기하고 싶은 것이 있어서 찾아왔습니다!"

긴장한 표정으로 어깨에 한껏 힘을 준 자세로 쿠쿠가 말했다.

이 정도면 정말로 스승에게 질문을 하러 온 제자 같다.

하지만 이번에는 쿠쿠가 나를 돌아봤다.

"아즈사 씨에게도 어드바이스를 받고 싶습니다!"

"뭐, 왜 나한테……?!"

나는 음악을 잘 모르는데. 오히려 아무것도 모르는 사람의 의견이 필요할 때가 있을지도 모르지만, 그렇다면 여기까지 오지 않아도 마족이 사는 곳에서 충분히 해결할 수 있을 것이다.

"그 왜, 예전에 아즈사 씨는 제가 게임센터를 만들 때도 적절한 의견을 주신 적이 있잖아요. 그런 의견이 듣고 싶다는 거죠."

폰델리가 참으로 무책임한 말을 했다. 뭐, 나를 신뢰하고 있다는 뜻으로 받아들일까…….

"그건 내가 참고가 되는 기억과 경험을 우연히 가지고 있었기 때문이야."

예전에 살았던 세계의 게임센터와 비슷한 부분은 별로 이야기하지 않았다. 말해도 통하지 않았을 테니까.

"아뇨, 이번에도 도움이 될 것 같아요. 이건 언데드의 감이에요."

그런 감이 맞아도 되는 걸까?

"뭔지 잘은 모르겠지만, 음악에 관한 이야기라면 프라토르테 님이 의견 정도는 말해줄 수는 있을 거다."

이런 때에 프라토르테는 결코 쩨쩨하게 굴지 않는다. 언니 역할은 확실하게 해낼 수 있는 캐릭터일 것 같다.

기본적으로 프라토르테에게 맡기면 되지 않을까.

"네! 신곡을 들어주시면 좋겠습니다."

"좋아, 그럼 류트를 꺼내라."

"그게 말인데, 이번에는 류트도 필요가 없습니다."

쿠쿠가 그렇게 말했다. 무슨 뜻이지? 아카펠라? 직접 연주하고 노래하지 않더라도 류트를 담당하는 연주자가 따로 있는 곡이란 말인가?

"지금 준비할 테니까 조금만 기다려 주세요."

쿠쿠는 짐 안에서 뭔가를 꺼냈다.

얇은 도넛 모양의 부적 같은 것이었다.

재질은 천 같긴 했지만, 나는 전생에 본 것 중에서 어떤 것을 떠올렸다…….

"이 아티팩트 안에 신곡이 들어 있습니다!"

역시 CD같은 거였어!

딱 봐도 천으로 만든 CD 느낌이었는데, 그게 정답이었다.

"지금부터는 제가 이야기하죠."

폰델리가 말을 이어받았다.

"모종의 연줄을 통해서 얻은 마법 신기술 중에 소리와 영상을 보존할 수 있는 것이 있더군요."

그 '모종의 연줄'은 거의 확실하게 고대 문명을 구축한 죽은 자의 나라겠지…….

"그래서 음악을 보존할 수 있으면 얼마든지 음악을 다시 들을 수 있지 않겠느냐는 아이디어를 떠올린 거예요! 그럴 수만 있다면 엄청난 발명 아니겠어요?!"

"응, 그건 부정하지 않겠어……."

굳이 말하자면 이미 동영상 스트리밍 서비스 같은 게 있으니까 CD 쪽이 기술적으로 더 뒤떨어진 것 같지만, 기존에 없었던 걸 만들어낸 거라면 새로운 발명이긴 하다.

"그리고 이게 보존한 음악을 들려 주는 아티팩트랍니다!"

이번엔 폰델리가 사각형 검은 상자를 꺼냈다.

이건 이것대로 게임기처럼 생겼지만…… 너무 따지진 말자.

"이 소리가 나오는 아티팩트와 제 곡이 담긴 원반형 아티팩트를 동시에 발매할 예정입니다."

"그렇답니다. 원반형 아티팩트가 없으면 제가 가지고 있는 이 소리가 나오는 아티팩트도 가치가 없으니까요. 그래서 쿠쿠 씨와 제휴한 거예요!"

©Benio

"응…… 제법 참신한 시도라고 생각해."

맹렬한 기시감이 들었지만 입을 다물고 있자.

드디어 이 세계에도 CD가 유통된단 말인가. 어차피 당분간은 마족들 사이에서만 팔리겠지만.

"그리고 이게 제 신곡입니다."

쿠쿠는 원반형 아티팩트를 세 개 꺼냈다.

각각 '버전 1', '버전 2', '버전 3'이라고 적혀 있었다. 천이라 글자가 잘 적히지 않아서인지 억지로 힘을 주고 쓴 것 같은 글씨였다.

이제야 음악과 관련된 이야기가 나와서 그런지, 프라토르테는 테이블을 향해 몸을 앞으로 내밀면서 관심을 보였다.

"그렇군. 맨 처음에 낼 곡을 어떤 버전으로 할지, 내 의견을 듣고 싶다는 뜻이로구나."

"과연. 여기 있는 건 전부 샘플이란 말이네."

확실히 같은 곡이라고 해도 여러 번 녹음하는 건 딱히 신기한 일도 아니다. 프로라면 세세한 차이에도 신경을 쓸 테니까.

하지만 쿠쿠는 잠시 떨떠름한 표정을 지었다.

어라, 프라토르테랑 내 생각과는 다르단 말인가?

"그건 소리를 내는 아티팩트 담당인 제가 설명할게요~. 쿠쿠 씨의 원반은 전부 다 열한 곡이 들어가지만 마지막 한 곡만 각각 다른 곡을 넣었답니다~."

"1탄부터 상술이 너무 노골적이야!"

나는 듣자마자 큰 소리로 지적했다.

"그건 팬이라면 모든 곡을 다 들어보고 싶으니까 결국 모든 종류를 다 살 수밖에 없게 만드는 상술이잖아? 이익은 낼 수 있을지도 모르지만, 쿠쿠의 이미지가 안 좋아지니까 안 하는 게 좋아!"

아무래도 이 세계에 사는 사람들은 전체적으로 돈을 벌 수 있으면 막 나가는 타입이 많은 것 같다.

그중에서 필두는 무슬라 씨지만, 동굴의 마녀인 에노도 극성맞은 구석이 있었다. 이번에도 비슷한 냄새가 났다…….

하지만 쿠쿠도 폰델리도 깊은 관심을 보이는 표정으로 고개를 끄덕이고 있었다.

"역시 아즈사 씨의 의견은 도움이 되네요~. 팬의 심리까지는 고려하지 않았어요. 그럼 이 아이디어는 포기하겠습니다."

폰델리는 노트를 꺼내더니 '마지막 한 곡만 바꿔서 넣는 건 좀스럽게 보이니까 안 됨' 이라고 메모했다.

내 의견을 바로 받아들였으니 다행이라고 생각할까.

쿠쿠도 그 원반형 아티팩트를 다시 가방에 넣었다.

그 대신 또 세 종류의 원반형 아티팩트를 꺼냈다. 이번에는 '일반판', '한정판 1', '한정판 2' 이라고 적혀 있었다.

"저기, 이 세 종류는――."

"아, 쿠쿠, 대충 뭔지 알았어."

내가 손을 들어서 쿠쿠의 말을 막았다.

"한정판이라고 적혀 있는 것에는 각각 영상이나 그 비슷한 게 들어가 있고, 일반판에는 영상은 없지만 한두 곡 정도 한정판보다 많이 들어 있는 것 아냐?"

쿠쿠와 폰델리가 "오―!"하고 탄성을 냈다.

폰델리는 박수까지 하고 있었다.

"역시 아즈사 씨네요! 거기까지 알고 있다니! 정말로 여기 와서 물어보길 잘했네요! 참 도움이 돼요!"

"아니…… 뭔가 그게…… 그럴 거라는 느낌이 들었어……."

"이 원반형 아티팩트는 음악만이 아니라 영상도 기록할 수가 있거든요! 정말로 획기적이지 않나요?!"

내가 살던 세상에서도 이런 식으로 CD를 팔았으니까 말이지.

어떤 식으로든 몇 가지 패턴으로 동시에 내고 싶단 말이구나. 이젠 맘대로 하라지.

그건 그렇고, 정작 중요한 음악을 아직 듣지 못했다.

프라토르테가 따분한 표정을 짓고 있네. 어서 음악 이야기를 하는 게 좋겠어!

"그럼 그 CD……가 아니지. 원반형 아티팩트를 재생……이라고 하진 않나……. 가동해 보겠어?"

표현이 조금씩 다르다 보니까 오히려 더 혼란스럽다. 아예 그냥 CD라고 불렀으면 좋겠다.

"알겠습니다! 지금부터는 프라토르테 씨 의견을 듣고 싶군요!"

쿠쿠가 '일반판' 이라고 적은 아티팩트를 가동용 아티팩트 상자에 넣었다.

드디어 이 세계에서 최초로 CD(같은 것)를 듣게 됐네.

그건 그것대로 감동적인 경험이라고 생각한다.

"어떤 소리가 나려나."

보기에는 그냥 상자인지라 스피커 성능은 예상이 되질 않았는데, 그쪽에도 흥미가 생겼다. 의외로 엄청나게 현장감이 있는 소리가 날지도 모르지.

"좀 두근거리네."

전생에서 처음으로 CD를 샀을 때를 떠올렸다. 어릴 적의 용돈을 생각해 보면 CD는 꽤나 비싼 물건이었단 말이지.

"…………."

소리가 나질 않았다.

이건 잠시 뜸을 들였다가 갑자기 폭발적인 소리가 나오도록 만든 건가?

"………………. ………………."

실은 음량을 가장 낮게 맞춰——놓은 건 아니겠지. 그런 이유는 아닌 것 같은데. 조금만 더 기다려 볼까.

"………………. ………………."

"언제 소리가 나오는 거야, 이거?!"

나는 큰 소리로 따져 물었다. 아무 소리도 나오질 않잖아!

"이상하네요. 망가진 건 아닐 텐데……."

폰델리가 이상하다는 듯 상자에서 원반형 아티팩트를 꺼냈다.

"아! 알았어요! 전에 마지막까지 가동하질 않았기 때문에 첫 부분까지 되돌릴 필요가 있었네요!"

카세트테이프야?! 시스템이 CD보다 구식이잖아!

"처음으로 되돌리는 기능은 여길 왼손으로 누르면서 여길 오른손으로 누르는 거예요."

은근히 조작이 까다롭다. 왠지 컴퓨터 강제종료 방법 같네.

끼릭끼릭끼릭, 끼릭끼릭~.

"아, 돌아요. 돌고 있네요. 잠시 기다려 주세요~."

이미 동영상 스트리밍 서비스 같은 것도 할 수 있는데, 왜 이제야 카세트테이프 같은 게 탄생한 걸까.

"음악을 전혀 듣질 못했다. 따분하다."

프라토르테는 멍하니 바라보고 있었다. 이 정도면 프라토르테가 아니더라도 슬슬 참을성에 한계가 찾아올 것 같다.

이윽고 상자형 아티팩트에서 '찰칵' 하는 소리가 났다.

고향에 있던 카세트테이프에서 들을 수 있는 오래된 콤포넌트와 비슷한 소리였다.

"이제 진짜 시작합니다. 쿠쿠 씨의 첫 번째 곡이에요!"

정말로 음악이 흘러나오기 시작했다. 쿠쿠의 류트 연주 같은 소리가 났다.

"오오! 엄청난 기능이다!"

갑자기 프라토르테가 흥분한 표정을 지었다. 어쩌면 처음 CD나 카세트테이프를 들었던 사람도 이런 기분을 느꼈을까.

하지만…… 첫 곡부터 어두웠다.

[1번]

모르는 사이에 부모에게 버림을 받은 책

작사 작곡 쿠쿠 4:35

아티팩트 안에서 쿠쿠의 "모두 내 허락 없이, 내 허락 없이, 나를 점점 부정하는 것 같네요~♪"라는 비통한 목소리가 울려 퍼졌다.

처음 CD(비슷한 것)를 듣는 체험치고는 곡 선정이 너무 어두워…….

한동안 쓸쓸한 가사가 식당을 감쌌다.

그 음악을 묵묵히 듣는 우리 네 명.

왠지 달갑지 않은 공간이 됐네…….

끝났다는 생각이 들었을 때 폰델리가 "일시정지할게요."라고 어딘가를 눌렀다. 언뜻 보기엔 버튼이 없었기 때문에 어디를 누르면 기능하는지 모르겠다.

"저기, 프라토르테 씨, 어떤가요……?"

쿠쿠가 짐짓 예의를 갖춘 자세로 조심스럽게 물어봤다.

프라토르테는 어느새 팔짱을 끼고 있었다.

"변함없이 너다운 음악이었다. 좋았다."

어라? 의외로 짧게 끝나는 감상이네. 그래도 쿠쿠가 안도한 표정을 짓고 있는 걸 보니 역시 이 두 사람은 사제관계라는 생각이 들었다.

"그럼 다음 곡들 들려다오. 라이브에서 곡의 순서가 중요한 것처럼 이 아티팩트에 들어 있는 곡도 나오는 순서에 따라서 전혀 다르게 들릴 거다."

"아, 네! 잘 부탁드립니다!"

프라토르테가 명망 있는 프로듀서처럼 보이기 시작했다.

[2번]

후보 선수의 인생

작사 작곡 쿠쿠 4:05

릴레이 마라톤 대회에서 들었던 거야! 순서로 치면 싱글 곡 같이 배치되었네!

그 뒤에도 곡은 차례로 재생되었다.

[3번]

까먹었을 뿐인데 거짓말쟁이라는 말을 들었네

작사 작곡 쿠쿠 4:27

[4번]

빵에 핀 곰팡이

작사 작곡 쿠쿠 5:02

[5번]

잔돈을 못 찾아 허둥대니 뒤에 있던 사람이 혀를 찬다

작사 작곡 쿠쿠 3:43

[6번]

그 사람이 너를 욕했다고 자주 알려주는 지인

작사 작곡 쿠쿠 4:27

[7번]

타인의 웃음소리가 날 무시하는 것처럼 들리네

작사 작곡 쿠쿠 4:50

"곡명만 봐도 전부 어두운 노래인 걸 알겠어!"

몇 곡을 들어봐도 어두웠기 때문에 점점 참고 듣기가 힘들어졌다.

"첫 시도이기 때문에 지금의 제가 만들 수 있는 최고의 음악을 보존하기로 했습니다. 타협은 하지 않을 겁니다."

확신이 담긴 맑은 눈으로 쿠쿠가 말했다.

그 결과, 엄청 어두운 앨범(?)이 탄생할 것 같다…….

여전히 프라토르테는 거의 아무 말도 하지 않은 채 계속 팔짱을 끼고 있었다. 눈을 자주 감고 있긴 했지만 자는 건 아닌 듯하다. 프라토르테는 잠이 들면 지금보다 더 한심한 표정으로 바뀐다.

"저기, 프라토르테 씨, 어떤가요?"

하지만 너무 말이 없으니까 쿠쿠는 조금 불안해진 것 같았다.

"걱정하지 마라. 끝까지 들어보겠다."

"알겠습니다. '일반판' 인 원반에는 '한정판' 에 없는 두 곡이 들어 있기 때문에 총 열세 곡입니다."

아직 여섯 곡이나 어두운 음악이 계속된단 말인가…….

하지만 또 원반에서 음악이 흘러나오지 않게 되었다.

"어라? 라디오카세트……가 아니라 아티팩트가 고장 났나?"

아직 곡이 반 정도 남았다고 하니 재생되지 않는 건 이상하다.

"완성도가 엉망인 아티팩트로군."

프라토르테가 눈을 뜨면서 폰델리를 노려봤다.

진지하고 듣고 있었던 만큼 자주 중단되면 짜증이 날 것이다.

"음악이라는 건 몇 번이나 도중에 끊겨선 안 되는 거다. 그럴 바엔 실수를 해도 그냥 실수한 채로 이어지는 게 더 낫다. 가사를 틀려도 멋진 라이브는 얼마든지 있으니까."

"어떤 기분인지는 저도 잘 압니다! 잠시만 기다려 주세요! 무슨 문제가 있는지 조사해 볼 테니까요! 이런 고장이 일어날 리가 없는데 말이죠~."

폰델리는 상자 모양의 아티팩트를 열어서 이곳저곳을 만져보고 있었다.

"폰델리, 기계도 잘 다루는구나."

집에 틀어박혀 있었을 때는 보드게임과 카드게임 정도밖에 보지 못했기 때문에 그 무렵에는 기계다운 기계도 없었던 것으로 기억하고 있지만.

"고대 문명의 영향을 받으면서 게임 아이디어를 생각하다 보니 어느새 잘 알게 되었지 뭐예요~."

그러다간 머지않아 컴퓨터 같은 것도 만들어낼 것 같네.

더구나 언데드는 계속 살아 있을 테니까(살아 있는 것으로 생각할 순 없겠지만 계속 죽어 있다는 표현도 이상하단 말이지) 이런 상태가 계속되면 폰델리는 계속 지식을 축적해 나가지 않을까.

"아티팩트에는 이상이 없네요. 끄응~. 원반에 문제가 있나?"

"폰델리 씨, 그럴 리가 없어요. 마지막까지 들었던 것만 가져왔으니까요."

난감하군. 기계가 말썽을 일으키는 문제라면 나는 아무런 도움도 줄 수가 없다. 더구나 기계가 아니라 특수한 아티팩트라면 다루는 법을 아예 모른다.

"아, 알았어요, 알았습니다♪"

갑자기 쿠쿠가 밝게 말했다. 고장의 원인을 알아낸 걸까.

쿠쿠는 원반을 꺼내더니 뒤집어서 다시 삽입했다.

"앞면이 끝났으니까 다음은 뒷면이 나오게 뒤집어야죠."

왜 또 그런 기능은 카세트테이프처럼 만들어진 건데!

어쨌든 곡이 시작되었다.

[8번]

다른 사람은 비판하면서 자신의 실수에는 침묵하는가

작사 작곡 쿠쿠 5:28

지금까지 들어본 것 중에서 가장 무거운 류트 소리가 흘러나왔다. 가끔은 한숨 돌릴 수 있게 좀 가벼운 곡을 넣는 게 좋지 않을까……?

하지만 음악을 잘 모르는 내가 할 말은 아니겠지. 프라토르테에게 맡기자.

그 프라토르테는 계속 리듬을 따라가는 중인지 가끔씩 고개를 까딱거리고 있었다.

그때 산드라가 밖에서 들어왔다.

"오늘은 벌레가 많으니까 벌레가 덤비지 못하게 약을 좀 바를게."

그렇게 말하면서 바닥에 둔 기계 옆을 종종걸음으로 지나갔다.

그 순간, 기계에서 "우이————잉!"이라고 이상한 소리가 났다!

"왓! 뭐야?! 잘은 모르겠지만 엄청 거슬리는 소리가 났는데!"

응, 꽤나 불쾌한 소리였다. 곧 재생도 멈추고 말았다.

"아~아, 산드라가 망가트리고 말았구나."

프라토르테가 눈을 흘기면서 산드라를 봤다.

"누가 들으면 오해하겠네! 식물이 옆을 지나가는 것만으로 망가지는 게 이상한 거라고! 왕왕왕!"

산드라가 오랜만에 동물처럼 우는 것 같다.

"그건 그렇고 폰델리, 이번 고장은 대체 원인이 뭐야?"

"잠깐만요. 확인해 보겠습니다!"

폰델리는 또 기계를 조사하기 시작했다.

"아아, 그게 원인이었군요. 아티팩트가 마력을 이용하고 있을 때 진동이 생기면 멈춰버리네요."

"상당히 민감한 기계네……."

"사용 중일 때는 진동에 약하니까 애완동물을 기르는 집은 조심하는 게 좋겠군요. 고양이가 만지거나 한다면 지금처럼 멈춰버릴 겁니다."

그런 점은 옛날 게임기와 비슷하다는 생각이 들었지만, 틀림없이 아무도 알아듣지 못할 테니 입 다물고 있자.

"네, 그럼 다시 켤게요."

폰델리가 상자를 조작하는 부분을 눌렀다.

…………하지만 여전히 아무런 곡도 나오지 않았다.

그때 프라토르테가 갑자기 일어서더니——.

벽에 콜드 브레스를 뿜었어!

벽이 살짝 얼어붙었다. 뭐, 시간이 지나면 녹겠지만 문제는 그게 아니었다.

"아아아아아악! 정말 성가신 물건이구나! 트러블이 자주 일어나서 스트레스가 쌓인다! 짜증이 난단 말이다!"

두 손으로 자신의 머리를 붙잡고는 이리저리 흔들고 있었다.

지금까지 계속 참고 있었구나!

"프라토르테, 기분은 알겠지만 진정해! 기계라면 종종 있을 수 있는 일이니까!"

"이렇게 짜증을 유발하는 거라면 나는 아티팩트 따윈 필요 없다! 쿠쿠한테서 직접 곡을 듣는 게 더 빠르다! 그리고 이런 상자로 음악을 듣는 건 영 떨떠름하다! 실제 연주를 내 귀로 직접 들어야 한다는 생각이 든다!"

"그건 그럴지도 모르지만…… 쿠쿠가 늘 바로 옆에 있는 게 아니잖아……. 이게 있으면 전 세계 어디에 있더라도 쿠쿠의 곡을 들을 수 있게 될지도 몰라!"

쿠쿠와 폰델리도 어떻게 할지 모르는 표정을 짓고 있었다.

특히 쿠쿠는 "그러네요……."라고 작은 목소리로 말했다.

아티스트인 쿠쿠는 라이브로 듣는 게 더 좋다는 프라토르테의 말에 상당한 설득력을 느끼고 있었던 것이다.

"아뇨…… 프라토르테 씨, 이 아티팩트가 있으면 몇 번이든 음악을 들을 수가 있거든요……. 그건 정말 대단한 일이에요……."

"언데드, 말은 그렇게 하지만 고장이 나서 멈추지 않았느냐."

"윽……. 그러게요……. 왜 이렇게 자주 멈추는 걸까요……."

뭔가 기계가 전파되기 전의 시련 같은 것을 보고 있는 듯한 기분이 들었다.

아마도 이 세계의 도구나 기계는 물론이고, 내가 전에 살았던 세상에 있었던 복잡한 기계도 '이게 있으면 편리해질 거야!' 라고 생각한 개발자와 '그게 꼭 필요한가?' 라고 말하는 자들의 갈등이 있은 뒤에 편리하다는 여론이 앞서면서 널리 퍼졌겠지.

스마트폰이 나와도 집요하게 일본의 독자적 규격에 맞춰 만들어진 휴대전화에 집착하는 사람이 있었고, 휴대전화가 보급될 시기에는 휴대전화가 없어도 생활할 수 있다고 주장하면서 구입하지 않으려 했던 사람이 있었을 것이다.

이 라디오카세트(이제 내 머릿속에선 이름이 라디오카세트로 정해졌다)도 그런 시련을 극복했을 때 제대로 보급되지 않을까.

좋아, 개발자를 도와주기 위해서 발 벗고 나서기로 하자.

나는 프라토르테의 어깨에 손을 얹었다.

"워워, 워워."

"아…… 주인님, 조금만 더 참고 기다려 보자는 뜻입니까?"

프라토르테는 내가 어깨를 잡고 진정시키자 짜증이 가라앉은 듯한 반응을 보였다.

“그래. 무슨 일이든 새로운 것에는 문제가 따르기 마련이야. 프라토르테도 시행착오를 겪으면서 나아진 점이 있을 거 아냐?”

“딱히 없었던 것 같습니다.”

이럴 때는 말을 좀 맞춰 줘!

“잘 생각해 봐. 이 아티팩트가 발매되면 쿠쿠의 곡을 아는 사람들이 늘어날지도 몰라. 그건 좋은 일이잖아?”

프라토르테는 눈을 끔벅거렸다.

그리고는 쿠쿠 쪽을 힐끗 봤다. 쑥스러워하는 듯한 표정으로 바뀌었다.

“그건 나쁜 일은 아닌 것…… 같기도 합니다…….”

좋아! 프라토르테도 쿠쿠를 응원하고 있으니까 말이지. 이제 더 이상은 불평을 하지 않을 것이다.

그러는 동안에 폰델리는 원반을 상자에서 꺼냈다.

“아~ 접촉 불량이 일어났군요. 으음, 아무래도 접촉이 잘 되지 않는 것 같아요. 그렇다면――.”

뭔가 대책법이 있는 것 같았다.

“후욱― 후욱―.”

폰델리는 원반에 입김을 불었다.

“그게 의미가 있어?!”

역시 옛날 게임기 같아! 그리고 그렇게 하면 가동한다는 건 어디까지나 미신으로 알고 있는데! 오히려 침이 들어가는 바람에 고장 날 위험이 있다고!

아니, 이건 전자기기가 아니니까 그런 문제는 없으려나……. 이 세계의 문명은 여러모로 극단적이다.

"아, 이건 의미가 없겠군요."

폰델리가 입김을 부는 걸 중단했다. 역시 그건 아니겠지.

"전 죽었기 때문에 숨을 내쉴 수가 없거든요~. 다른 분이 대신 해 주시겠어요?"

"그게 문제였어?!"

"숨을 쉬지 않는데도 저도 모르게 그만 입김을 불려고 한단 말이죠. 아~ 옛날 습관이란 건 정말 무섭다니까요. 속담에도 '세 살 버릇은 영구불멸' 이라고 하잖아요."

속담에서 언급되는 기간이 기네.

어쩔 수 없어서 내가 대신 상자에 대고 불어 줬다.

"후욱―, 후욱―!"

"아즈사 씨, 계속 불어 주세요! 생명이 담긴 숨결로 마력회로가 가동하기 쉬워질 테니까요!"

그럴 때는 또 마법적인 개념에 따라서 생각하니까 정말 번거롭네!

생명이 담긴 숨결이 효과가 있었는지, 아티팩트는 겨우 다시 움직이기 시작했다.

"아. 소리가 나오네요. 〈다른 사람은 비판하지만 자신의 실수에 대해선 침묵하는가〉의 후반부입니다."

"저기, 쿠쿠의 실력은 인정하지만, 지금까지 계속 어두운 곡이 나오는데 인기를 얻을 수 있을까……?"

"괴로운 심정을 대변해 줘서 고맙다는 팬레터는 많이 받습니다."

"……그렇구나. 밝기만 한 곡으로는 감동을 받지 않는 사람도 있단 말인가."

마족들은 전체적으로 적당히 대충 사는 것 같다는 인상을 받았지만, 분명 힘든 나날을 보내고 있는 자들도 있을 것이다.

"다음 건 아홉 번째 곡인 〈집세 3개월 연체〉입니다. 저 나름대로는 꽤 자신 있게 만든 곡이에요."

"아이돌이라면 절대 노래하지 않을 것 같은 곡명이야!"

쿠쿠가 자신이 있다고 말했던 만큼 그 곡은 상당히 괜찮게 들렸다. 더구나 의외로 아주 약간 밝은 곡이었다.

특히 후렴구의 "이 좁은 방에서 도망치자~♪ 엄밀하게 말하자면 쫓겨난 거지만~."이라고 반복되는 부분이 좋았다.

"확실히 네가 만든 곡 중에선 예외적으로 질주감이 느껴지는구나. 이건 좁은 집에서 벗어나는 것과 자신을 속박하는 것으로부터 벗어난다는 이중적 의미가 있는 것 같군."

프라토르테도 그럴듯하게 좋은 해석을 했다.

"아뇨, 이건 전혀 인기가 없었던 스키파노이어 시절에 집세가 계속 밀렸던 때를 떠올리면서 만든 곡인데요."

좋은 해석인데 작곡자가 부정하는 바람에 의미가 없어졌다.

여러 가지로 문제가 있었지만, 그 원반형 아티팩트는 마지막 곡까지 재생을 끝냈다.

"좋았어. 아주 좋았어~!"

나는 박수를 치면서 쿠쿠를 칭찬했다.

하지만 쿠쿠의 얼굴은 모든 곡의 재생이 끝난 뒤에 오히려 더 긴장하고 있었다.

그 눈은 프라토르테를 보고 있었다.

쿠쿠는 프라토르테가 어떤 평가를 내릴지가 당연히 마음에 걸릴 것이다.

아마 기대와 불안이 반반이지 않을까.

프라토르테는 아직도 매우 진지한 표정을 짓고 있었다. 정신 연령이 대폭 상승한 것 같은 분위기가 느껴졌다.

나와 폰델리의 시선도 프라토르테에게 집중되었다.

자, 어떤 반응이 나올까?

"나는 라이브로 듣는 연주에는 이기지 못한다고 생각한다."

진지한 표정으로 프라토르테는 말했다.

그건 엄격하지만 솔직한 프라토르테의 감상이라고 할 수 있을 것이다.

확실히 이 세계에는 CD도 카세트도 없었다(오히려 지금 탄생하려 하고 있었다). 음악은 라이브로 듣는 것이 일반적이었다.

그 현장감이랑 박력에 이길 수 있는지를 따진다면 분명 어려운 일이겠지.

쿠쿠도 그건 알고 있었는지 약간은 섭섭해하는 듯한 미소를 보였다. 프로이기 때문에 그런 박한 평가도 받아들일 수 있는 것이겠지. 이건 이것대로 좋은 사제관계라고 생각한다.

그때 프라토르테의 입꼬리가 약간 풀어졌다.

"하지만 이 원반에 들어 있던 곡 하나하나는 좋았다. 곡의 순서도 잘 생각한 것 같구나."

"감사합니다!"

쿠쿠가 머리를 숙이자 그 토끼 귀가 앞으로 불쑥 튀어나오는 것처럼 보였다.

"분명 원반으로 듣는 것은 라이브로 듣는 것과 또 다른 경험이 될 것이다. 원반 한 장을 하나의 작품으로 완결할 필요가 있겠지. 그 점도 네가 의식해서 만들었다는 것은 전해졌다."

"거기까지 꿰뚫어 봐 주셨단 말이군요!"

쿠쿠가 눈을 크게 떴다.

"만약 라이브와 같은 식으로 만들겠다는 생각만 하고 있었다면 다시 고려하는 게 좋겠다는 생각을 하고 있었다. 그러면 라이브의 열화판이 될 수밖에 없으니까 말이지. 이 원반을 팔겠다면 이 원반에만 담겨 있는 의의가 필요하며, 나는 그게 바로 하나의 작품으로 생각하는 의식이라고 생각한다."

프라토르테의 지능이 갑자기 급상승한 느낌이다.

역시 잘 아는 분야에서는 인간이 다르게 보이는구나.

나는 새삼스레 박수를 쳤다.

그 박수에 폰델리도 가세했다.

프라토르테는 사실 교육자에 맞지 않을까.

수학이나 어학 같은 것은 가르칠 수 없겠지만, 잘 아는 분야에 관해선 좋은 선생님이 될 수 있을 것 같다. 적어도 학생이 신뢰하는 선생님은 될 수 있을 것이다.

"쿠쿠, 중요한 것은 오히려 이다음이다. 이렇게 곡들을 원반에 넣어서 팔기 시작하면 그보다 다음에 나오는 원반과 전에 나온 원반을 다들 비교하게 되겠지. 그때 '전에 나온 게 더 좋았다'는 평가를 받으면 안 된다."

"그렇겠죠. 이 원반에 지지 않는 원반을 만들고 싶습니다!"

정말로 프라토르테는 지당한 말을 했다.

이것으로 아침에 할 일은 끝났군.

"지금부터 점심을 차릴 건데, 쿠쿠와 폰델리도 먹을 거지? 아, 폰델리는 언데드라서 필요가 없나……."

"전 신경 쓰지 마세요~. 따님들과 즐길 수 있는 게임도 가지고 왔으니까요!"

오호, 그건 파르파와 샤르샤도 분명 기뻐해 줄 것 같아.

나는 쿠쿠가 좋아한다고 했던 야채 가득 샐러드를 만들었다.

평소보다 사람이 많아서 떠들썩한 점심시간이 되었습니다.

식사를 마친 뒤에는 어쩌다 보니 프라토르테가 쿠쿠의 류트로 연주하면서 노래를 해 주었다. 파르파가 끈질기게 "프라토르테 씨, 노래해 줘~."라고 졸랐던 것이다.

"아무런 준비도 하지 않았으니까 잘못 부를지도 모른다. 간단한 곡밖에 부를 줄 몰라."

프라토르테는 그렇게 말했지만 자신도 영 내키지 않는 것은 아닌 것 같았다. 딱히 연주하는 게 싫은 건 아닐 테니까.

"프라토르테의 연주는 저도 높게 평가합니다. 타고난 리듬감이라는 게 있는 것 같아요."

"라이카의 평가 따위는 필요 없다. 너에게 칭찬을 받으면 기분이 이상하다."

라이카에게 하는 말도 왠지 모르게 부드러웠다.

시작하기 전에 딸들도 박수를 치고 있었으며, 로자리랑 산드라도 흥미진진한 표정으로 연주를 기다리고 있었다.

"그럼 시작하겠다."

솔직히 말해서 프라토르테가 연주하는 노래는 너무나도 레벨이 높았다.

쿠쿠의 노래와는 기본적인 곡조가 전혀 달랐다. 프라토르테의 곡은 밝고 활기찼던 것이다.

쉽게 말해서 리듬이 강조되는 곡이라고 할까. 그렇다고 해서 마구잡이로 시끄러운 곡은 또 아니었다. 어린아이가 들어도 기운을 차릴 수 있는 곡이라고 할 수 있었다.

오늘은 식당이 즉석 라이브하우스가 되었다.

특히 파르파는 신이 난 표정으로 폴짝폴짝 점프를 하고 있었다.

즐거운 건 프라토르테도 마찬가지인 모양이다. 꼬리가 바닥을 탁탁 치고 있었다. 그걸로 리듬을 맞추고 있는 건지도 모르겠다.

음악이 있는 생활도 나쁘진 않네.

"**마가렛, 마가렛, 마가렛~♪**——좋아. 세 곡을 불렀으니까 이걸로 끝이다!"

다들 일제히 박수를 쳤다.

쿠쿠도 기쁜 표정으로 듣고 있던 것이 인상적이었다. 자신과는 음악성이 다르더라도 배울 부분이 있겠지.

"아! 영감이 왔습니다. 영감이 왔어요!"

폰델리가 자신의 짐을 향해 달려가더니 노트 같이 보이는 것을 꺼냈다.

서둘러 메모를 하는 것처럼 뭔가를 계속 적고 있었다.

"뭐야? 아티팩트의 개선안이라도 떠올랐어?"

"아뇨, 음악을 들려 주는 아티팩트를 게임센터에 두면 새로운 게임을 즐길 수 있겠다는 생각이 들었어요."

아티팩트와 그걸로 노는 사람의 그림을 폰델리는 술술 그려나갔다.

잘 모르겠지만, 아티팩트를 두드리고 있는 사람의 그림 같았다.

"나오는 곡과 동시에 표시창 안에 악보가 나타나는 거예요. 그에 맞춰서 아티팩트를 두들겨서 누가 더 올바른 리듬을 칠 수 있는지 겨루는 거죠! 이건 만약 완성할 수 있으면 엄청 재미있는 게 만들어질 거예요!"

그런 게임이 있었던 것 같아!

"생각해 보세요. 음악은 리듬이 필수잖아요. 리듬은 곧 타이밍이죠. 타이밍은 게임에도 응용할 수 있어요! 이건 분명히 히트할 거예요! 그것도 약간의 히트가 아니라 대히트를 할 거라고요!"

폰델리는 내가 전에 살던 세상의 게임센터를 알고 있었던 게 아닐까. 그런 의심이 한층 더 깊어졌다…….

쿠쿠의 음악 아티팩트 〈인생은 죽은 척〉은 '일반판' '한정판 1' '한정판 2'의 세 종류로 동시에 발매될 것이라고 한다.

나중에 견본과 재생용 아티팩트가 와이번을 통해 전해졌다.

영상도 틀어서 보고 싶어 할 만큼 광팬이 아닌 사람은 '일반판'만 사면 곡도 제일 많아서 좋을 것이라 생각했다.

이 세계에서도 CD, 아니, 카세트가 점점 널리 보급되는 걸까.

하지만 문득 불안한 예감이 들었다.

페코라도 아이돌 같은 일을 했었지? 아무리 그래도 악수권을 부록으로 넣은 음악 아티팩트를 판매하려 들지는 않을 거야…….

불길한 생각은 애써 하지 않으면서 나는 〈인생은 죽은 척〉을 재생해 봤다.

"……곡이 불길해서 기분 전환에는 별로네."

UFO 같은 것을 봤다

그날은 아침부터 날씨가 좋았기 때문에 딸들── 파르파와 샤르샤, 산드라와 함께 피크닉을 즐기러 갔다.

그래 봤자 집이 이미 피크닉의 목적지 같은 고원에 있기 때문에 근처를 조금 걷기만 하면 되지만 말이지.

"파르파, 평소보다 공기가 맛있는 것 같아~!"

파르파는 들판을 기운차게 뛰어다녔다.

그 뒤를 우리 세 명이 걷고 있었다. 피크닉이라고 해도 한껏 신이 나서 들뜬 사람은 파르파뿐이었다. 식물인 산드라는 달리면 말도 안 되게 지치기 때문에 그런 짓은 하지 않는다.

그리고 샤르샤는 책을 읽으면서 걷고 있었다.

"샤르샤, 그렇게 다니면 위험해."

산드라가 봐도 그 모습이 이상하다는 걸 알아볼 수 있는 것 같았다. 피크닉 중에 해도 되는 짓은 아니다.

"만약 이곳이 도시의 복잡한 길거리라면 사람에게 부딪힐 위험도 있어. 하지만 여기엔 부딪힐 만한 존재가 없어. 있다면 기껏해야 슬라임 정도지. 아무런 해가 없어."

"으으음, 아즈사, 저런 말을 하는데 어머니로서 어떻게 생각해? 제대로 교육을 시키라고."

어머니인 내가 꾸지람을 들었네…….

"아니~, 별로 장려할 일은 아니지만 부딪힐 게 전혀 없다는 말을 하면 그 말이 옳기도 하고…… 어떡하면 좋담……."

논리로는 샤르샤에게 이길 수 있을 것 같지가 않다. 딱히 문제가 일어나지 않는다는 것도 사실이라고 생각했다.

"하지만 저러면 피크닉을 즐기는 게 아니잖아?"

산드라가 딱 지적했다. 나도 그런 생각이 들기는 했다.

"그건…… 본인이 피크닉을 즐긴다고 생각하면 피크닉을 즐기는 것으로……."

"걱정할 필요는 없어. 이렇게 자연을 느끼면서 책 페이지를 넘기는 것도 또한 정취가 있으니까. 책상 앞에 계속 앉아만 있는 것만이 독서가 아냐. 걸으면서 책을 읽으니까 마음도 평소보다 상쾌해."

부정만 하는 어머니도 좋지 않다고 생각하니까 마음대로 하도록 내버려 둘까.

"그런데 샤르샤, 지금은 어떤 책을 읽고 있니?"

"〈죽음의 그림자 아래에〉라는 책이야."

"절대 상쾌하지 않을 것 같아!"

뭐, 샤르샤의 정신 연령을 생각해 보면 〈강아지 존의 대모험〉같은 제목의 책을 읽어도 이상하긴 하지만. 그리고 상쾌한 기분으로 읽어도 되는 걸까?

그런 대화를 나누고 있으려니, 앞에서 달리던 파르파의 다리가 멈춰 서 있었다.

"있잖아, 마마. 저건 뭘까?"

파르파가 하늘을 가리켰다.

뭔가가 공중을 옆으로 날고 있었다.

작게 보이는데, 그건 멀리 있기 때문일까.

"새 같은데? 드래곤이나 와이번이라면 더 크게 보일 테니까."

"하지만 마마, 새치고는 움직임이 이상해. 저건 옆으로 '쌕— 쌕—' 소리를 내면서 날고 있어."

파르파가 '쌕— 쌕—'이라고 표현한 것이 이해가 되지 않는 건 아니었다.

날고 있다기보다 공중에 떠 있는 것이 때때로 이동하거나 정지하고 있는 듯한 인상을 줬다.

확실히 새 같지는 않았다.

잘 보니 모양도 일그러진 공 같았다.

어느새 샤르샤도 책을 덮고 하늘을 빤히 쳐다보고 있었다.

"아! 이쪽으로 다가오는 것 같아!"

산드라가 소리쳤다. 그러고 보니 아까보다 커진 것 같네…….

"다시 멀어져! 저쪽으로 갔어!"

파르파의 말대로 그 정체 모를 뭔가는 멀리 있는 산에 가려서 보이지 않게 되었다.

"대체 뭐였을까. 300년 동안 살았지만 저런 동물은 본 기억이 없는데."

파르파도 이쪽으로 돌아왔다.

"희귀한 종류의 새일까?"

"그럴 수도 있겠네. 나중에 동물을 연구하는 사람에게 물어보기로 할까."

"언니, 저건 새가 아니야. 이 부근에 서식하는 어떤 새와도 일치하지 않아."

무슨 이유인지 샤르샤가 약간 화가 난 듯한 표정을 짓고 있었다.

아니, 화가 난 게 아니로군. 굳이 말하자면 넋이 나가 있는 것처럼 보였다. 몸이 살짝 떨리고 있었다.

그리고 큰 소리로 이렇게 선언했다.

"저건… 틀림없이 미확인 비행 크리처…… UFC야!"

UFO 같은 개념인가!

"그게 뭐야. 들어본 적도 없는 건데."

산드라도 모르는 것 같으니, 이참에 모두에게 정리해서 해설해주면 좋겠다.

샤르샤가 고개를 끄덕였다.

"미확인 비행 크리처…… 그건 확인되지 않은 비행 생물을 말하는 거야."

"너무 그대로잖아!"

"오래전부터 어떤 생물의 비행 형태와도 다르게 기묘한 움직임을 보이는 존재가 알려져 있었어. 그걸 지금부터 500년쯤 전에 어떤 조류학자가 미확인 비행 크리처라고 정의했지. 그 이후에 부르기 쉽게 UFC라는 호칭이 더 친숙해졌어. 우리가 전혀 모르는 미지의 생물이라고도 일컬어지지. 아무래도 샤르샤는 그것일 거라고 생각해."

왠지 모르게 샤르샤가 평소보다 말하는 속도가 빨라진 것 같다.

UFC를 발견하고 흥분한 것 같았다.

"그렇구나. 그런 걸 볼 수 있다니 운이 좋네."

"엄마, 이건 운이 좋은 걸로 그냥 넘길 문제가 아냐!"

샤르샤가 미묘하게 나를 꾸짖었다.

"학자들 중에는 UFC는 머나먼 천체 저편에서 온 지적 생명체로 설명하는 연구자도 있단 말이야. 그냥 보고 넘길 수만은 없어!"

정말로 UFO와 외계인이 얽힌 문제가 되었어!

"마마, 신경 쓰지 않아도 돼. 샤르샤는 UFC를 좋아해서 그러는 거니까."

파르파는 가벼운 한숨을 쉬면서 고개를 절레절레 젓고 있었다.

"마마, 다른 별에서 온 정체불명의 지적 생명체는 없어. 그런 게 존재할 리도 없고, 설령 존재한다고 해도 무슨 이유로 방금처럼 기묘하게 움직이는 것과 그런 존재를 같은 것으로 생각하는 건지 이해가 안 된다니까."

이런, 파르파는 이성인을 완전히 부정하는 쪽인 모양이다.

자매 사이에 이렇게나 의견이 어긋나는 사례는 의외로 드문 일인 것 같은데.

"언니, 그건 너무 극단적인 의견이야. 이해가 되지 않는 것을 없는 것으로 여기면 아무런 발전이 없어."

"샤르샤야말로 UFC와 지적 생명체를 억지로 연결시키는 건 너무 비약적인 논리야. 그건 과학적 사고가 아니라고."

두 사람이 마주보면서 정면으로 대립하고 있었다.

으음. 싸움으로 발전되는 건 좋지 않은데.

나는 그 사이에 끼어들었다.

"그럼 서로 다른 사람이 납득할 증거를 모아 보자. 그걸로 이번 기회에 UFC에 관해 좀 더 깊이 생각해 보는 건 어떨까?"

두 사람 다 연구자 기질이 있으니까 자발적으로 공부하도록 유도해 보기로 했다.

그렇게 하면 공부가 개입될 테니까 지나친 흥분이나 열기도 방지할 수 있겠지.

"알았어! 공개 심포지엄으로 승부를 겨루겠어!"

"파르파는 도망치지 않겠어! 얼마든지 덤벼 봐!"

"언니, 심포지엄 날짜는 열흘 후면 될까?"

"알았어. 열흘이나 있으면 데이터도 확실하게 모을 수 있으니까!"

대립이 별로 완화되지 않은 것 같네…….

그러고 보니 지금까지 파르파는 이과 중심으로, 샤르샤는 문과 중심으로 공부하고 있었으니까 학문상으로 대립이 발생한 적은 없었다.

그러나 무슨 이유인지 UFC에는 두 사람 모두 관심이 있었으며, 더구나 의견이 맞지 않았기 때문에 이렇게 충돌을 일으킨 것으로 보였다.

"저기, 아즈사. 쟤네를 어떻게 할 거야?"

제3자인 산드라는 어이가 없는 표정을 짓고 있었다.

"그러네……. 연구자가 다른 연구자의 학설을 비판하는 건 잘못이 아니니까 돌아가는 상황을 조금 더 지켜보기로 할까."

그리고 가끔은 파르파와 샤르샤도 서로를 연구자로 상대해 보는 것도 좋을 것 같다. 계속 이과와 문과로 나뉜 채 교류가 없는 것도 좀 아까우니까 말이지.

어머니 입장에서 나는 그런 결론을 내렸습니다.

◇

그리고 나서 파르파와 샤르샤는 각지의 도서관이나 연구자를 찾아 정신없이 돌아다녔다.

다행히 우리 집에는 드래곤이 둘 있기 때문에 이동 및 자료 수집은 공평하게 할 수 있었던 모양이다.

그리고 바알제붑에게 부탁하여 마족 측에서 제공받은 자료도 다양하게 열람했다고 한다.

지금도 식사 시간인데 책을 읽고 있었다.

……아니, 이건 버릇없는 짓이지.

"얘들아, 식사시간에는 책을 읽지 말고 식사에 집중하렴."

파르파도 샤르샤도 책을 덮었다.

"알았어, 마마." "샤르샤도 테이블 매너는 지키고 싶어."

조사할 시간이 아까워서 그런지, 유달리 빠르게 스푼을 움직이고 있었다.

"스승님, 일이 재미있어졌네요. 아, 재미있다는 표현은 쓰면 안 될지도 모르지만요."

직접 관계가 없는 하루카라는 객관적인 감상을 말했다.

"뭐, 무슨 일이든 진지하게 임하는 건 좋은 일이 아닐까. 다양하게 연구하다 보면 가설이 어긋나는 일도 있기 마련이야."

굳이 말하자면 딸들의 연구 경쟁에 억지로 얽히게 되었는데도 싫은 내색 하나 보이지 않는 가족들에게 고마워해야 할 것이다.

"라이카와 프라토르테도 많이 힘들었겠구나. 어제도 전국 각지로 날아다녔잖아."

"아뇨, 면학에 집중하여 몰두하는 것은 누구에게나 있을 수 있는 일이니까요. 저도 도움을 줄 수 있어서 자랑스러웠습니다."

어? 면학에 이렇게까지 몰두하는 게 누구에게나 있을 수 있는 일이었나……?

"프라토르테도 힘겨루기를 도와줄 수 있어서 즐거웠다! 피가 끓어오른다!"

배틀의 일환으로 해석했단 말인가!

"그건 그렇고 프라토르테는 면학에 집중해 본 적이 있어?"

"없습니다."

라이카는 "죄송합니다. 누구에게나 있을 수 있는 일이라고 말한 건 지나친 표현이었네요."라고 정정했다. 뭐, 이 세상에 라이카처럼 진지한 사람만 있는 것은 아니라는 뜻이다.

그리고 또 한 사람, 이번 일에 억지로 참가한 가족이 있었다.

"로자리도 오랫동안 관측하는 일을 맡겨서 미안해."

유령인 로자리는 집 밖으로 나가서 뭔가 이상한 움직임을 보이는 것이 없는지 체크하는 역할을 맡고 있었다. 지금은 천장 부근에 떠 있었다.

"아뇨, 그 근처에 떠 있는 것과 크게 다르지 않으니까요. 유령이라도 가끔은 남에게 도움을 주고 싶을 때가 있으니 괜찮습니다."

"하나 묻겠는데, 뭔가 이상한 게 보이긴 했어?"

"네, 딱 한 번 기묘하게 움직이는 어떤 것을 보긴 했습니다. 정체는 모르겠지만요."

또 나왔다면 신기한 동물이라도 그 근처에 터를 잡고 살기 시작한 걸까.

혹은 외계인 같은 존재가 뭔가를 조사하고 있는 걸까.

"내일은 드디어 심포지엄이 열리는 날이네. 두 사람 다 라스트 스퍼트를 시도할 때이긴 하지만 너무 무리하지는 마. 밤샘은 안 돼."

파르파도 샤르샤도 동시에 고개를 끄덕였다.

그런 쪽으로는 호흡이 잘 맞았다.

◇

그리고 심포지엄 당일.

고원의 집 앞에 작은 규모의 임시 행사장이 마련되었다. 무대가 있었고, 그 앞에는 참석자를 위한 의자가 놓여 있었다. 이런 설비는 파트라가 레비아탄 모습으로 변해서 가져다주었다고 한다.

누가 준비했느냐 하면, 바알제붑이 파르파와 샤르샤의 의뢰를 받고 마련해 준 것이다. 두 사람의 부탁을 거절할 리가 없으니까 최선을 다해서 준비했겠지.

무대 위에는 발표할 사람을 위한 자리가 마련되어 있었고, 뒤에는 이런 간판이 달려 있었다.

공개 심포지엄

UFC란 무엇인가? 철저 토론

협찬 : 마족농무부

농무부가 협찬했다면 마족의 세금이 쓰였다는 뜻일 텐데…… 뭐, 바알제붑은 알면서 도와준 것이니까 괜찮겠지. 이상한 데 세금을 쓰지 말라는 비판을 받아도, 나는 책임자가 아니니까…….

역시 서서 구경하는 사람은 없었지만, 어디서 이야기를 듣고 온 건지 사람들이 꽤 많이 찾아와서 빈자리는 별로 없었다. UFC에 관심이 있는 사람이 이렇게 많았구나…….

시간이 되자 바니아가 나섰다.

"오늘은 이렇게 모여 주셔서 감사합니다. 사회 및 진행을 맡은 레비아탄인 바니아입니다. 간략한 해설도 저 바니아가 맡도록 하겠습니다. ――그럼 지금 바로 발표자들을 소개하겠습니다!"

드디어 심포지엄이 개막되었다.

우선 파르파가 앞으로 나왔다.

"맨 처음 발표하실 분은 이번에 UFC를 처음 발견한 파르파 양입니다. UFC는 다른 천체에서 온 지적 생명체라는 설에는 부정적인 입장입니다."

바니아의 설명에 맞춰서 파르파가 인사를 꾸벅했다.

"다음 분은 같은 시각에 그 자리에 있었던 샤르샤 양입니다. 'UFC=지적 생명체' 라는 설에 찬성하고 있습니다."

샤르샤는 성큼성큼 행진하는 듯한 걸음으로 무대를 걸어갔다.

기합이 단단히 들어 있네.

다음엔 바알제붑이 무대로 올라왔다. 농무부에서는 무슨 말을 하려나. 혹시 미스터리 서클 같은 이슈에 능통한 걸까. 그런 생각을 하면서 보니 그 팔에 뭔가가 있었다.

슬라임이 팔에 있었다. 그런데 유달리 색이 까맣네……. 저렇게 검은 슬라임은 희귀할 것 같은데…….

"다음 분은 마족, 바알제붑 농업장관――이 아니라 장관님이 데려오신 현명한 슬라임입니다."

검은 슬라임은 반제르드 성 지하에 있던 현명한 슬라임이었나!

과거에 파르파가 잠을 잘못 자서 슬라임 모습에서 돌아오지 못하게 되었을 때 현명한 슬라임에게 해결 방법을 물어보러 간 적이 있었다. 마법사 슬라임(마슬라), 무도가 슬라임인 무슬라의 순서로 이야기를 들으러 갔었지.

설마 이런 자리에서 재회할 줄은 몰랐다. 인연이란 참 신기하다.

"나는 농업장관인 바알제붑이다. 이 슬라임은 다양한 분야에 지식을 지니고 있어 함께 데려왔다. 나는 UFC에 관해서 많이 아는 게 없지만, 딸들의 보호자 자격으로 참가했다고 생각해다오."

"보호자는 나야!"

무대에 서 있는 바알제붑에게 항의했다.

"아, 질의응답 시간이 아닐 때는 정숙해 주시길 바랍니다."

사회자인 바니아가 나를 제지했다.

끄으응~. 사실무근인데도 반론할 수가 없어…….

"다음 분은 고대 문명의 왕이라고 자칭하는 무무 무무 씨입니다."

무가 무대 위로 올라오는 걸 보고 나는 깜짝 놀랐다.

당신은 너무 눈에 띄면 안 되는 것 아니었어?! 뭐, 아무도 고대 문명의 나라에서 왔다는 걸 믿지 않을 것 같긴 하지만…….

"고대 문명의 기준에서 하고 싶은 말을 해 볼라 칸다. 잘 부탁한데이."

정말로 하고 싶은 말을 해버릴 것 같아서 약간 두렵다.

"다음 분은 자칭 달의 정령인 점술사 이누냥크 씨입니다."

유달리 자세가 구부정하고 축 늘어진 이누냥크가 올라왔다.

"저기, 달의 정령이라고 해서 이성인에 관해서 뭘 아는 건 아니거든? 카테고리가 다르단 말이야. 난 전문적인 말은 전혀 할 수가 없거든? 나중에 실망하지 말아 줘."

이누냥크가 난처해하는 것 같네…….

"마지막으로 자칭 신인 메가메가신입니다."

그 소개 멘트를 듣고 나는 의자에서 굴러떨어질 뻔했다.

신까지 왔단 말야?!

"〈덕 스탬프 카드〉를 받고 싶은 분은 행사가 끝난 후에 절 찾아와 주세요~."

여전히 메가메가신은 나사가 하나 빠진 것 같다. 행사장의 사람들을 향해 손을 흔들고 있었다.

평범한 사람이 전혀 없다는 점에서 보면 어떤 의미로는 호화 멤버라고 할 수도 있겠다. 이게 얼마다 대단한지를 이해할 수 있는 사람은 참가한 자들 중에는 없겠지만.

"저기, 사회자로서 소박한 질문을 하나 하겠는데, 다른 별에 정말로 지적 생명체가 있을까요? 신으로서 어떻게 생각하시나요?"

소박한 질문 같기도 하지만, 질문하는 상대가 신이다 보니 갑자기 엄청나게 본질적으로 접근하는 격이 되었다.

"글쎄요~? 어떨까요? 단, 이 세계 말고도 다른 세계는 얼마든지 있으니까 말이죠. 달이나 어딘가의 별에 뭔가가 있어도 이상하진 않을 것 같은데요~? 제가 만든 게 아니라서 잘 모르겠지만요."

그런 발언을 그렇게 가볍게 해도 되는 거야?!

"그렇다면 메가메가신님의 가르침에 따르면 다른 별에도 뭔가가 있다는 뜻이로군요."

"어디까지나 있을지도 모른다는 뜻이에요. 그리고 그런 존재가 있다는 것과 여기에 와 있느냐 아니냐는 전혀 다른 문제니까요~."

그것도 그렇다. 실제로 이누냥크는 우리가 사는 별의 바깥세상에 해당하는 달에 가려고 했지만 무리였다. 이 별의 바깥세상으로 간다는 건 너무나도 어렵다.

그렇다면 우주에서 이 별로 지적 생명체가 오는 것도 거의 불가능한 일일까?

아니지, 그게 바로 이 심포지엄의 테마다. 집중해서 듣자.

"그러면 처음에는 샤르샤 양의 발표인 〈외부의 별에서 온 특별한 메시지 ~우리는 어떻게 대답할 것인가~〉를 들어보도록 하겠습니다. 발표할 수 있는 시간은 30분까지입니다."

샤르샤가 천천히 연단에 섰다.

그러자 무대 뒤쪽에 정지된 그림과 글자가 비쳤다.

©Benio

외부의 별에서 온 특별한 메시지

~우리는 어떻게 대답하는가~

시작하기에 앞서

1. 이번에 나타난 UFC 검토
2. 과거 UFC 목격담과의 공통점
3. 과거 목격담과의 차이점과
   이번 사례의 특수성
4. 정리

파워포인트 같은 게 등장했어!

"아, 사회자인 제가 보충설명을 해드리겠습니다. 이 영상은 최근에 마족 사회에서 개발이 진행 중인 마법을 이용한 것입니다. 아주 편리해 보이죠~?"

상상한 것 이상으로 본격적인 심포지엄이 되었네…….

"그럼 여러분, 배포한 자료를 봐 주십시오."

샤르샤가 말했다. 우리 자리에는 이미 모든 발표자가 사전에 배포한 자료가 두꺼운 다발로 놓여 있었다. 이거, 학생 시절에 참가했으면 도중에 잠이 들었을 것 같은데…….

그런 생각을 하고 있었는데, 프라토르테는 이미 옆에서 자고 있었다.

"쿠울…… 멧돼지와 사슴과 나비가 합체했다……. 이상한 맛이 나는 고기다…….”

기묘한 꿈을 꾸고 있는 것 같다. 뭐, 프라토르테에겐 어떤 결론이 나오든 하나도 상관없겠지.

만약 우호적인 이성인이 와도 프라토르테는 갑자기 실력을 겨뤄보자고 덤빌 테고, 그러다가 그대로 별들의 싸움으로 발전할 것 같다…….

그럼 이제 샤르샤의 설명을 들어보자.

샤르샤는 정중한 말투로 발표를 해 나갔다. 착실하고 꼼꼼한 샤르샤의 성격이 잘 드러난 보고라는 생각이 들었다.

“——지금까지 말씀드린 대로 이번에 목격한 것의 움직임은 조류도 드래곤도, 그 밖에 비행능력이 있는 그 어떤 동물과도 일치하지 않습니다. 우리에게 알려져 있는 생물이 취할 수 있는 움직임이라고 생각하기도 어렵습니다. 그렇다고 해서 이 부근에 완전히 새로운 종인 생물이 있을 가능성도 존재하지 않습니다.”

샤르샤는 일단 기본적으로 그게 다른 별에서 온 어떤 존재임을 주장하고 있었다.

하지만 전에 살았던 세상에서 들은 UFO 토론과 다른 점은 이게 미확인 비행 ‘크리처’라는 것이다. 이성 ‘인’일 필요는 없다.

샤르샤의 뒤에 있던 파워포인트 같은 그림이 바뀌었다.

“따라서 이렇게 생긴 다른 별의 존재를 상상할 수 있습니다.”

그건 딱 봐 외계인이 탈 것처럼 생긴 원반형의 UFO——

——에 얼굴이 그려진 것이었다!

“이런 생명체가 찾아온 것으로 생각할 수 있습니다. 생태는 불명이지만 우리와는 완전히 다른 형태로 생활하고 있을 것으로 예상됩니다.”

으음……. 확실히 높은 지성을 지니고 있다는 이유만으로 반드시 인간과 비슷한 모습이라고 단정할 수는 없겠지……. 그건 우리의 몸을 기준으로 생각하는 일종의 편견이라 할 수 있다.

하지만 저렇게 모양이 이상한 생물에 과연 지성이 있을까…….

“이것으로 발표를 마치겠습니다. 들어 주셔서 감사합니다.”

샤르샤는 고개를 꾸벅 숙여 인사한 뒤에 자기 자리로 돌아갔다.

진실인지 아닌지는 모르겠지만 제법 재미있는 이야기였다.

그래. 옆에 라이카도 있으니 잠깐 물어보자.

“저기, 라이카는 이런 이상한 비행물체랑 마주친 적이 있어?”

드래곤은 하늘을 날면서 돌아다니니까 UFC를 목격한 적도 있을 것 같다.

“아뇨……. 저런 기괴한 생물과 마주친 적은 없는데요……. 한 번이라도 만났다면 반드시 기억에 남았을 겁니다…….”

“그럼 라이카에게도 없단 말이구나.”

그 이야기를 듣고 역시 정체불명의 생명체는 없는 게 아닐까 하는 의심이 들기 시작했다.

하지만 그 생명체가 모습을 숨기려 하다면 좀처럼 발견되지 않을 수도 있지 않을까. 아무도 드래곤에게 의미도 없이 접근하려 하진 않을 것이다.

“네. 그럼 다음은 파르파 양이 발표할 차례입니다. 질의응답은 발표가 끝난 후 한꺼번에 하겠습니다~. 발표 제목은 〈UFC의 정체는 대기 중에 생기는 특수한 구름〉입니다.”

행사장의 일부에서 “오오!” 하는 소리가 터져 나왔다.

보아하니 ‘특수한 구름’ 설은 임팩트가 있는 것 같았다.

파르파가 의기양양한 표정으로 연단에 와서 섰다.

“파르파입니다! 이번에 정체불명의 비행물체를 봤을 때엔 파르파도 깜짝 놀랐습니다. 적어도 새를 잘못 본 것이라는 설명에는 무리가 있다는 걸 실감했습니다. 하지만 그걸 바로 다른 별의 생명체로 단정하는 것도 논리적이지 않습니다. 이번에 다양한 과학적 데이터를 모아서 검증해 본 결과, 그건 구름이었다는 결론에 이르렀습니다!”

내 딸의 모습이 정말 장하다. ——나는 그렇게 느꼈다.

파르파도 파워포인트에 다양한 데이터를 담아서 보여 줬다.

하지만 파르파가 이과라서 그런지, 샤르샤가 발표할 때보다 수식 같은 것이 많은지라 나에겐 난이도가 높아서 잘 이해가 되지 않았다…….

프라토르테는 완전히 곯아떨어져 있다가 그대로 의자에서 굴러 떨어진 상태였다.

이 정도면 발표자에게 실례이지 않을까 걱정이 되었지만, 발표하는 사람도 같은 가족이니까 괜찮으려나…….

“이걸로 파르파의 설명을 마치겠습니다!”

박수 소리가 울려 퍼졌다. 물론 나도 힘껏 쳤다.

이성인 지지파인 사람들도 “분하지만 좋은 발표였어!”라고 말하는 목소리가 들렸다. 적이면서 대단하다는 생각이 들게 하는 좋은 발표였던 것이다.

쌍둥이 딸들을 놓고 우열을 가려야 할 필요는 없지만, 이번 발표대결은 파르파 쪽이 더 좋은 평가를 받은—— 것 같았다(나는 잘 모르겠지만).

"자, 그럼 지금부터 질의응답 시간을 가지도록 하겠습니다. 여러분, 하실 말이 있으면 손을 들어서 발표해 주세요~."

바니아, 왠지 사회에 익숙하네.

그 논의 자체는 상당히 활발했지만 전문적인 내용인지라 장황하게 들려서 나는 잘 이해가 되지 않았다. 내가 알 수 있는 건 양쪽 진영이 다 자신이 지지하는 설을 굽힐 생각이 없다는 것 정도였다.

——이렇게 특수한 생물이 이 별에 왔다는 것은 확실해졌다!

——아니! 구름이라는 것이 분명 증명되었을 텐데!

그런 공방이 이어지고 있었다.

"아즈사 님, 아무래도 결말이 나지 않는 토론이 이어질 것 같은데요……. 양쪽 다 자신들이 절대적으로 틀렸다는 것을 알 수 있는 방법이 없으니까 물러서지 않는 것 같습니다."

중립파인 라이카가 내게 말했다.

"그러네. 다들 연구자들이니까 그렇게 쉽게 패배를 인정하지 못하는 거야."

그때 바니아가 "네, 여기서 잠시 휴식 시간을 갖겠습니다! 후반부에선 다른 토론자의 의견을 들어보려고 합니다."라고 마무리했다.

응, 분위기가 너무 날카로워지기 전에 말려 줘서 다행——.

"화장실은 이 부근에 없으니까 고원의 집에 있는 화장실을 빌려서 해결하세요."

"잠깐, 바니아! 그런 건 사전에 허락을 받았으면 좋겠어!"

친구가 여러 명 찾아온 수준이 아니란 말이야.

하지만 우리 집의 가족들도 꽤나 빈틈이 없었다.

"〈먹을 수 있는 UFC〉, 아주 맛있는 〈먹을 수 있는 UFC〉, 선물용으로 한번 구입해 보세요."

하루카라가 과자를 팔고 있었다!

목에 판 같은 걸 걸고는 의자 사이를 오가며 팔고 있었다.

"정말로 상술 하나는 최고네! 하지만 이 이벤트만을 위해서 신상품을 만들었으면 적자가 되는 것 아냐?"

"신상품이 아니에요. 패키지만 조금 손보면 그만이니까요."

무슨 말인지 이해가 안 되서 〈먹을 수 있는 UFC〉라는 것을 살펴봤다.

과거에 내가 만든 〈먹을 수 있는 슬라임〉과 똑같았다.

"이거, 〈먹을 수 있는 슬라임〉에 슬라임의 얼굴이 그려져 있지 않은 것뿐이잖아."

"아, 스승님, 그렇게 큰 소리로 말하지 마세요! 마침 생긴 것이 UFC라고 불리는 것에 가깝다는 생각이 들어서 이렇게 한번 팔아 보기로 한 거예요."

그래도 되는 건지 모르겠지만 기념품 선물로 딱 좋아서 그런지,

아니면 행사 주제와 관련이 있는 상품은 지갑을 쉽게 여는 효과가 있어서 그런 건지 모르겠지만 꽤 많이 팔리고 있었다.

휴식시간이 끝나면서 심포지엄은 후반부로 돌입했다.

"네. 후반에는 네 명의 토론자 여러분이 의견을 말해 주실 차례입니다. 우선은 자칭 고대 문명의 왕인 무무 무무 씨, 잘 부탁드립니다."

"음, 사사 사사 왕국의 무무 무무라 칸다. 머나먼 고대에 일어난 일이라면 음청 자세히 알고 있지. 머든 물어봐라."

여기 와 있는 일반인 중에서 사사 사사 왕국의 왕이라는 사실을 믿고 있는 사람은 없겠지만, 꽤나 터무니없는 짓을 벌였네…….

"아~ 사회자로서 여러분이 궁금해할 것을 무무 무무 씨에게 여쭤보겠습니다. 고대 문명이 있었던 시대에는 미확인 비행 크리처 같은 것이 있었나요?"

"읍었다. 우리는 날라오는 물체도 빠짐없이 조사했거든. 내는 잘 모르겠지만서도."

"그럼 이상한 움직임을 보이는 구름이 아니냐는 설에 대해선 어떻게 생각하시나요?"

"직접 목격한 건 아이지만, 그 미확인 비행 우짜고 하는 건 평행이동을 한 걸로 아는데? 구름이 그렇게 똑바로 옆으로 이동할 수 있나? 바람의 움직임에도 반대로 움직있다 카는 것 같던데, 쪼매 수상하긴 하데이~. 내는 잘 모르겠지만서도."

마지막에 '내는 잘 모르겠지만서도' 라는 말이 자꾸 붙어서 전혀 믿을 수가 없었다.

"그렇군요. 그럼 무무 무무 씨, 이걸로 설명은 끝난 걸로 이해해도 될까요?"

"그리 이해해도 된다. 내는 잘 모르겠지만서도."

그건 굳이 그렇게 돌려 말하지 않아도 되잖아!

"다음 패널 분은 자칭 신인 메가메가신님입니다. 신의 시점으로 볼 때 UFC를 어떻게 생각하시나요?"

"그러네요~. 모르는 부분이 있는 게 인생도 더 재미있답니다."

애매한 의견으로 대충 뭉뚱그리려는 것 같았다.

설령 이성인이나 UFC에 대한 진상을 알고 있다고 해도, 신이라면 가볍게 공개할 수는 없지 않을까.

"달리 더 하실 말씀이 있나요?"

"믿는 자는 구원받습니다!"

메가메가신님은 윙크를 하더니, 그런 말을 하면서 마무리까지도 얼버무렸다.

"아~ 두 분 연속으로 별로 쓸모없는 의견을 말씀해 주셨네요."

바니아도 너무 솔직하게 말하고 있어.

"세 번째 분은 달의 정령이라고 주장하는 이누냥크 씨입니다. 이누냥크 씨는 잘 맞는다는 평판을 받고 있는 점술 가게를 경영하고 계십니다. 달의 정령께서 이성인에 관한 코멘트를 해 주시길 부탁드립니다."

시선이 이누냥크에 집중되었다.

"……다, 다른 별로 갈 수 있는 기술이 있다면 내가 가고 싶어!"

이누냥크가 발끈하면서 소리쳤다.

"나도 달의 정령이라서 달에 가고 싶다고! 하지만 갈 수가 없어! 실행이 불가능해! 만약 다른 별에서 온 녀석들이 있다면 날 달에 데려가 줘!"

"그러니까 이성인의 존재를 긍정한다는 뜻인가요?"

"있었으면 좋겠어! 아니, 달리 이성인일 필요성은 없어. 별과 별 사이를 이동할 수 있는 기술이나 방법을 가지고 있는 자가 있어 주기만 하면 돼!"

완전히 자기가 바라는 것만 이야기하고 있어!

관객석에서도 "토론자들 성향이 다 엉뚱하네." "급하게 일정이 잡힌 심포지엄이니까 개그맨들로 수를 맞췄나 보지."라는 목소리가 들려왔다.

죄송합니다. 개그맨이 아니라 정말로 왕과 정령과 신이에요…….

사람을 잘못 골랐는지도 모르겠다. 하지만 그 UFC 소동에서 열흘밖에 지나지 않았으니 아는 사람들만 불러 모을 수밖에 없었던 것도 무리는 아니다.

"자~ 마지막 토론자는 현명한 슬라임, 통칭 현슬라 씨입니다. 아무리 현명한 슬라임이라고 해도 이성인에 대해 알고 있을 것 같진 않는데, 하실 말씀이 있나요?"

바니아도 진행이 슬슬 무성의해지고 있었다.

"농업장관인 바알제붑이다. 현슬라는 말을 할 수 없기 때문에 어쩔 수 없이 내가 대신 말하고 있다. 우선은 화면을 현슬라에 맞게 조절한 걸로 비춰다오."

그러자 파워포인트 같은 화면이 키보드 같은 것으로 바뀌었다.

테이블에 놓여 있던 현슬라는 거기서 키보드 같이 생긴 화면 쪽으로 폴짝폴짝 뛰었다.

그러고 보니 전에도 이런 방식으로 자신이 하고 싶은 말을 만들었지.

현슬라가 문자에 차례로 부딪혔다.

단어를 이런 방법으로 표현하는 것이다. 현슬라는 말을 하지 못하니까 말이지.

"통역은 내가 하겠다. 뵙게, 되어, 반갑습니다, 현명한, 슬라임, 입니다, 좋은, 발표, 였습니다. 토론 수준은 엉망이지만 말이지."

토론 수준이 엉망이라는 말은 바알제붑의 개인 의견일 것이다.

현명한 슬라임은 화면에 표시되어 있는 문자에 계속 자신의 몸을 부딪쳤다.

"다른, 별, 인간, 흥미진진, 합니다, 하지만, 저, UFC, 움직임, 보고, 뭔가, 알아냈습니다. 호오, 현슬라는 뭔가를 아는 것 같구나."

행사장이 순식간에 술렁거렸다.

드디어 정체를 알 수 있는 건가?

샤르샤는 굳어버린 것 같은 반응을 보이고 있었고, 파르파는 두 손으로 입을 가리고 있었다.

아직도 현슬라는 화면에 부딪치면서 단어를 계속 만들었다.

나도 어느새 마른침을 삼키면서 현슬라가 만드는 단어를 바라보고 있었다.

행사장에 있는 모든 사람들이 현슬라의 일거수일투족(슬라임이라서 손이나 발이 어디 있는지 모르겠지만)에 집중하고 있었다.

"추측하자면, 아마도, 정체는."

자, 그 정체는 과연 뭘까?!

잡담을 나누는 사람은 아무도 없었다. 현슬라가 뽀잉뽀잉하고 뛰는 소리가 뚜렷하게 울려 퍼졌다.

"날아다니는, 슬라임, 입니다. 이번에 나타난 정체불명의 비행 물체는 '날아다니는 슬라임' 이라고 하는구나."

설마 슬라임이라고?!

"바알제붑 씨, 그건 이상해! 슬라임이 하늘을 난다는 이야기는 들어본 적이 없어!"

샤르샤가 자리에서 일어서며 항의했다.

그런 말을 하고 싶은 심정은 이해가 된다. 나도 슬라임이 하늘을 나는 것은 본 적이 없다. 슬라임의 이동방법은 기껏해야 점프가 다일 텐데.

관객석 쪽에서도 "슬라임은 날지 않아!"라고 말하는 목소리가 터져 나왔다.

하지만 그런 반응은 전혀 신경 쓰지 않은 채, 현슬라는 화면에 몸을 부딪치면서 또 다른 단어를 작성해 나갔다. 이 자리에서 가장 냉정한 자는 현슬라라는 생각이 들었다.

"여러분, 납득, 되지 않는 것, 같군요, 이해가 됩니다, 그래서, 증거, 준비, 했습니다. 현슬라의 이야기를 듣고 이번에는 내가 그 슬라임을 가져왔다."

그렇게 말하고는 바알제붑은 주머니 안에서 슬라임을 한 마리 꺼냈다.

언뜻 보기엔 달리 특별한 게 없는 슬라임 같았다.

현슬라처럼 검은색으로 반짝이지도 않았다.

"자. 네 마음대로 움직여봐라."

바알제붑은 그 슬라임을 공중을 향해 힘껏 내던졌다.

상급 마족은 힘이 세기 때문에 그 슬라임은 고원의 집 지붕보다 더 높은 곳까지 올라갔다. 어린아이를 그 높이까지 던졌다간 울음을 터트릴 것이다.

상식적으로 생각하면 중력 때문에 낙하해야 하겠지만——.

그 슬라임은 공중에서 멈췄다!

"우와아앗!" "무슨 일이 일어난 거야?!" "마법인가?!"

행사장이 혼란에 빠졌다. 슬라임이 공중에 보란 듯이 정지했던 것이다.

더구나 그 슬라임은——.

'쌕— 쌕—' 라는 소리와 함께 공중을 옆으로 움직이기 시작했다.

마치 눈에 보이지 않는 바닥이라도 존재하는 것처럼!

"파르파가 봤을 때와 같아! 이런 식으로 움직였어!"

파르파가 자신의 자리에서 일어났다. 가만히 앉아서 볼 수 없는 것 같았다.

"확실히…… 샤르샤가 본 것과 똑같아……."

샤르샤도 창백해진 얼굴로 그 슬라임이 움직이는 모습을 바라보고 있었다.

한편, 그동안에도 현슬라는 화면에 계속 몸을 부딪치고 있었다. 이건 익숙해져도 힘들겠는데……. 현슬라는 감정이 표정으로 드러나지도 않고 힘든 소리도 하지 않지만 엄청난 노력가라는 생각이 들었다.

"슬라임, 일부, 드물게, 비행, 능력, 획득, 일반적으로, 인식, 되지 않기, 때문에, 멀리, 본다, 새로운 종, 생물. 먼 하늘을 날아다니는 슬라임을 보면 비확인 비행 크리처로 생각할 수밖에 없게 된다는 말이구나. 대량으로 발생하는 것도 아니니까 저 녀석을 발견하는 것도 어려웠겠지."

바알제붑은 자신의 날개로 날아올라서 그 슬라임을 다시 한 번 붙잡았다.

"이 녀석은 마족의 땅에서 발견한 것이다. 아마도 이것과 같은 돌연변이 슬라임이 이 근방에도 나타난 것이겠지."

그러고 보니 사실 UFO로 일컬어지는 것의 형태와 슬라임의 형태는 비교적 가깝긴 하다.

멀리서 비행 중인 슬라임을 보면 나도 UFO라고 생각할 것 같긴 하다. 하물며 조류나 드래곤의 형태와도 완전히 다르니까.

샤르샤가 힘없이 손을 들었다.

"이번에 목격한 UFC는 하늘을 나는 슬라임이었던 것으로 생각하는 게 좋겠어……. 나 자신의 가설은 철회하겠어."

이번에는 파르파도 일어났다.

"파르파의 특수하게 움직이는 구름 설도 취소하겠습니다……."

두 사람 다 아쉬워하는 것 같았지만, 오히려 나는 정말로 장하다고 생각했다.

"정말 대단해. 파르파도 샤르샤도!"

나는 박수로 화답했다.

이제 토론은 거의 끝났으니까 지금부터는 내가 하고 싶은 말을 하겠다.

"자신의 생각이 틀렸다는 걸 인정하는 건 아주 큰 용기가 필요한 일이야. 자신의 설을 주장하는 것보다 몇 배나 더 어려운 일이지. 그런데도 두 사람은 지금 그걸 해낸 거야. 정말 훌륭해!"

라이카랑 하루카라도 그건 이해하고 있는 것 같았다. 박수를 쳐주고 있었다.

그 박수 소리는 점차 행사장 전체로 퍼졌다.

"그리고 UFC와 이성인이 연관되어 있을 가능성도, UFC의 일부가 구름일 가능성도 남아 있으니까 말이지. 어디까지나 이번 케이스에만 그 정체가 날아다니는 슬라임이었을 뿐이다. 두 사람 다 당당하게 굴어도 된다. 우리 딸들은 아주 잘했으니까!"

"이봐, 바알제붑, 혼자서 멋진 장면을 가로채지 마!"

"나는 토론 참가자니까 얼마든지 말할 수 있지 않느냐! 하고 싶은 말이 있다면 손을 든 뒤에 말해라!"

제길……. 역시 발표자라는 입장을 이용해서 자신의 딸이라도 되는 양 말한단 말이지…….

◇

UFC 심포지엄은 이렇게 폐막되었다.

이날을 위해 일부러 찾아온 UFC 전문가들은 돌아갔다. 플라타 마을에도 사람들이 꽤 많이 머물렀기 때문에 약간의 경제 효과도 있었다고 한다.

좌석이나 세트 등은 레비아탄 모습으로 변한 바니아의 등에 실어 보내 적절하게 정리했다.

자, 그럼 나는 어머니로서 딸들을 지켜봐야지.

하지만 그럴 필요는 없었다.

파르파와 샤르샤가 서로를 마주 보고 있었다.

"언니, 충분한 근거가 없는데도 이성인이라고 주장한 건 샤르샤의 실수였어. 반성할게……."

"파르파도 실수를 했으니까 피차 마찬가지야. 과학은 진실을 찾아가는 것이니까 승패 같은 게 있을 리가 없는데도 파르파는 샤르샤와 경쟁하려는 마음을 먹고 말았어."

두 사람은 누가 먼저랄 것도 없이 손을 내밀어 악수를 했다.

제대로 화해한 것 같아서 다행이다.

비가 내리면 땅이 굳는다는 말이 있다.

약간의 갈등이나 다툼이 오히려 애정 등의 감정을 더 강하게 만들어 줄 수도 있는 것이다.

그때 하루카라가 신이 난 표정으로 다가왔다.

"스승님, 스승님, 결과적으로 제 아이디어가 정답이었네요!"

"뭐? 정답이라니. 하루카라는 아무 발표도 안 했── 아."

하루카라가 들고 있는 패키지의 포장지를 보고 깨달았다.

거기에는 이렇게 적혀 있었다.

'먹을 수 있는 UFC, 다른 별의 생명체를 믿는 사람도, 믿지 않는 사람도 맛있게 먹을 수 있습니다!'

"〈먹을 수 있는 슬라임〉을 패키지만 바꿔서 〈먹을 수 있는 UFC〉로 판 게 정답이었단 말인가!"

이런 건 장난삼아 시도해 본 게 대박을 치기도 한단 말이지.

물론 엄밀한 검증이 없으면 과학적으로 인정을 받지 못하지만, 진실이라는 것은 의외로 즉흥적으로 떠올린 착상과 일치하곤 한다.

"그건 그렇고 날아다니는 슬라임이란 것도 있었군요~. 슬라임도 참 심오한 존재네요."

하루카라의 말을 듣고 헉 하고 놀랐다.

"어쩌면 슬라임 중에는 아직 희귀한 특징을 지닌 게 있을지도 모르겠네……."

기본적으로 슬라임은 그 수가 많으며 전 세계에 존재하고 있으니까.

수가 많다는 건 기적에 가까운 확률로 엄청난 뭔가가 태어날 수도 있다는 뜻이다.

"앞으로는 슬라임을 잡을 때는 조심해서 관찰해 볼까."

어쩌면 말도 안 되게 귀중한 슬라임이 있을지도 모른다.

그때 슬라임이 폴짝폴짝 뛰면서 이쪽으로 다가왔다.

"역시 이런 타이밍에선 잡기가 껄끄럽네……. 그렇다고 해서 앞으로는 절대로 잡지 않겠다는 것도 아니지만……."

그러자 파르파가 탁탁탁탁탁 하고 달려왔다.

"나쁜 슬라임이야! 잡아야 해!"

파르파가 펀치를 날리자 그 슬라임은 마법석으로 변해버렸다.

그런 뒤에 이해가 안 된다는 표정으로 내 얼굴을 바라봤다.

"마마, 나쁜 슬라임은 잡는 게 좋아. 내버려 두면 좋은 슬라임이 살아가기 어려워지니까."

"그런 구별은 나에겐 아직 무리야!"

색의 진하기에 따라서 알아볼 수 있다고 하는데, 그걸 구별하는 게 너무나 힘들었다.

슬라임 정령인 파르파조차 스스로 나서서 잡을 정도니까 슬라임은 잡아도 되는 것으로 해석하자…….

UFC 심포지엄이 끝난 뒤에도 바알제붑은 그대로 고원의 집에 남아서 저녁을 먹었다.

한편 무는 로자리와 함께 다른 방에서 잡담을 나누고 있었다. 메가메가신님은 나스크테 시의 어딘가에 있는 가게에서 달의 정령인 이누냥크의 푸념을 듣고 있을 것이다.

"역시 파르파와 샤르샤도 대학에서 공부해야 할 것이다. 반제르드 대학의 입학 시험을 치르는 것도 좋겠지."

"마족의 나라에 있는 대학을 다니도록 유도해서 당신 집을 하숙집처럼 제공할 생각은 하지 마."

"끄응. 아즈사여, 아직 거기까진 말하지 않았다. 지금부터 말할 생각이긴 하지만."

결국 말할 생각이었잖아.

뭐, 그만큼 파르파와 샤르샤가 열심히 공부했으니까 칭찬해 주고 싶은 마음은 이해가 되니까 그건 허용하겠지만, 마족의 땅으로 데려가려는 짓은 용인할 수 없어.

아이들이 자라기에 적합한 이런 청정한 환경에서 갑갑한 도시로 이사 갈 필요는 없다. 혹시 전생의 나도 공기가 맑은 고원에서 자랐다면 다른 인생을 살 수 있었을까? 아니, 생각해 봤자 의미가 없는 일이로군…….

"다들 식사는 마쳤니? 그럼 과자를 가져올게."

나는 천천히 식당을 나갔다.

"왠지 더 이상의 언급을 피하려는 것처럼 구는구나."

바알제붑, 쓸데없는 말은 하지 않아도 돼.

나는 파르파와 샤르샤 앞에 〈먹을 수 있는 슬라임〉을 놓았다.

단, 평소보다 한층 더 크게 만들었다.

"우와아! 이런 사이즈도 있었구나!"

"평소에 먹던 것보다 네 배는 되겠는데……. 대식가도 대만족할 것 같아……."

두 사람이 놀라고 있었다. 서프라이즈 성공!

"훗훗후. 하루카라의 〈먹을 수 있는 UFC〉를 보고 아이디어를 떠올렸어. 다른 사람들 것도 있단다."

"아즈사 님, 뻔뻔스러운 부탁이긴 합니다만…… 여유가 있으면 저는 다섯 개 정도 받을 수 있을까요?"

"프라토르테도 다섯 개는 먹고 싶다."

많이 먹는 드래곤이 만족할 사이즈는 아닌 것 같았다…….

"추가로 만들면 어떻게든 될 테니까 조금만 기다려……. 우선은 한 사람당 한 개씩 나눠줄게."

그때 한순간 검게 탄 〈먹을 수 있는 슬라임〉이 시야에 들어온 것 같았다.

그건 현슬라였다. 테이블 구석에 놓여 있었다.

아아, 바알제붑이 데려왔으니까 그대로 남아 있었던 거구나.

"현슬라……. 슬라임이 있는 곳에 〈먹을 수 있는 슬라임〉을 내놓아버렸네. 기분이 상했다면 미안해."

현슬라는 천천히 몸을 좌우로 움직였다.

아마도 '아니오' 라는 뜻인 것 같다.

"아, 그랬지. 현슬라가 뭔가 하고 싶은 말이 있는 것 같았다. 잠깐 좀 봐다오."

바알제붑이 그렇게 말하더니, 사각형 칸 안에 글자가 적혀 있는 천을 벽에 붙였다. 현슬라를 위한 간이 키보드인가……. 노트북 같은 발상이네…….

그곳에 현슬라는 다시 몸을 부딪치면서 단어를 만들어 나갔다.

"내가 설명하겠다. 나, 초대받았다, 세계, 삼, 대, 현자, 다가갈 수 없는 섬, 데려가, 주면 좋겠다…… 흠흠, 아아, 나중에 설명해 줄 테니까 아즈사는 〈먹을 수 있는 슬라임〉을 준비해 주면 된다."

바알제붑, 나를 너무 막 대한다는 생각도 들었지만 그건 피차 마찬가지이므로 〈먹을 수 있는 슬라임〉을 가져왔다.

몇 번이나 벽에 부딪혔기 때문인지, 현슬라는 왠지 지쳐 보였다…….

심포지엄에 참가했을 때보다 탄력이 없이 늘어진 것 같았다.

"잠깐, 괜찮아? 지금 회복 마법을 걸어 줄게."

그러자 현슬라가 또 벽에 몸을 부딪치기 시작했다.

"'부탁합니다' 라는 문자를 치려고 하는 것 같구나."

"회복하려는 참에 더 힘을 빼진 마!"

내가 회복 마법을 걸어 주자 현슬라는 약간 기운을 차렸다. 일단은 안심이다.

"그래서 말인데, 바알제붑, 현슬라는 무슨 말을 하고 싶었던 거야? 단어만 보고 대충 이해는 했지만. 세계 3대 현자 어쩌고에 초대를 받았으니까 그 현자가 있는 다가갈 수 없는 섬이라는 곳까지 데려다 주면 좋겠다고 말한 거지?"

"전부 다 듣고 말았구나. 네 말이 맞다!"

현슬라가 폴짝 뛰면서 바알제붑의 어깨 위에 앉았다. 마치 애완동물처럼 보였다.

"조금 더 자세히 설명하마. 예전에 현슬라한테서 들은 이야기에 따르면 세계 3대 현자라는 자들이 있다고 한다. 그중 한 명이 현슬라인데, 다른 3대 현자에게 만나러 오지 않겠느냐는 초대를 받은 것이지."

"이분이 그렇게 위대한 존재였단 말이군요……."

라이카도 입을 손으로 가리면서 놀라움을 표현하고 있었다. 나도 깜짝 놀랐다.

"저기, 샤르샤, 너는 세계 3대 현자가 누구인지 아니?"

샤르샤는 고개를 끄덕였다.

"샤르샤가 아는 세계 3대 현자는 안셀 마을의 사나리, 힌스 옹, 위대한 킨닌스, 이렇게 세 명이야."

"흐응, 아무도 들어본 적이 없는 사람들이네. 아니, 그중에 현슬라는 없잖아!"

이번에는 파르파가 손을 들었다.

"파르파가 알고 있는 세계 3대 현자는 속독의 에이탄, 열독의 코븐, 수면 학습의 토르톤이야."

"이명 같은 게 붙은 사람들이네. 그리고 역시 현슬라는 없잖아!"

이건 혹시 그건가? 3대 ○○이라는 호칭은 탑3에 들어갈 자신이 없는 사람들의 자칭 같은 건가?

"참고로 세계 3대 현자에는 다양한 설이 있어서 확실하게 정해지진 않았어. 과거에 세계 3대 현자로 열거된 적이 있는 현자의 수를 계산해 본 사람이 있었는데, 300명 이상이나 되었대."

"이젠 아예 3대도 아니구나……."

세계 제일의 현자라고 하면 자신이 더 현명하다고 생각하는 사람들이 항의할 우려가 있지만, 세계 3대 현자 정도의 애매한 범위라면 그런 항의도 하기 어려울 테니까 부담 없이 말할 수 있을지도 모르겠다.

그러자 현슬라가 또 키보드 같은 천을 붙여놓은 벽에 부딪치기 시작했다.

"뭐냐, 뭐냐. 보충, 엄밀하게는, 세계, 만나는 게, 어려운, 삼, 대, 현자, 입니다, 저도 만나기 어려우니까요. 그렇게 말하는구나."

세계에서 가장 만나기 힘든 3대 현자!

엄청 협소한 카테고리네…….

"확실히 현슬라 씨는 만나기 진짜 어려운 분이긴 하죠. 우선 마족의 성으로 가고, 다시 지하 출입구를 찾아야 하니까요……."

라이카가 납득하고 있었다. 현슬라도 완전히 숨겨진 아이템이 있을 법한 곳에 있었으니까 말이지…….

"이야기를 더 하마. 다가갈 수 없는 섬이란 곳도 세계에서 가장 가기 어려운 3대 섬에 속하는 섬이다. 해류가 너무나도 특수해서 배가 전혀 다가가지 못하지. 그곳에 살고 있는 현자가 연락한 모양이구나."

해류 때문에 쉽게 갈 수 없는 섬이 있다는 것은 이해가 된다.

"프라토르테 님이 하늘로 날아가면 된다!"

“섬의 주위에는 결계가 있어서 하늘로는 들어가지 못한다. 과거에 해적들이 세운 작은 나라가 요새처럼 이용했던 곳이지.”

뭔가 엄청 이상하다는 생각이 들었지만, 들어보니 의외로 앞뒤가 맞는 것 같기도 했다.

해적이라면 해류도 잘 알 것이고, 적이 공격하기 어려운 장소를 거점으로 삼을 수도 있겠지.

“그럼 그 〈세계에서 가장 만나기 힘든 3대 현자〉가 있는 다가갈 수 없는 섬에 현슬라를 데려가 주면 좋겠다는 말이야?”

현슬라가 ‘네’ 라고 적힌 키보드 부분에 부딪쳤다. 가능하면 ‘네’ 나 ‘아니오’ 로 답할 수 있는 질문을 하도록 하자……. 부딪치는 횟수가 늘어나면 왠지 미안하니까.

“그렇게 되겠지. 하지만 방금 설명했듯이 드래곤이 하늘로 날아서 접근할 수는 없다. 교통 수단은 배밖에 없겠구나.”

“배 여행이라……. 그러고 보니 난 배를 타 본 적이 없었네.”

낭테르 주가 바다에 접한 곳이 아니기 때문에 당연하다면 당연하다고 할 수 있겠지만. 바다에 인접한 도시에 가본 적은 있지만, 애초에 드래곤을 타고 여행하는 것이 기본이다.

“흥미도 있고 현슬라에겐 신세를 진 것도 있으니까 도와주고 싶은데…… 해류가 복잡하다면 최악의 경우엔 난파 내지는 침몰할 수도 있는 어려운 장소란 말이지……. 역시 가족이 함께 갈 수는 없겠네.”

파르파와 샤르샤가 아쉬운 표정을 지었지만, 일반적인 관광크루즈와는 의미가 다르므로 이번에는 자중해 주면 좋겠다.

“제가 타면 틀림없이 침몰할 것 같으니까 전 포기하겠어요!”

하루카라가 자발적으로 하차했다.

“틀림없다고 표현할 필요까지는 없을 것 같지만, 위험으로부터 거리를 두는 자세는 높이 평가할게!”

확실히 하루카라가 동승하는 건 두렵다.

그리고 침몰하지 않더라도 뱃멀미 때문에 토할 것 같다. 뱃멀미를 하지 않더라도 멋대로 과음하다가 토할 것 같다.

“뭐, 어떻게 될지 모르는 여행이 될 것 같으니까 말이지. 너무 많은 사람이 함께 갈 수는 없을 것이다. 현슬라의 관리는 내가 맡기로 하고, 다음으로 아즈사가 같이 간다면 어떻게든 될 것 같구나.”

“어느새 나는 이미 가는 걸로 정해진 거네…….”

아무래도 현슬라가 나를 바라보고 있는 것 같은 느낌이 들었다.

데려가 달라고 말하고 있는 것 같은데…….

“알았어, 알았어! 내가 가는 것은 납득했어! 나머지는 바다를 잘 알 것 같은 멤버를 모을게.”

“음. 그건 상관없다. 나는 배를 준비하도록 하마. 마족도 배에 관해선 잘 모르니까 말이지. 조사를 좀 해 봐야겠다.”

내가 배를 타고 다가갈 수 없는 섬으로 가는 것은 확정되었다.

하지만 문득 어떤 의문이 머릿속에 떠올랐다.

“그건 그렇고, 어떻게 다가갈 수 없는 섬에 사는 현자가 연락한 거야?”

마법을 이용한 대화라도 나눈 걸까?

“이런 편지가 든 병이 어떤 바닷가에 도착했다.”

현명한 슬라임 님

나는 세계에서 가장 만나기 어려운

3대 현자고, 다가갈 수 없는 섬에

살고 있어~☆

만약 만날 수 있으면 만나고 싶어!

내 외모는 스물다섯 살 정도

되었다고 할 수 있으려나~.(*″ω″*)

괭이갈매기한테는 젊게 귀엽다는

말을 들었어☆

그럼 바이바이룽~

"전체적으로 엄청 머리가 나쁜 사람 같아!"

가고 싶은 마음이 40퍼센트 줄었다.

"그리고 뒤에 날짜를 보니 10년도 넘게 옛날에 보낸 건데……."

"음, 돌고 돌아서 현슬라에게 왔으니까. 기적 같은 일이다."

"저기, 실은 이게 그냥 장난인 건 아니겠지……?"

진상을 알면 현슬라가 마음의 상처를 입는 몰래 카메라 기획은 아닐까.

"하지만 그 편지지는 다가갈 수 없는 섬이 있는 지역에서 자라는 식물로 만든 것이다. 장난을 치려고 그렇게 귀찮은 짓까지 할 녀석은 없겠지. 그리고 장난이라면 좀 더 현자다운 편지를 썼을 것이다. 이렇게 머리가 나쁘게 보이도록 글을 썼다는 건 오히려 신빙성이 있다."

"그건 그러네!"

이 편지를 진심으로 쓴 인간을 만나고 싶으냐고 묻는다면 그렇게 만나고 싶진 않지만, 그건 현슬라가 결정할 일이니까 내가 고민할 필요는 없겠지.

오랫동안 슬라임을 잡으면서 생활해 왔지만, 이번에는 슬라임을 위해서 여행을 떠나게 되었습니다.

◇

나는 라이카를 타고 바알제붑 일행과 만나기로 한 장소인 항구도시 히라리나로 왔다.

참고로 라이카는 이번 여행에 참가하지 않는다.

"남쪽에 있어서 그런지 기후가 좋은 곳이네요."

라이카는 리조트에 온 것 같은 표정을 짓고 있었다. 그 정도로 날씨가 따뜻했다.

"그러네요. 이렇게 좋은 곳이라면 자살하는 사람도 적을 것 같습니다!"

로자리가 리조트 기분을 망가트릴 소리를 했다.

"아, 하지만 저쪽 거리에 살해된 사람의 악령이 있군요. 그렇군,

선원끼리 치정싸움이라도 벌였단 말인가. 날씨가 쾌활한 곳이니까 의도하지 않은 불륜도 자주 일어날 수 있겠지."

"로자리, 그런 해설은 딱히 안 해도 되니까……."

이번에 로자리를 데려온 것은 배 여행에 많은 도움을 줄 것이라 생각했기 때문이다. 나를 제외하면 우리 가족 중에서 유일한 참가자였다. 쉽게 말해서 죽을 위험이 없었다.

"맡겨 주십시오, 누님! 난파되어 죽은 악령을 발견하면 반드시 어떤 일이 있었는지 이야기를 듣겠습니다!"

그렇다. 선원 유령도 많을 것 같다고 생각해서, 그들과 접촉하는 역할을 로자리에게 맡기기로 한 것이다.

그리고 다가갈 수 없는 섬을 근거지로 삼았던 해적의 유령이라도 있다면 가는 방법도 들을 수 있을 것이다.

"그건 그렇고 다른 참가자는 아직 오지 않았나?"

"아, 아즈사 님, 저분은 해파리 정령인 큐어리나 씨 아닌가요?"

라이카가 가리킨 방향에는 방파제에서 하늘을 보고 누워 있는 큐어리나 씨가 있었다.

그녀도 이번 여행에 참가해 줄 것이다.

"큐어리나 씨, 뭘 하고 있나요?"

"예술입니다. 해파레레레레레레예술이에요."

왠지 예술가를 우습게 보는 발언 아니야?

"이렇게 누워 있으면서 죽음을 상상한 뒤에 그 이미지를 창작에 활용하는 거죠. 해파리히히……."

"알았어요. 그럼 마음대로 해요. 하지만 예술을 위해서 일부러 배를 침몰시키는 짓 같은 건 하지 말아요……."

큐어리나 씨를 부른 것은 이 사람이 섬에 살고 있다는 것과 해양 생물인 해파리 정령이라는 점 때문이다.

그리고 엄청나게 오래 살았다고 하니까 다가갈 수 없는 섬도 잘 알고 있을 가능성이 있다. 아는 게 없다면 그때 가서 생각하면 그만이다.

큐어리나 씨와 함께 한동안 멍하니 서 있었더니, 현슬라를 손에 든 바알제붑이 날개를 퍼덕이면서 날아왔다.

"이미 다 모였구나. 배도 준비되어 있다."

"좋은 배가 있었어?"

"완벽하다. 이번 여행에 딱 맞는 것으로 빌려놓았지!"

바알제붑이 엄지를 세울 정도라면 그 말을 믿어보도록 하자.

그리고 배가 정박 중인 곳으로 가보니——.

주변에 검은 안개를 두른 채, 돛대도 갈라지고 구멍이 마구 뚫려 있는 배가 있었다…….

"유령선이잖아!"

"누님, 잘 아시는군요. 말 그대로 유령선입니다. 악령이 몇 명 타고 있군요!"

그런 정보는 알고 싶지 않았어!

"유령선이라면 좌초되는 것 정도로 가라앉진 않을 것이다. 좋은 아이디어 아니냐? 참고로 이름은 제7스펙터호라고 한다."

관광 목적으로 가족들을 데려오지 않길 잘했네…….

"아즈사 님, 로자리 씨, 행운을 빌겠습니다……. 저는 이런 무서운 건 질색이라서 참가하지 않길 잘한 것 같아요…….”

새파래진 얼굴로 라이카가 웃고 있었다. 확실히 같이 갈 멤버로 선정하지 않기를 잘한 것 같다…….

“응, 가능하면 선물을 사 올게…….”

나는 정말로 괜찮을지 의심하면서 유령선에 탔다.

배에서 일하는 중인 선원이 갑판 위를 오가고 있었는데——.

“다들 해골 선원이네…….”

스켈레톤들이 제복을 입은 모습으로 활동하고 있었다. 진짜 유령선인 것 같았다.

“헤에, 누님, 활기가 넘치는군요!”

“활기라는 표현이 맞으려나……. 아, 큐어리나 씨는 어떤가요? 솔직한 의견을 듣고 싶은데요…….”

기껏 불러놓고 유령선에 태웠으니, 이건 대접이 너무하다는 불만을 제기해도 이상할 게 없었다. 나라면 화를 냈을 것이다. 스켈레톤은 문제가 되지 않더라도 유령선이라서 엄청 낡았으니까.

“아주, 좋아…….”

큐어리나 씨의 표정이 밝아졌다.

계속 진지한 성격이라는 인상을 받았는데, 상당히 의외였다.

“어두운 정념이 똘똘 뭉쳐 있는 곳이군요……. 창작 의욕이 마구 샘솟아서 주체를 못할 지경입니다……. 어서 그림을 그리고 싶어요…….”

결과적으로 좋은 반응이 나왔어!

혹시 내가 사람을 너무 잘 고른 게 아닐까?

“좋아, 그럼 배에 탔으니까 선장에게 인사부터 할까.”

우리도 바알제붑을 따라갔다. 마족이라서 그런지, 유령선을 전혀 두려워하질 않는군.

"선장도 보나마나 스켈레톤 아냐?"

"아니, 선장은 스켈레톤이 아니다. 스켈레톤은 선박 면허를 딸 수 없으니까 말이지."

"법적인 문제였어?!"

"아니, 그건 중요한 일이다. 인간의 땅에선 스켈레톤이 선박 면허를 취득하는 것을 허용하지 않는다. 그렇기 때문에 그들과는 다른 자가 필수적으로 필요하지."

스켈레톤 차별일 수도 있겠지만, 그래도 일반 배의 선장이 스켈레톤이라면 타고 싶은 마음이 들진 않을 테니까…….

"바알제붑 누님, 그렇다면 이 배는 인간이 사는 나라의 허가를 받은 것이란 말입니까?"

이번에는 로자리가 질문했다.

"당연하지. 안 그러면 입항도 위법이 될 테니까. 이런 곳에서 인간들과 마찰을 일으켜서 무슨 득이 있느냐?"

법률을 준수하는 유령선이라니 그래도 되는 걸까…….

교통법규를 완벽히 지키는 폭주족 같은 모순이 느껴졌다.

그런 대화를 나누고 있는 사이에 선장실 앞에 도착했다.

바알제붑이 노크했다.

"선장, 다들 모여서 인사하러 왔다."

"……네에, 알았어요오."

약간 맥 빠지게 늘어지는 목소리가 들려왔다.

방에서 나온 사람은 머리색이 화려한 인간 여성으로 보였지만,

바로 아니라는 것을 알 수 있었다.

다리가 물고기 같이 생겼기 때문이다. 즉, 인어로군.

"여러부운, 제가아, 선장이인, 이므레미코랍니다아. 올해로 423세가 되었어요오. 안전 운항을 할 테니까아, 잘 부탁해요오."

인어도 오래 사는 종족이구나. 예전 세계에서도 인어 관련으로 장수한 비구니 전설이 있었지. 인어 고기를 먹은 사람이 800년을 산 이야기였던가? 뭐, 인어가 오래 사는 것은 사실이니까 됐어.

우리도 자기소개를 했다. 냉정하게 생각해 보면 우리도 멤버 구성이 악령이랑 정령은 물론이고 현명한 슬라임까지 포함될 정도로 특수했으니까 선장도 인어인 게 더 나을 것 같기도 하다.

"이므레미코 선장은 이 제7스펙터호를 오래 맡고 계시지."

"아, 배 이름 말인데요오, 재수가 없을 것 같아서 천국여행호로 변경했어요오."

그것도 배가 침몰해 죽을 것 같으니까 재수가 없을 것 같다.

"그건 그렇고 왜 유령선의 선장을 맡을 생각을 한 건가요?"

모처럼의 기회이니 선장에게 질문해 보자.

잠깐 침묵이 이어졌다.

선장은 느긋한 성격이라서 말을 꺼낼 때까지 시간이 좀 걸렸다.

"전 인어니까요오, 침몰해도오 저는 죽지 않으니까 안전하잖아요오."

"그런 발언은 승객이 죽을 위험이 있다는 뜻이니까 별로 듣고 싶지 않은데요……."

이 배를 타도 괜찮은 걸까? 유령선이니까 가라앉지 않는다고 바알제붑은 말했지만 믿어도 되는 걸까?

"그리고오, 전 느리게 움직이니까요오, 바다에서 사는 사람들의 보편적이인, 빈틈없고 긴박한 분위기에에, 어울리지 않으니까아, 스켈레톤 선원이라며언 저에게도 딱 맞답니다아."

"아, 그 말은 아주 잘 이해가 되네요."

바다에서 일하는 사람이라면 이렇게 마이 페이스인 사람을 싫어할 것 같긴 하다. 그건 각 개인의 감성에 따른 문제일지도 모르지만 바다에서 일하기 적합하다는 생각은 별로 들지 않았다.

"자아, 그럼 다들 모였으니까아, 여기서, 아주 중요한 이야기를, 하겠으니이, 잘 들어 주세요오."

뭘까? 역시 유령선에만 있는 어떤 문제라도 있는 걸까…….

그러자 이므레미코 선장이 어떤 책자를 나눠주기 시작했다.

혹시 목숨을 보장받지 못해도 괜찮다는 서약서인가?

안전한 승선을 위한 주의사항
반드시 읽어 주세요!

목차

2페이지 침몰 시 구명 보트의 위치, 사용법
4페이지 침수 시 이용하는 비상구 경로
6페이지 갑판에서 바다로 몸을 내밀지 말기
7페이지 스켈레톤의 뼈를 부러트리지 말기
8페이지 화기 사용 엄금
9페이지 그 밖의 금지사항

안내 책자까지 제대로 갖춰놨네!

"저는 유령이니까 읽지 않아도 되지 않을까요?"라고 로자리가 질문했다.

"아~, 승선한 사람에겐 의무적으로 설명을 해 줘야 하는지라아, 일단은 들어 주시면 고맙겠어요오."

그 후에 자리에 앉아서 이므레미코 선장의 느긋한 토크를 통해 강습을 받았으며, 큐어리나 씨와 바알제붑은 잠이 들고 말았다.

착실하게 듣지 않으면 안 된다고 생각했지만, 졸린 것도 이해는 되었다.

"이상으로오, 설명을 끝내겠어요오."

겨우 끝났어…….

"다음은 매점을 설명할게요오."

"이 유령선에 매점도 있었어?!"

"오랜 여행이 될 테니까요오, 음료수, 과자, 게 같은 것들을 여기 뒤에서 팔고 있어요오. 단, 선내가격으로 팔아서 도시에서 사는 것보다는 비싸지만요오."

이미 위험을 각오한 배 여행이라는 인상은 완전히 사라지고 말았다.

그러나 처음 해 보는 배 여행치고는 터무니없이 특이한 경험이 될 것 같았다…….

드디어 유령선이 움직이기 시작했다. 배가 조금씩 안벽에서 멀어진다.

"저기, 바알제붑, 이 유령선은 어떤 동력으로 움직이는 거야?"

돛에는 구멍이 나서 바람을 잘 받을 수 없을 것 같다.

"나도 자세히는 모른다만, 듣자니 악령의 원념 같은 것이 배를 움직인다고 한다. 그걸 선장이 배를 모는 데 이용한다더군."

"대수롭지 않은 듯이 말했지만 원리가 너무 황당하잖아!"

"그리고 스켈레톤의 일부가 노 같은 것을 젓기도 한다고 하더구나. 좀 수상쩍은 냄새가 풍기긴 하지만 다가갈 수 없는 섬에 가려면 이 배가 제일이다. 오랜 여행이 될 테니까."

"아, 그러고 보니 기간을 듣지 못했네. 며칠이 걸려?"

정기항로는 아예 없기 때문에 이렇다 할 정보를 듣지 못했다.

"가는 데만 이 배에서 이틀을 묵을 예정이다."

"길어! 배에서 잠까지 자는 거였어?!"

"괜찮다. 개인실도 있고 샤워실도 있으니까. 할 일이 없으면 잠이라도 자 둬라. 식사시간에는 깨워 주마."

이미 승선해 버린 것은 어쩔 수가 없으니까 기왕 배에 탄 김에 크루징을 즐기기로 할까.

"갑판으로 나가서 경치라도 감상할까."

나는 계단을 올라가 갑판으로 나왔다.

배를 기준으로 전후좌우가 전부 심각한 수준으로 흐렸기 때문에 도저히 뭘 구경할 수 있는 수준이 아니었다.

"그러고 보니 이 배의 주변만 어두웠지!"

이게 유령선 효과인가. 그럼 풍경을 즐기는 것도 어렵잖아…….

그때 누군가의 기척이 느껴졌다.

현슬라가 내게 오고 있었다. 엄밀하게 말하자면 스켈레톤이 옮겨 주고 있었다.

다른 스켈레톤이 갑판에 키보드처럼 생긴 천을 깔았다. 내가 이해할 수 있도록 하기 위해서인지, 그것은 인간의 말에 대응하게 만든 것 같았다.

그 위를 현슬라가 폴짝폴짝 뛰면서 움직였다.

"뭐야, 뭐야? 인생은, 방향타도, 노도, 없는, 배 여행과, 비슷하다. 자신들은, 어디로, 가는 건지, 대부분, 모른다."

역시 세계에서 가장 만나기 힘든 3대 현자다. 낯간지러운 소리를 하네.

"무슨 말인지 알겠어. 장래 설계를 잘하는 사람은 극히 일부겠고, 대충 살아도 침몰하지 않고 뜨는 걸 보면 인생은 배와 비슷하겠네."

현슬라는 또 키보드 같은 천 위를 움직였다.

대충 요약하면―― 오랫동안 지하에 있었는데 바깥세계로 나와 보고 그 정보량에 놀랐다. 다양한 발견을 할 수 있었다. 현슬라는 그런 말을 하고 싶었던 것 같았다.

"그렇겠지. 나도 현슬라보다는 다양한 곳에 가 보긴 했지만, 이 세계의 극히 일부만 아니까. 이 세상은 다 즐길 수 없을 정도로 넓을 거야."

어느새 나는 갑판에 앉아서 현슬라와 대화를 나누고 있었다.

경치는 여전히 나빴지만 이런 것도 좋지 않을까. 늘 날씨가 쾌청하기만 해도 재미가 없을 것이다.

현슬라가 나에게 지리를 가르쳐 줬다.

"헤에, 이쪽 바다는 파도랑 바람이 거칠기로 유명하구나. 유령선을 타길 잘했는지도 모르겠네."

"그렇답니다아. 바람에 의지하는 범선이라며언, 위험하죠오."

"응응, 그런 건 또 계획적으로 잘 진행했네. ———아니, 선장님이 나와 있어도 되는 거예요?"

정신을 차려보니 내 옆에 이므레미코 선장이 떡하니 서 있었다.

인어지만 지느러미 부분으로 서거나 이동할 수 있다고 한다.

"스켈레톤 선원이 항로를 확인하고 있는데다아, 이 배는, 기본적으로느은 자동항해거든요오."

유령선은 사실 하이테크로 운용되는 배일지도 모르겠다.

"다가갈 수 없는 섬 근처까지 가며언, 선장 일을 해야겠지마안, 그때까지느은, 할 일이 별로 없어요오. 아, 게빵 드실래요오?"

선장은 게처럼 생긴 빵을 우리에게 보여줬다.

"그럼…… 하나 먹어 볼게요."

생김새는 게처럼 생겼지만 맛은 평범한 빵이었다.

"정말 느긋하죠오?"

선장 본인도 자각을 하고 있는지도 모르겠지만 "네, 그러네요."

라고 대답해도 되는 건지 모르겠군. '나는 바보야.' 라고 말하는 사람에게 '네, 바보군요.' 라고 했다간 화낼 테니까…….

"배 위에 있으면, 느긋한 기분이 든다니까요오."

아, 선장의 성격이 아니라 배를 말하는 거였나…….

"배 위에 있으면 시간이 다르게 간답니다아. 육지와도오, 인어가 사는 곳과도오, 시간의 흐름이 달라서, 느긋한 기분이 들거든요오. 전 그게 좋아요오."

나는 고개를 끄덕였다.

정말로 이렇게까지 느긋하게 멍하니 있을 수 있는 시간은 좀처럼 없었던 것 같다.

"아무 생각도오 안 하고, 있을 수 있는 거언, 중요하답니다아."

"그러네요. 공부를 하더라도 머리를 비우는 시간을 중간에 끼워 넣지 않으면 지식으로서 정착하지 않는다는 말도 있으니까요. 그런 시간을 중요하게 챙길 필요는 있다고 생각해요."

이런 식으로 바다 위에서 느긋이 시간을 보내는 경험도 가끔 해보는 건 좋을 것이다.

그리고 느긋이 지내다 보니——.

선장이 자고 있었다…….

"선장님! 아무리 그래도 자는 건 좀 그렇지 않은가요? 자고 있어도 괜찮나요?"

만일의 일이 일어나는 게 두려웠기 때문에 깨웠다.

"아, 제가 자고 있었나요오……. 죄송해요오."

역시 자면 안 되는 시간에 잤던 것 같다. 책임감을 갖고 선장 노릇을 해 주면 좋겠는데.

그 후에 나는 배를 탐험해 보기로 했다.

로자리는 스켈레톤들과 계속 이야기를 나누고 있었다.

상당히 즐거워하는 모습을 보니 로자리를 데려오길 잘했다는 생각이 들었다.

큐어리나 씨는 갑판 반대편에서 묵묵히 그림을 그리고 있었다.

해파리 정령이라는 요소는 이번에 별로 필요가 없을 것 같지만, 이 사람도 데려오길 잘한 것 같았다.

바알제붑은 의자가 있는 자리에 앉아서 계속 서류를 체크하고 있었다…….

"바알제붑, 의외로 재미없게 시간을 보내는구나……. 공무원 분위기가 물씬 풍겨……."

"시끄럽다! 일하는데 왜 그런 소리를 들어야 하는 거냐! 그리고 난 공무원이 맞다!"

다들 배 위에서 보내는 시간을 유효하게 활용하고 있는 것 같으니 잘된 일이라고 생각하자.

물론 멍하니 있는 것도 시간을 보내기에 아주 좋은 방법이라고 생각하지만 말이지.

첫날의 낮 시간은 그렇게 보냈다.

이다음은 저녁 식사 시간이겠지.

아, 약간 걱정이 되네.

유령선의 식사는 과연 어떤 게 나올까……? 스켈레톤이 아닌

자들도 타고 있으니까 식사 준비는 하겠지만.

저녁 식사 시간이 되었기 때문에 식당으로 갔다.

요리는 스켈레톤 선원이 가져왔다. 테이블에는 선장도 앉아 있었다. 누가 배를 운전하는지 궁금했지만 아마 괜찮겠지.

"오늘 요리는 말이죠오, 게 요리 풀코스예요오."

맨 먼저 찐 게가 떡하니 나왔어!

그 밖에도 게와 달걀로 만든 게살달걀부침, 게살 수프, 모든 요리에 게가 들어가 있었다.

"오오, 유령선인데 호화 메뉴네!"

"호오. 마족의 땅에선 먹어본 적도 없는 것인지라 신기하구나."

바알제붑도 이 요리들을 보고는 적지 않게 흥분하고 있었다.

하지만 스스로 맛을 볼 수가 없는 스켈레톤이 조리한 것들이라 맛이 좀 불안하긴 하단 말이지…….

"아, 문제없이 맛있네. 아니, 재료의 맛에서 이미 결판이 났네."

바알제붑도 "맛있구나."라고 말하면서 와인도 홀짝였다. 꽤나 대우가 좋았다.

해파리 정령인 큐어리나 씨는 "허식적인 향연……."이라는 불길한 말을 중얼거리면서 뭔가 스케치를 하고 있었지만, 테이블 매너를 지켜야 하는 자리도 아니니까 괜찮겠지.

"이 배는 말이죠오, 게도 잡고 있답니다아. 그걸 가공해서 팔기도 해요오. 그도 그럴게, 원래는 어선이었다고 하니까 말이죠오."

"어선인데 이런 식당이 있어요? 뭐, 나중에 개조했을 수도 있겠지만."

그때 로자리가 스켈레톤과 함께 내 쪽으로 왔다.

"누님, 이 배는 먼 옛날에 게잡이 갤리선이었다고 합니다."

게잡이 갤리선!

그렇게 들으니 왠지 엄청난 중노동 환경이었을 것 같다…….

"일이 아주 힘들어서 배 안에서 죽는 인간도 적지 않았다고 합니다. 지금 여기서 일하고 있는 스켈레톤도 그런 자들이라고 하는군요."

"아, 아하……."

기왕이면 식사 후에 듣고 싶은 이야기였다.

"그래서 배 안에서 선원들이 반란을 일으켰고, 배에 구멍이 생기면서 가라앉았다고 합니다. 그 후에 바다를 떠도는 유령선이 되었고, 인어인 현재 선장이 배를 구입해서 지금에 이르렀다――고 하는군요."

스켈레톤이 고개를 끄덕이고 있는 걸 보니 사실인 것 같은데.

"잠깐. 유령선이 된 이후에 무슨 일이 있었는지 알고 싶어. 딱 봐도 아직 이야기하지 않은 드라마가 더 있을 것 같은데……. 아무래도 이 배는 평범한 유령선이 아니니까."

뭐가 어떻게 되면 인어가 이 배를 구입할 수 있단 말인가.

로자리가 또 스켈레톤의 이야기를 듣고 있었다. 스켈레톤은 목소리를 내지 못하니까 유령인 로자리가 통역해 줄 필요가 있었다.

"유령선이라면 다른 배들에 공격을 받기도 해서 위험할 수 있으니까 정식으로 배를 등록하기로 했다고 하는군요. 모험가 길드에서 토벌 대상으로 삼기도 하고 바다 사나이들이 담력 시험을 한답시고 유령선에 들어오는 일이 많았기 때문이라고 합니다."

"바다의 심령 스폿!"

사람들이 유령선을 별로 두려워하지 않았구나…….

"그리고 원념 같은 것으로 배를 움직이더라도 가라앉기 직전의 낡은 배를 움직이는 건 스켈레톤들에게도 힘든 일인지라 기본적인 수리는 하고 싶었다고 하는군요. 그러려면 역시 돈이 필요하니까 정식으로 배를 등록하지 않으면 여러 가지로 불편한 일이 많다고 합니다. 불법 선창에서 수리하려면 돈이 많이 드니까요."

"내가 생각하지 못했던 사실들이 자꾸 언급되고 있어!"

"으음……. 나도 바다 쪽 사정은 잘 모른다만…… 그런 일들이 일어나고 있었단 말인가……."

마족 나라의 장관도 놀라고 있었다. 이 세계에는 아직 모르는 일들이 너무 많았다.

"아, 이 배도 역사가 오래됐으니까 말이죠오. 괜찮다면, 나중에 예전에 쓰인 징벌방이나 갤리선 설비를 견학해 보시겠어요오? 경험자가 있으니까, 생생한 경험담도 들어볼 수 있답니다아."

"선장님…… 그런 곳은 무서우니까 전 패스하고 싶어요……."

"알겠어요오. 뭐, 나중에 너무 심심해서 할 게 없다면 말씀해 주세요오. 사실 무서운 이야기는 꽤 많답니다아. 모르는 스켈레톤이 배에 타고 있기도 했죠오."

시종일관 쾌활한 분위기의 이므레미코 선장이 그렇게 말했지만, 아마 나는 사양할 것 같다.

저녁 식사 후에 나는 샤워실에서 씻고 자신의 침실로 들어갔다.

"방은 지극히 평범한 호텔에 있는 곳 같네."

내 옆에는 로자리도 있었다.

"저도 누님과 같은 방에서 자면 된다고 합니다."

"뭐, 로자리에겐 방이라는 개념이 딱히 적용되지 않을지도 모르지만 잘 부탁해."

"첫 배 여행은 정말 재미있더군요!"

로자리는 방안을 날아서 돌아다녔다. 상당히 들떠 있었다.

"응, 나도 동감이야. 이 정도면 가족들을 더 데려와도 좋았을 것 같은데. 그러려면 이번 여행보다는 평범한 배로 평범한 항로를 항해하는 여행을 선택하겠지만……."

따로 기회를 만드는 건 나중에 얼마든지 할 수 있으니까 한 번 더 가족여행을 해 보는 것도 좋지 않을까.

"누님, 스켈레톤 녀석들도 다들 이야기를 재미있게 하더군요. 처음에는 100명이 탔던 갤리선의 선원들이 목적지에 도착했을 때엔 열 명으로 줄었다고 하는데——."

"로자리, 재미있는 이야기라면서 무서운 이야기를 하지 마!"

역시 옛날의 역사 이야기를 풀기 시작하면 무시무시한 진실이 자꾸 밝혀지게 되는 것 같다.

"그럼 게잡이 이야기를 하겠습니다. 게를 잡을 때는 그물로 끌어올려 잡는다더군요. 그때 목이 그물에 걸린 사람이 있었는데 그대로 그물을 끌어올리는 바람에 목이——."

"그러니까 무서운 이야기를 자꾸 늘어놓지 마! 결국 무서운 이야기잖아!"

"알겠습니다……. 누님을 난처하게 할 생각은 없으니까 더 이상 누님께 말을 거는 건 자중하겠습니다……."

로자리가 얌전하게 내 말을 따르면서 조심하는 반응을 보였다.

"아, 딱히 입을 다물고 있으란 뜻은 아니었어."

"아뇨, 이제 밤이 됐고 누님도 피곤하실 테니까 푹 주무시는 게 좋겠다는 생각이 들었으니까요."

"그것도 그런가. 그럼 일찍 자고 일찍 일어나기로 할까."

그때 로자리가 벽 쪽을 바라봤다.

"이봐, 누님이 주무실 거니까 지금은 말을 걸지 마!"

"거기에 뭔가가 있었던 거야?!"

직접 알려 주지 않는 것도 무서워!

"벽에 걸린 액자 뒤에 부적이 붙어 있었는데, 그게 약간 떨어졌기 때문에 잘못하면 유령이 나올 수도 있다는 것 같습니다."

"가장 듣고 싶지 않았던 정보야!"

이런 분위기라면 호러 내성이 없는 라이카와 하루카라는 배를 못 타겠는데…….

나는 머릿속으로 최대한 즐거운 일을 생각하면서 자려고 했다.

다행히 배는 많이 흔들리지 않았기 때문에 잠들 수 있었다.

고속으로 날아가는 라이카를 타고 있는 꿈을 꿨다.

배는 날고 있는 라이카와 비슷한 수준으로 적당하게 흔들렸다.

다음 날, 식당에서 바알제붑과 마주쳤다.

"어제 레비아탄으로 변한 바니아를 타는 꿈을 꿨다."

"나랑 비슷했네. 나도 라이카를 타는 꿈을 꿨어."

"바니아치고는 별로 흔들리지 않는다 싶었는데 꿈이더구나."

바니아의 탑승감은 그렇게 엉망이란 말인가…….

그리고 바알제붑의 손에는 오늘도 현슬라가 놓여 있었다.

"현슬라는 컨디션이 어때? 오랜 여행으로 피곤하진 않아?"

이건 현슬라가 아니라 바알제붑에게 물어본 말이었다. 현슬라는 말을 하지 못하니까 말이지.

"딱히 이상이 있는 것 같진 않구나. 그리고 피곤함을 느끼기보다 자극을 받을 일이 많아서 재미있게 즐기는 것 같다."

현슬라가 살짝 위아래로 움직였다. 고개를 끄덕이는 것이겠지.

"내일이면 다가갈 수 없는 섬에 도착하는 거지? 그럼 시간적으로 봐도 적당하겠는걸. 바알제붑에게도 좋은 휴가가 되지 않을까?"

"딸들이 있으면 더 좋았겠지만 말이지."

이 마족은 늘 그런 말을 한다니까…….

"알았어. 그럼 다음에는 내가 이 배로 데려올게."

"아니, 아즈사는 타지 않아도 된다."

은근슬쩍 부아가 났다.

그때 큐어리아 씨도 식당에 왔다.

"러프 스케치가 완성됐습니다."

그러고 보니 어제 저녁을 먹으면서 뭔가를 그리고 있었던 것으로 기억한다.

그건 스켈레톤들이 나란히 놓인 요리를 탐욕스럽게 먹고 있는 그림이었다.

스켈레톤의 몸에선 먹은 요리가 흘러나오고 있었다…….

"예상하긴 했지만 역시 음침해!"

"아무리 먹어도 배가 부르지 못하는 괴로움이 잘 묘사된 그림인지라 아주 마음에 든답니다. 해파리히히히……."

뭐, 본인이 만족한다면 됐다.

그보다는 오늘 아침 메뉴가 궁금했다.

"이번에는 무슨 요리가 나올까~. 고급 호텔의 뷔페 같은 게 나온다면 좋겠는데!"

식당으로 가보니, 스켈레톤들이 유달리 낯익은 걸 가져왔다.

"아침메뉴도오, 게 요리 풀코스예요오."

쾌활한 표정을 짓고 있는 이므레미코 선장이 늘어진 목소리로 말했다.

"저기…… 어제 저녁 메뉴와 같은 것 같은데요……."

"이 배는 스켈레톤이 게만 잡고 있기 때문에에, 계소옥, 게 요리만 나온답니다아."

그랬다간 질릴 거야!

하지만 선장의 테이블에는 게처럼 생긴 빵이 놓여 있었다.

"저기, 선장님, 그건……."

"게 요리에 질린 분은 매점에서 빵을 구입해 주세요오."

그래서 매점이 있었던 거야?!

"나는 매점에 가 볼까……."

"아침부터 게 요리 코스는 버겁겠군요. 해파리히히히히……."

다들 매점으로 빵을 사러 갔다.

게빵에는 게가 안 들었으니까 게 맛에서 해방될 수 있었다.

역시 유령선에는 유령선 나름의 문제점이 있는 것 같다.

아니, 식사와 관련된 문제 정도는 해결할 수 있잖아.

2박 3일 여행쯤은 시간이 금방 지나갈 거라 생각했는데 이틀 만에 벌써 질리기 시작했다.

"멍하니 시간을 보내는 것도 너무 길면 버티기 힘들구나……."

나는 갑판에서 드러누워 뒹굴고 있었다.

애초에 이 유령선은 검은 안개에 덮여 있어서 주변 경치도 잘 알 수가 없었다. 바다를 떠돌고 있다는 것 정도만 겨우 알 수 있다.

그때 현슬라가 또 나에게 다가왔다.

어제 놓아둔 그 키보드 같은 천은 아직 치우지 않은 상태로 그 자리에 있었다.

"아, 현슬라. 무슨 볼일이라도 있어?"

현슬라는 키보드를 이용해서 이런 질문을 했다.

"신이란 무엇인가———라고 물어봐도 말이지……."

내 머릿속에는 메가메가신의 얼빠진 얼굴이 떠올랐다.

그렇구나. 현슬라는 UFC 심포지엄이 열렸을 때 자신의 눈으로 직접 신을 본 적이 있다.

현자라면 그런 존재를 보고 당연히 흥미가 생길 것이다.

하지만——.

그 사람을 기준으로 잡고 신을 이야기하는 건 신이라는 개념에 미안한 느낌이 든단 말이지……. 적어도 닌탄을 기준으로 이야기해 볼까…….

"메가메가신이라면 바로 다 대답해 줄 것 같으니까 직접 묻는 게 더 좋을 것 같지만, 내가 아는 범위에서 이야기할게."

나는 신에 관해서 가볍게 이야기했다.

하지만 그것만으로는 현슬라의 탐구심은 채워지지 못했다.

정령에 관한 질문도 받았다(큐어리나 씨에게 물어보는 게 좋을 것 같지만, 본인은 정령이란 존재가 무의미한 것이라는 대답밖에 하지 않았다고 한다).

시간이란 것은 무엇이냐는 질문도 받았다(그런 철학적인 것은 잘 모르겠다고 솔직하게 대답했다).

——그러다가 어느새 내 예전 삶에 관해 이야기하는 것으로 대화가 진행되었다.

"남들 앞에서 자랑할 건 아니지만, 현슬라라면 괜찮으려나."

현슬라는 자신의 머릿속으로 고찰을 거듭하는 타입으로 보이니까 그 지식을 외부에 발설하진 않을 것이다.

정작 이야기하려고 하니까 의외로 예전 삶의 기억들을 아직도 많이 잊어버리지 않았다는 것을 깨달았다.

그리고 이야기하다 보니 나 자신도 반성할 점이 많이 드러났다.

그때는 그렇게 해야 했다거나.

반대로 그렇게 하지 않았어야 했다거나.

가능하면 그건 미리 해 두고 싶었다거나.

그리고 그런 반성할 점들을 무의식적으로 곱씹으면서, 나는 이 세계에서 살아온 것이라는 사실도 깨닫게 됐다.

그리고 그건 어느 정도 좋은 효과를 발휘하고 있었다.

가족이 생긴 것은 예상하지 못했지만, 그래도 나는 가족들과 함께하는 삶을 어느 정도 잘 꾸리고 있다고 생각한다. 고원의 집 가족들만큼 훌륭한 가족은 어디를 찾아봐도 없을 것이다.

그런 의미에서 보면 실패도 현재에 좋은 영향을 주고 있는 셈이다. 전혀 쓸모가 없지는 않았다.

슬라임을 계속 잡아온 내가 슬라임에게 내가 살아온 이야기를 하다니, 인생이란 참으로 신기하다.

때때로 현슬라는 폴짝폴짝 점프를 하면서 맞장구를 치는 듯한 행동을 했다.

"——뭐, 대충 말하자면 이런 느낌인데, 어땠어?"

현슬라는 키보드 위를 움직이면서 나에게 이렇게 전했다.

고마워, 라는 뜻의 말이었다.

키보드를 사용하기 때문에 고맙다는 한마디를 전하는 것만으로도 현슬라에겐 상당히 힘든 일이었고, 그래서 그 말은 내 마음속에 더더욱 강하게 울려 퍼졌다.

"야아, 현슬라가 현자인 이유를 이제 이해할 수 있을 것 같아. 정말 열정적으로 탐구하는구나."

현슬라는 '아직 멀었습니다'라는 의미가 담긴 단어를 쳤다. 성격도 겸허하네.

"하지만 가끔은 쉬는 것도 좋아. 슬라임이 과로사하는지는 모르겠지만, 피로는 느낄 테니까."

나는 미소 지으면서 현슬라를 쓰다듬었다.

정말 장하구나.

하지만 좋은 기분으로 참가한 그날의 저녁 식사 자리에서 나를 맞이한 것은——.

©Benio

"역시 게 요리 풀코스야?!"

어제 저녁때와 똑같은 것이 테이블에 놓여 있었다.

"많이 있으니까 많이 드세요오."

선장은 마이 페이스로 그런 말을 하고 있었다. 그리고 또 빵을 먹고 있었다.

"이 배는 게밖에 잡지 않는단 말이죠오. 좀 더 다양한 해산물을 잡으면 좋겠는데 말이죠오."

적어도 게가 아닌 코스를 선택지에 추가해 주면 좋겠다…….

이게 일주일 여행이었다면 바로 한계가 찾아왔을 거야…….

◇

배 여행 3일째.

아침 식사를 먹으러 식당에 갔더니 또 게가 있었다…….

"아침부터 게는 아닌 것 같아. 빵을 사 먹어야지……."

"나도 그래야겠다……."

"해파리히히히히……. 아침 식사는 거르겠습니다."

나와 바알제붑은 매점에서 무난하게 빵을 사서 먹었다. 큐어리나 씨는 아침을 먹지 않겠다고 했지만, 엄청나게 오래 살고 있는 정령이라면 건강에 나쁘고 말고 할 것도 없으니까 괜찮겠지.

"이 배는 오늘이면 다가갈 수 없는 섬에 도착하는 거지?"

나는 게처럼 생긴 빵을 먹으면서 바알제붑에게 물었다.

"예정대로라면 그렇겠지. 하지만 다가갈 수 없는 섬에 무사히 도착하려면 해류를 돌파해야 한다. 그건 실제로 시도해 보지 않으면 어찌 될지 몰라."

"네에. 그건, 저에게 맡기세요오."

끝이 늘어지는 말투로 말하면서 이므레미코 선장이 우리에게 다가왔다.

"선장, 입에 빵가루가 묻었다……."

선장은 입을 닦았다.

빵가루가 옆으로 이동했을 뿐이었다.

대놓고 말할 수는 없지만 별로 믿음이 가질 않는단 말이지……. 심각한 선장도 바람직하지 않지만 너무 헐렁한 선장도 두렵다.

하지만 선장 본인이 자신 있는 반응을 보인다는 건 틀림없는 사실이었다.

"마음 편하게 타고 계세요오. 절 믿으셔도 되는 게── 저는 선박 면허를 가지고 있으니까요오!"

이므레미코 선장이 의기양양한 표정으로 면허증을 우리 앞에 내밀었다.

"아아, 그러면 안전──이 아니라 면허를 가지고 있는 건 당연하잖아요! 무면허로 배를 몰면 안 되죠!"

"아즈사 씨이, 다가갈 수 없는 섬에 배를 대는 건 정말 힘든 일이에요. 하지만 절대로 실패하지 않는 공략법이 있답니다아. 그게 뭔지 아시나요오?"

"그런 게 있다면 들어보고 싶군요. 그리고 아직 빵가루가 묻어 있어요."

이므레미코 선장은 다시 입을 닦았다. 빵가루가 다른 곳으로 이동했다. 정말 요령이 없는 사람이네!

“그것은 즉, 이길 때까지이 포기하지 않고오, 계속 도전하는 거예요오!”

선장은 아주 느린 동작으로 오른손을 들었다.

그렇구나. 무슨 말인지 이해가 되긴 했다.

“몇 번을 좌초하더라도오, 몇 번을 침몰하더라도오, 다가갈 수 없는 섬에 도착할 수 있게 될 때까지 계속 도전하면 반드시 도착할 수 있어요오. 도착할 때까지 계속 도전하겠다는 마음을 먹은 시점에서 틀림없이 성공할 수 있는 거라고요오!”

“응응, 그러네요. 시행착오는 중요── 아니, 침몰하거나 좌초하면 안 되죠! 그렇게 되면 다시 도전할 수가 없으니까!”

“저느은, 선박 면허 시험에도 몇 번이나 떨어졌지마안, 결국에는 딸 수 있었어요오. 성공할 수 있어요오!”

“그건 승객에게 해도 되는 자랑이 아니라고요!”

급격하게 불안해지기 시작했다. 이 배는 정말로 괜찮을까……? 지금까지 괜찮지 않은 정보만 계속 듣고 있는데…….

“아즈사여, 너는 공중부유 마법을 쓸 수 있지 않느냐? 그렇다면 어떻게든 갈 수 있을 거다.”

“바알제붑, 그런 발상은 좀 이상하지 않아?”

그렇게 가끔 표류 사고가 나는 사절단의 배를 타는 것처럼 목숨을 걸고 배 여행을 하고 싶진 않다고.

“아니, 다가갈 수 없는 섬으로 가 줄 배 자체가 애초에 없었단 말이다……. 선원들도 기피하는 분위기였고 말이지……. 결과적으로 이 제7리스펙트호를 고를 수밖에 없었다."

"아, 지금은 천국여행호로 이름을 바꿨어요오."

정말로 배 이름이 재수없게 들렸다. 천국으로 가는 편도 티켓처럼 들렸다.

선장이 내 어깨를 토닥였다.

"아즈사 씨이, 인어들 사이엔 이런 말이 전해지고 있어요오. 인생은 떠오를 때가 있으면 가라앉을 때도 있다고요오. 해 보기 전부터 고민해 봤자아, 아무 소용이 없답니다아아."

"아니, 긍정적으로 생각하는 건 좋지만 배는 가라앉으면 안 되죠! 그만큼 위험 부담이 크면 사전에 고려하는 게 좋다고요!"

이 선장의 성격을 구체적으로 알 수 있게 됐다.

고잉 마이 웨이, 렛 잇 비. 그런 사고방식으로 적극적인 삶을 살고 있었다.

그건 참으로 훌륭하다고 생각한다.

하지만 위험 요소를 줄일 생각이 전혀 없어!

눈을 질끈 감고 돌격하는 것과 여러모로 검토한 뒤에 돌격하는 것은 그 의미가 전혀 다를 텐데, 이 사람의 머릿속에는 그게 뒤죽박죽으로 섞여 있었다.

비관적으로 살면 안 되겠지만 이런 성격도 문제가 있어…….

바알제붑이 데려온 현슬라가 갑자기 몸을 이리저리 움직였기 때문에 키보드로 쓰는 천을 깔아줬다.

현슬라가 그 위를 폴짝폴짝 뛰면서 움직였다.

"호오, 때로는 어리석은 자가 문을 여는 일도 있다――고 하는구나."

지금 말하는 어리석은 자는 바로 선장을 뜻하는 거겠지.

현슬라의 말은 무시한 채, 선장은 빵을 먹고 있었다. 볼에 묻은 빵가루가 더 늘어났다.

"자, 이제 스을스을 해류가 복잡해지는 구역으로 들어왔네요오. 제에 실력을 보여줄 때군요오."

선장이 소매를 걷어붙였다.

오, 의욕을 보이네.

"구명 보트가 있는 장소를 미리 확인해 두세요오."

"소매를 걷어붙이면서 할 말이 아니잖아!"

"30번 시도하면 한 번쯤은 성공할 거예요오."

이런 사람에게 선박 면허를 줘도 괜찮은 걸까.

솔직히 말해서 전혀 믿음이 가질 않았기 때문에 나와 바알제붑은 선장실로 들어갔다.

그곳에는 배를 조종하는 방향타가 설치되어 있었다. 이걸 움직여서 방향을 바꾼다고 한다.

"네에. 여러분, 보이시나요오? 저 앞에 흰 물결이 뚜렷이 보이네요오."

내가 보는 방향에는 수없이 많은 해류가 뒤엉켜 있었다. 소용돌이를 이루고 있는 곳까지 있었다.

"이 해류를 넘지 않으면, 다가갈 수 없는 섬에는 들어갈 수 없답니다아. 우선은 전방에 있는 저 해류 사이를 통과할게요오."

"이런 말을 들으니 썩어도 준치라고, 전문가 티가 나는구나."

가능하면 썩지 않은 준치, 아니 전문가를 고용해 주면 좋겠다.

"우선은 오른쪽으로 틀고, 다시 급속도로 왼쪽으로 꺾을게요오.

그리고 다시 오른쪽으로 급커브할 건데에, 길이 보이시나요오?"
해류 사이의 공간이 길처럼 보이기 시작했다.
그곳을 통해 나아갈 수밖에 없다는 말인 것 같은데, 의외로 그 선택은 옳은 것 같았다.
"그럼 첫 번째 도전을 시작할 게요오!"
배가 크게 기울었다.
거기서 그치지 않고 이번에는 반대로 기울었다.
과연 끝까지 갈 수 있으려나?
"아, 해류에 잘못 들어가는 바람에 실패했어요오."
"실패가 너무 빨라!"
"아즈사여, 실수를 해도 딱히 큰일이 일어나는 건 아니다. 원래 장소에 돌아오는 것뿐이니까."
바알제붑의 발대로 배는 복잡한 해류의 입구로 다시 되돌아오고 말았다.
이렇게 보니 게임 같은 느낌이 들었다.
선장이 몇 번이든 시도해 보면 된다고 말한 의미도 아까보다는 제대로 이해가 되었다. 다가갈 수 없는 섬으로 가는 건 실패한다고 해서 엄청난 사고가 일어나는 것은 아니었던 것이다.
"네, 그러엄 두 번째 도전을 시작하겠어요오! 실패했네요오."
"최소한 조금은 더 버텨 봐요!"
배가 좌우로 흔들리는 걸 겪으면서 나는 이런 생각이 들었다.
이대로 가면 머지않아 멀미를 일으킬 거야…….
바알제붑은 모르는 사이에 자신의 날개를 퍼덕이면서 공중에 떠 있었다.

나도 공중부유 마법을 써서 멀미에 대비하기로 했다.

해류를 돌파하는 도전은 그 후에도 연거푸 이어졌다.
그러다보니 제법 멀리 나아가는 때도 있었다.
"오옷, 다섯 번째 급커브를 클리어했어요오!"
"좋아, 좋아요! 거기서 바로 정면으로 방향을 틀어요!"
"아니다. 이대로 조금 더 전진하는 게 좋겠다!"
바알제붑과 나의 의견이 대립했다.
"바알제붑, 그렇게 하면 컨트롤할 수가 없잖아. 다음과 다음다음 코스의 흐름을 읽어야지."
"다시 균형을 잡았다고 해서 무조건 안전한 건 아니다. 너야말로 중립 상태를 과신하고 있단 말이다! 그러다가 반응이 늦어지면 의미가 없다!"
그렇게 말싸움을 하는 사이에 배가 다시 해류에 들어가는 바람에 밀려서 돌아가고 말았다.
"아아아! 아쉽구나! 다가갈 수 없는 섬이 살짝 보였는데!"
"괜찮아, 괜찮아! 선장님은 조금씩 익숙해지고 있으니까!"
예상 이상으로 게임을 즐기는 듯한 분위기가 생기고 말았다.
그때 로자리가 둥실둥실 떠서 다가왔다.
"오늘은 유달리 배가 흔들리는군요. 스켈레톤이 사방에 굴러다니고 있습니다."
"다가갈 수 없는 섬에 들어가기 위한 시련이야."
"그리고 해파리 정령 아가씨가 멀미 때문에 움직이지 못하게 됐습니다."

©Benio

해파리 정령도 멀미를 하는구나…….

그 후에도 이므레미코 선장은 몇 번을 더 시도했지만——.

좀처럼 해류를 돌파하지 못했다.

횟수를 거듭할수록 집중력도 떨어지는 것 같았다.

"음, 어렵네요오. 하지마안 내일이나 모레, 혹은 3일 후나 4일 후에는 성공하겠어요오. 언젠가는 성공할 테니까아, 지금의 저도오, 성공한 것이나 마찬가지겠죠오."

4일 후에야 겨우 해류를 돌파한다면, 그건 실패한 것으로 생각하면서 반성해야 하지 않을까.

"선장, 선박 면허를 가지고 있다면 좀 더 부드럽게 배를 몰 수 없겠느냐?"

"선박 면허느은, 특별히 붙여 준 거라서요오. 운명의 여신이 있다며언, 언젠가아 잘 봐줄 때가 있을 거예요오."

또 듣기 싫은 이야기를 듣고 말았어!

"좋아, 내가 대신 배를 몰겠다!"

놀랍게도 바알제붑이 선장을 밀어내고 방향타를 잡았다.

"어? 그렇게 해도 법적으로 문제가 없어……? 당신은 선박 면허가 없잖아?"

"다른 배와 충돌할 위험은 없으니까 괜찮지 않느냐?! 근본적인 원인은 방향타를 쥐는 법에 문제가 있는 것이다."

"그러네요오, 술을 마시지 않았으니까 괜찮아요오."

음주 운전이 아니라도 무면허 운전에 해당되니까 아마 안 될 것이다. 하지만 충돌해서 피해를 줄 배가 없는 것도 사실이려나. 다가갈 수 없는 섬에 가는 사람은 거의 없다고 하니까.

"야압, 으랏차!"

"바알제붑, 당신 자신의 몸도 따라서 기울어지고 있어."

자동차 운전을 배울 때 자주 주의를 받는 사항이다.

"내버려 둬라. 성공만 하면 되니까── 아앗! 해류에 들어가고 말았다……."

바알제붑이 엄청 아쉬워했다.

"초보자는 무리예요오. 절묘한 조타 테크닉이 필요하니까요오."

선장의 으스대는 기색인데, 당신도 성공하지 못했는데요…….

바알제붑은 몇 차례 도전해 봤지만, 전부 도중에 실패하고 물러 나싸.

"제길! 저 네 번째 커브는 반칙 아니냐?! 세 번째 커브의 한가운데를 정확히 통과하지 않으면 저기서 반드시 휩쓸리니까!"

이미 패턴을 암기해서 공략하는 게임처럼 바뀌어 있었다.

하지만 게임이라면 나도 전생에서 좀 해 본 적이 있지.

"좋─아. 나도 한번 해 볼게!"

──하지만 바알제붑이 방향타를 넘겨주지 않았다.

"내가 좀 더 해 보겠다. 이제 조금만 더 하면 요령을 알 수 있을 것 같으니까!"

"치사해! 이제 그만하고 나랑 교대해 줘!"

"애초에 그런 규칙은 없지 않았느냐! 그리고 해류를 통과하려면 같은 사람이 반복하는 게 성공 확률이 더 높아질 것이다!"

게임기를 놓고 다투는 분위기가 만들어졌네…….

겨우 바알제붑이 교대해 주는 바람에 방향타를 잡을 수 있었다.

"여, 여기서 오른쪽, 그리고 바로 왼쪽으로 갔다가…… 여기서 다시 오른쪽……."

"너도 몸이 함께 기울어지지 않느냐."

"조용히 해! 집중해야 하니까! 아, 빠져나갔다. 빠져나갔어!"

"멍청하긴. 그렇게 빠져나가면 다음 커브에서 방향을 돌리지 못한다. 내 플레이를 보고 있지 않았느냐."

"그러니까 조용히 좀 하라니까! 거봐, 바알제붑이 시끄럽게 떠드는 바람에 결국 막혔잖아!"

"아니. 이건 처음부터 실패했던 거다. 그곳은 그냥 빠져나가기만 해선 안 되고, 완벽하게 돌파하지 못하면 다음 해류에 다시 밀려서 되돌아온단 말이다. 나를 탓하지 마라."

나도 완전히 게임(?)에 열중하고 말았다.

"저기, 누님 제가 해 봐도 될까요?"

로자리도 관심을 보이는 것 같았다.

"알았어. 그럼 너도 해 봐."

뭐, 전생에서 게임을 경험해 본 나보다는 조작이 어설프겠지만.

그런데── 방향타를 쥔(엄밀하게 말하면 영적인 힘으로 방향타를 움직이고 있는) 로자리의 눈빛이 바뀌었다.

“좋아! 어디 해 보자! 전속력으로 돌파하고 말겠어! 오라오라오라오라! 오라오라오라오라!”

로자리가 과격해졌네?!

핸들을 잡으면 성격이 돌변하는 타입이었나. 완전히 폭주족인데…….

하지만 로자리의 조타 실력은 유달리 능숙했다.

간발의 차이로 해류를 피했다.

“좋아! 넘어갔어! 다음도 돌파한다!”

“오오! 좋아! 배가 확 기울지만 확실하게 전진하고 있어!”

“느낌이 좋구나! 다가갈 수 없는 섬이 정면에 보이기 시작했다!”

이제 두 군데, 커브를 돌면 골인할 수 있을 것 같았다.

하지만 그 뒤에는 난관이 기다리고 있었다.

좁은 코스를 거의 직각으로 돌지 않으면 해류에 진입하는 구역이 연속으로 있어!

“이건 아니지! 이런 걸 어떻게 돌아서 들어가란 말이야?! ……아, 해류에 휩쓸리고 말았어!”

“아까워! 그런데 이거, 정말 돌파할 수 있는 거야?”

“이 정도면 운에 맡겨야 할 것 같구나…….”

우리가 좌절하고 있는 동안 선장은 옆에서 빵을 먹고 있었다. 현슬라도 선장에게 안겨 있었다. 현슬라도 관심이 생겨서 찾아온 모양이다.

그 후에도 로자리는 거의 폭주 같은 환상적인 드라이빙 테크닉을 선보였지만——.

마지막의 급커브를 도저히 클리어하지 못했다!

"바로 방향타를 돌려도 진입하고 조금 기다렸다가 방향을 틀면 어차피 늦어서 안 된단 말이지. 정말 귀찮네."

"뭔가 꼼수가 없으면 힘들 것 같구나……."

바알제붑, 이건 진짜 게임이 아니니까 그런 꼼수는 없어. 그래도 있으면 좋겠다는 말을 하고 싶은 심정은 이해가 된다. 그 정도로 어려웠다.

그때 방에 또 한 명의 기척이 늘어났다.

"멀미를 계속 하다 보니 익숙해지고 말았습니다……."

큐어리나 씨도 뭘 하는지 궁금해서 와본 모양이다.

"아, 큐어리나 씨도 플레이해 보겠어요? 섬 바로 앞까지는 왔는데 말이죠."

나는 그동안 있었던 일을 설명했다.

"그랬군요. 30분 정도 기다려 주시겠습니까? 그 정도 시간만 있으면 괜찮을 겁니다. 섬에 도착할 거예요."

큐어리나 씨는 차분한 표정으로 그렇게 단언했다.

"알았어요오. 30분 기다릴게요오."

책임자인 선장이 용인했다.

아니, 나도 바알제붑도 완전히 흥분해서 조종하고 말았으니 말이지…….

30분 정도 기다리니 큐어리나 씨가 돌아왔다.

"준비는 끝났습니다. 이제 괜찮을 겁니다."

무슨 준비를 했는지는 모르겠지만 뭐, 됐다.

“그럼 다음은 해파리 정령인 네가 게임을 해 볼 테냐.”

바알제붑은 이제 완전히 게임이라고 말하고 있네…….

“아뇨, 게임에는 관심이 없으니까 다른 분이 하십시오.”

큐어리나 씨는 시큰둥한 표정으로 오른손을 옆으로 저었다.

응?! 그럼 아까 말했던 그 30분은 뭐였지……?

어쩔 수가 없으니까 이므레미코 선장이 한 번 더 방향타를 잡게 되었다.

선장은 두 손을 방향타에 놓았다.

아니, 원래 선장이 아닌 사람이 배를 몰면 안 되는 거지…….

“좋아요오, 선장다운 모습을 보여 주겠어요오.”

자아, 다시 해류로 진입하는군.

우선 첫 번째 커브.

“이러언, 방향타를 너무 일찍 돌렸어요오.”

“처음부터 실수를 했어!”

초반에 다시 시도하는 건 시간적으로 그리 큰 손해는 아니지만, 나를 불안하게 만들긴 했다. 하지만——.

“아직 멀었어요오.”

선장이 바로 방향타를 다시 돌려서 성공적으로 돌파했다!

그 후에도 선장은 꽤 적절한 타이밍에 맞춰서 해류의 소용돌이를 빠져나갔다.

“오옷! 선장님, 느낌이 좋은데요!”

“뒤에서 몇 번이나 봤거든요오. 몇 초가 지났을 때 방향을 돌리면 성공할 수 있는지 배웠어요오.”

선장이 초보자가 배를 모는 걸 보고 배워도 괜찮은 건지 모르겠지만 이번 일은 특별한 케이스니까 괜찮지 않을까. 일단 나아가고는 있으니까.

그 문제 많은 구역인 90도 커브가 점점 다가왔다. 이 정도면 차를 운전해서 돌파하는 것도 어려울 것 같은데.

“이다음은 정답이 없으니까아, 타이밍을 잘 모르겠어요오.”

보고 배우는 방식에는 이런 한계가 있었나……!

하지만 그때 기묘한 일이 일어났다.

배가 해류에 휘말리기 직전에 갑자기 반대쪽에서 파도가 와서 배를 도로 밀어내 준 것이다.

“기적이 일어났군요, 누님! 아직 더 갈 수 있습니다!”

“응, 끈기 있게 하다 보면 행운도 불러오는 법이지. 하지만 이곳은 통과할 수 있는 부분이 좁으니까…… 이렇게 급하게 꺾으면 반대쪽 해류에 진입해버릴 거야.”

정말로 아슬아슬하게 빠져나가지 않으면 도착할 수 없을 것 같은 난이도였다.

하지만――.

한 번 더 맞은편에서 파도가 일어나더니 배의 방향을 딱 적당한 곳으로 옮겨 줬다.

“오오, 이 정도면 그대로 전진해서 지나갈 수 있겠네요오.”

“됐다! 지옥의 커브를 돌파했구나!”

“이제 바로 선장의 실력이랍니다아.”

거의 운으로 해결된 거니까 그렇게 자랑하는 것도 이상하다는 생각이 들었다.

하지만 이제 난관은 존재하지 않았다. 다가갈 수 없는 섬에 도착할 수 있어!

"그건 그렇고 용케도 그런 행운이 연달아 이어졌네……. 그렇게 많이 시도했다는 뜻인가……."

"파도의 정령에게 좋은 파도를 만들어달라고 했습니다."

큐어리나 씨가 넌지시 말했다.

아…… 그러고 보니 과거에 해파리를 움직일 때도 그랬던 적이 있었지…….

"그러니까 다음도 괜찮을 겁니다. 해파리히히히."

실제로 마지막 두 난관인 90도 커브에서도 양쪽에서 배를 지키듯이 파도가 밀려와서 억지로 각도를 조정해 줬다.

그야말로 꼼수가 쓰인 것이다.

큐어리나 씨를 동행시킨 것은 정말 좋은 선택이었다. 안 그랬으면 며칠이고 게 요리 코스를 먹어야했을 테니까…….

◇

그대로 배는 똑바로 나아가 다가갈 수 없는 섬에 도착했다. 이제 방해가 될 건 아무것도 없었다.

모래언덕이 눈앞에 보였는데, 약간 깊이 들어간 것처럼 보이는 장소에는 돌로 만든 항만시설의 흔적 같은 것이 있었다. 아마도 과거에 해적이 이곳을 요새로 사용했던 시대의 유물이겠지.

반면에 섬의 안쪽으로 시선을 돌리니 폐허 같은 것이 숲속에 횅댕그렁하게 남아 있었다.

저기에 현자가 사는 걸까.

"선장 파워가 폭발했어요오."

"엄밀하게 말하자면 파도의 정령 파워겠지……."

나도 바알제붑의 지적에 찬성표를 던지고 싶었다.

하지만 현슬라가 폴짝폴짝 점프하면서 기쁨을 표현하고 있으니 그냥 넘어갈까.

꼼수든 뭐든 도착하기만 하면 장땡이다.

그리고 그때 내 속에서 이변이 일어났다.

——꼬르르르르르르르르~르르르르르르르르륵~.

"배꼽시계가 참 길게도 울리는구나."

바알제붑이 날 놀렸다. 확실히 꽤 길게 울긴 했다.

"누님, 그러고 보니 벌써 점심시간이 지났습니다. 살아 있는 인간이라면 밥을 먹어야 할 시간입니다."

게임에 열중한 나머지 식사도 잊었던 것이다. 오랜만에 동심에 빠져서 몰두하고 말았다.

"정말 그러네요오. 그럼 섬 근처에 배를 세우고, 점심을 먹도록 할까요오."

이므레미코 선장이 그렇게 제안했다. 응, 지금이라면 많이 먹을 수 있을 것 같다.

"게가 아직 많이 남았답니다아."

역시 게 요리밖에 나오지 않는구나…….

배가 많이 고파서 게 요리도 맛있게 먹었습니다.

우리는 다가갈 수 없는 섬에 상륙했다.

배가 떠내려가면 큰일이므로 신중히 계류했다.

"드디어 상륙!"

내가 첫걸음을 내딛기 전에 현슬라가 폴짝 뛰쳐나갔다.

"역시 현자를 만나는 게 기대되나 보네."

현슬라가 들떠 있다는 것을 바로 알아볼 수 있었다.

그리고 스켈레톤 선원들이 줄줄이 분주하게 섬에 내렸다.

뭘 하려는 건지 몰라서 궁금하게 생각했더니 모래언덕에서 일광욕을 시작했다.

"의외로 햇빛을 만끽할 생각이 가득하네!"

"아아, 스켈레톤들은 배에만 있으며언, 곰팡이가 슬 수도 있으니까요오오. 햇빛을 쐬는 것도 중요하답니다아."

그렇게 말한 이므레미코 선장도 수영복 차림이다. 게다가 공까지 들고 있었다.

"저와 스켈레톤들으은, 배를 지키고 있을 테니까아, 현자는 마음 편히 알아서 찾으세요오."

배를 지킨다는 건 그저 구실인 것 같지만, 섬까지 온 시점에서 그들이 할 일은 완료된 것이 맞다.

지금부터는 우리 힘으로 현자를 찾아내야 한다.

파도의 정령에게 부탁해서 도움을 준 큐어리나 씨에게 고맙다고 인사하려 했지만, 본인은 이미 폐허 그림을 그릴 준비를 하고 있었다. 좋아할 것 같은 소재이긴 하네. 여기서 마음껏 그림을 그릴 수 있게 놔두자.

그렇다면 나와 바알제붑과 로자리가 현슬라를 데려가야 하려나.

"그건 그렇고, 세계에서 가장 만나기 힘든 3대 현자라는 그 사람의 이름은 뭐야? 그리고 이 섬 어디에 살고 있지?"

"연달아 묻지 마라. 나도 모르니까. 알고 있는 건 이상한 녀석이라는 것뿐이다."

나는 그 병에 들어 있던 편지 내용을 떠올렸다.

"……응. 이상한 사람일 것 같긴 해."

"뭐, 섬에 도착하면 다 끝난 거다. 찾아다니다 보면 나오겠지."

"그럼 제가 숲에 들어가서 살짝 둘러보고 오겠습니다."

로자리가 폐허와 숲이 뒤엉킨 안으로 스르륵 들어갔다.

유령을 이용한 정찰―― 모험가 파티로선 이상적인 방법이라는 생각이 들었다.

나와 바알제붑은 잠시 기다렸다.

"모처럼 여기까지 왔으니까 먹을 수 있는 나무 열매도 있으면 좋겠구나."

"참고로 게는 있어."

작은 게가 앞을 가로질러갔다.

현슬라와 부딪히자 게가 먼저 비켰다.

"게는 질렸으니까 다른 걸 먹고 싶다! 종류가 달라도 싫다!"

"알아, 안다고! 정말로 게가 아닌 걸 먹고 싶어……."

그 밖에도 소라게가 돌아다니고 있었지만, 그것도 비슷한 것이기 때문에 먹고 싶지 않다.

"숲은 그럭저럭 울창해 보이는구나. 이런 숲이라면 현자를 찾아내기 전에 뭔가 먹을 것을 찾아낼 수——."

"누님, 사람이 있었습니다!"

로자리가 숲에서 돌아왔다. 일 처리가 빨라!

흥분을 억누를 수 없었는지, 현슬라가 상당한 높이까지 점프했다. 그 용수철 같은 힘은 몸 어디에 숨어 있는 걸까.

현슬라는 오프라인 모임에 초대를 받은 기분일지도 모르겠다.

"의외로 바로 찾아냈네. 이 폐허 어딘가에 몰래 살고 있었어?"

어떤 의미에선 은거 생활에 딱 좋아 보이는 환경인데.

"아뇨, 족히 서른 명은 있었습니다. 그래서 누가 현자인지는 모르겠지만 사람이 있는 것은 확실합니다."

"사람들이 제법 많이 있었네!"

이런 격리된 환경에 그렇게 많은 사람들이 살고 있단 말인가.

외딴섬에서 홀로 사는 현자의 이미지가 보기 좋게 무너졌다.

서른 명이면 대충 계산해도 반 하나 수준인데. 어쩌면 그들이 사는 마을에서 가장 높은 사람이 현자인 걸까?

"뭐, 마족 세계에도 과거에 〈헤매는 숲의 7현자〉라고 불리던 일곱 명의 현자가 살았다는 전설이 있었다. 서른 명이 모여 살면 새로운 지혜를 찾아낼 수 있을지도 모르지."

"어느 세계이든 그런 현자 전설이 있긴 하구나."

"여덟 번째 현자가 되고 싶었던 자도 있었다고 하는데, 헤매는 숲에 막혀서 찾아가지 못했다고 하더구나."

그쪽도 역시 만나기 어려운 현자였네!

"그건 그렇고 세 사람이 모이면 문수보살의 지혜가 나온다는 말이 있으니까 서른 명이 모이면 엄청난 결과가 나올 것 같긴 해."

"문수보살이 뭐냐?"

역시 그 속담까지는 통하지 않았기 때문에 현자의 이름이라고 대충 둘러댔다.

"그건 그렇고 로자리여. 그자들과 이야기해 봤느냐?"

바알제붑이 조심스럽게 물었다.

"설마 싶지만, '나—나—나—.' 소리만 하진 않았겠지?"

마스 족을 경계하고 있어!

예전에 내가 무인도(라고 생각했던 섬)에 갔을 때 '나—나—.' 라고만 말하던 부족을 만난 적이 있었다.

마스 족이라는 이름으로 일단 부르긴 했지만, 나중에 마족인 예티가 남쪽 섬에서 가상의 부족 놀이를 한 것으로 발각된 것이다. 또한 '나—나—.' 라고만 말하는 건 단순히 캐릭터 설정의 일환이었으며, 정상적으로 대화할 수 있었다.

그런 식으로 부족을 자칭하면서 살고 있는 집단일 가능성이 있을 수도 있으니까 말이지…….

"아뇨, 그렇지는 않았습니다. 저희 이야기를 했더니 숲 쪽으로 와달라는 소리를 하더군요."

우리를 초대받지 않은 손님으로 경계하고 있을 가능성도 있었다. 단, 내가 일반인이라면 어느 정도는 두려워하겠지만 전투가 벌어져도 내가 질 일은 없으니까 위험은 없을 것이다.

"그럼 가 볼까."

바알제붑도 현슬라를 안아 들었다.

"그래. 세계(에서 가장 만나기 힘든) 3대 현자를 보자!"

◇

그리고 우리가 숲속으로 들어가자——,

점점 대화를 나누는 목소리가 크게 들려왔다.

나란히 놓인 나무 테이블석에 자리를 잡고 앉은 채 수다를 떨고 있었다.

더구나 나무 컵에 담긴 음료 같은 것도 놓여 있었다.

이건 카페 아냐……?

"상상했던 것과 너무 달라!"

잘 관찰해 보니 다들 평범한 인간이진 않았다.

뭐라고 하면 좋을까, 산드라와 비슷한 분위기였던 것이다. 머리에 꽃이 달려 있거나, 이파리가 달려 있기도 했다.

그리고 뿌리인지 줄기인지 명확하진 않았지만, 그런 것이 허리에서 길게 돋아나 있기도 했다.

그뿐만 아니라 거의 여자, 아니 전부 여자인가? 전체적으로 *갸루 집단을 보는 거 같다. 아마도 인간과는 다른 종족인 듯하다.

그들도 우리 존재를 알아차린 것 같았다.

---

* 갸루 : 일본의 패션 스타일. 혹은 그런 패션 스타일을 하고 다니는 사람(주로 젊은 여성)의 속칭. 서브컬처에서는 주로 화사하고 튀는 화장이나 의상, 자신들만의 유행어를 쓰는 특유의 말투 등으로 묘사된다.

"아, 완전 레어잖아!"

"우와, 저 마족 옷은 코스튬플레이 같아, 빵 터진다!"

"코스튬플레이가 아니다! 나는 엄연히 마족 세계의 장관이란 말이다!"

그중 한 명이 바알제붑의 차림새를 보고 웃었기 때문에 바알제붑이 화내면서 따졌다. 바알제붑의 옷에도 문제가 있다고 생각한다.

"그건 그렇고 너희는—— 보아하니 드라이어드로구나."

바알제붑은 그녀들의 정체를 알고 있는 것 같았다.

"드라이어드라면 분명 초목의 정령 같은 포지션에 있는 종족이었지."

산드라와 비슷한 분위기를 느낀 것도 그 때문일까.

"그래, 맞아." "우리는 드라이어드야—." "그런데 당신들은 뭘 하러 왔어—?"

바알제붑이 현슬라를 손에 쥐고 드라이어드 쪽으로 내밀었다.

"이 현명한 슬라임을 만나고 싶다는 편지를 보낸 자가 있다. 세계에서 가장 만나기 힘든 3대 현자를 자칭하는 자는 여기 없느냐?"

안쪽 테이블석에서 "저예요, 저——."라고 말하면서 손을 든 사람이 있었다.

"미유가 세계에서 가장 만나기 힘든 3대 현자예요~. 그 슬라임이 현명한 슬라임이야? 와~ 정말로 만났네! 기적이잖아!"

더 껄렁한 분위기를 풍기는 드라이어드야!

"어라, 미유 친구야?" "멀리서 왔다나봐." "정말로?" "호기심 많은 분들도 다 있네요." "마족과 유령과 마녀야?"

같은 테이블석에 앉아 있던 드라이어드들의 반응도 들려왔다.

기본적으로 다들 갸루 같지만, 아가씨 같은 말투로 말하는 드라이어드가 한 사람 섞여 있었다.

"누님, 전 이런 분위기는 좀 껄끄러운데요……."

로자리가 내 뒤에 숨었다.

"따, 딱히 숨지 않더라도……."

갸루와 상성이 안 좋은 걸까?

"이쪽 자리가 비었으니까 다들 앉아. 그리고 주문은 저기서 하면 돼."

저기라고 말한 곳에는 주문용 카운터 같은 곳이 있었다. 완전히 카페잖아.

"어떤 메뉴가 있나요?"

나는 드라이어드 점원에게 물었다. 점원은 조금 더 청초한 분위기가 있었다.

"대부분 과즙과 수액이랍니다."

드라이어드다운 메뉴였다…….

"수액보다는 과즙이 낫겠지……. 바알제붑도 과즙이면 되겠지? 그럼 과즙을 톨 사이즈로 두 개 주세요."

바알제붑이 고개를 끄덕이고 있었다.

"과즙, 톨 사이즈로 두 개 맞죠? 얼음은 빼 드릴 수도 있는데 어떻게 해 드릴까요?"

"바알제붑, 얼음은 뺄까? 그럼 둘 다 얼음은 빼고 주세요."

또 바알제붑이 고개를 끄덕였다.

"알겠습니다. 시럽은 단 걸로 뿌려 드릴까요?"

"그럼 두 개 다 그렇게 해 주세요. 지불은 어떻게 하면 되죠?"

"드라이어드가 아닌 분은 서비스로 그냥 드립니다. 음료는 옆에서 나올 테니까 잠시만 기다려 주세요."

"나올 때까지 기다리고 있을까."

나는 픽업 카운터 쪽으로 이동했다.

"너, 대응이 유달리 익숙하더구나!"

바알제붑이 그렇게 지적하는 걸 듣고 처음으로 자신이 막힘없이 주문을 했다는 것을 깨달았다.

"정말이네……. 왠지 대충 다 뻔히 예상되는 내용이었어……."

나와 바알제붑은 과즙이 담긴 나무 컵을 들고 테이블석으로 돌아왔다.

이미 드라이어드 현자와 현슬라는 대화를 나누고 있었다.

표현은 그렇게 했지만 현슬라는 말을 할 수 없으므로 드라이어드 쪽이 일방적으로 떠드는 것처럼 보이지만.

그건 그렇고 무슨 이야기를 하고 있을까?

"그렇다니까~. 쩔지? 쩔잖아? 진짜 쩔어~."

똑같은 말만 하고 있어!

"저기 드라이어드 현자님, 모처럼 만났으니 자기소개를 해도 될까요? 저는 고원의 마녀인 아즈사라고 해요. 이 유령 소녀는 같이 사는 로자리이고 이쪽 마족은 바알제붑이에요."

나는 간략히 설명했다.

"그렇구나, 그렇구나. 미유의 이름은 미유미유쿳조코."

풀네임이 너무 개성적이야!

"아, 저기…… 특이한 이름이네요."

"드라이어드에겐 평범한 이름인걸. 이 섬에는 지금 드라이어드만 살고 있거든. 이런 식으로 널널하게 살아. 일단 미유가 세계에서 가장 만나기 힘든 현자이긴 하지만, 여기 있는 모든 사람들과 수다를 떨면서 공부하고 있기 때문에 이 섬에 사는 사람들은 다들 쩌는 현자 같은 존재라고 할 수 있겠네. 현자밖에 없는 섬이라니 쩔지 않아?"

그건 아까 들었던 헤매는 숲의 7현자와 비슷한 점이 있네. 이 미유미유쿳조코도 굳이 말하자면 개인이 아니라 집단적으로 똑똑한 타입인 것 같았다.

바알제붑도 엄청 수상쩍게 여기는 듯한 눈으로 미유미유쿳조코라는 드라이어드를 보고 있었다.

"현슬라도 그랬지만 겉으로 봐서는 현자다운 느낌이 없구나."

확실히 가루 같은 느낌만 들었다. 이 세계에 그런 개념이 있는지는 명확하지 않지만.

"아니, 그야 그렇겠지. '저는 현자입니다' 라고 말하면서 다니는 사람이 있으면 쩔지 않겠어? 그런 자는 현자가 아니야. 현자라면 모름지기 쩌는 분위기를 풍기는 존재로서 행동하는 게 기본적이잖아."

바알제붑의 말은 웃음과 함께 무시되었다.

하고 싶은 말이 뭔지는 알겠지만 '쩐다'는 표현의 뜻이 너무 광범위해서 혼란스러웠다.

바알제붑은 아직 납득하지 못한 표정으로 현슬라가 키보드처럼 쓰는 천을 펼쳤다.

현슬라가 키보드 위를 이동해서 '참으로 흥미롭습니다.'라는 의사를 표현했다.

"그런 방법으로 대화하는구나. 쩐다. 쩐다~. 빵 터져!"

미유미유쿳조코는 폭소하고 있었다. 이 이름은 부르기가 어렵네. 미유라고 부르자…….

"쿳조코는 있지, 현자 노릇을 하는 게 그나마 편했어~."

"그렇게 줄인 이름을 1인칭으로 쓴단 말이야?!"

미유라고 부르는 게 더 귀엽잖아! 아까는 미유라고 했잖아!

"그 지적은 쩌네~. 접수!"

뭔가 접수받았다. 잘 받으세요.

그 후에 우리는 다가갈 수 없는 섬에 관해 질문을 몇 가지 했다.

지금 이 섬에 살고 있는 자는 드라이어드 정도밖에 없으며, 그래서 빈둥거리며 지내고 있다고 한다.

"그럼 드라이어드들은 어딘가 다른 곳으로 나가거나 하지 않는 건가요? 밖에선 드라이어드를 본 적이 없는데."

"아아, 그건 당연히 그럴 수밖에 없지—."

미유는 갑자기 자리에서 일어났다.

그리고 후다닥 달리기 시작했다.

대체 뭐지?! 도망가야만 하는 일이라도 일어났나?

——그때 미유의 등에 난 코드 같은 선이 피잉 하고 팽팽하게 늘어났다.

"이거 봤지? 드라이어드는 이 덩굴로 나무에서 영양분을 공급받거든~. 그래서 멀리 나가는 건 사실 무리야~. 위험하지?"

"그런 사정이 있었단 말이야?!"

이게 드라이어드를 볼 수 없는 이유겠지. 직접 만나러 가지 않으면 마주치지 못할 만하다.

"계속 한곳에만 있으면 힘들지. 나도 오랫동안 지박령으로 있었으니까 이해할 수 있어."

로자리가 동정하는 듯한 표정을 지었다.

분위기가 좀 어두워지는 것을 보고 미유가 당황했다.

"아, 그렇게 지박령처럼 위험한 존재로 받아들여도 곤란하거든! 우리는 코드리스도 가능하니까!"

응? 코드리스?

이상한 말을 들은 것 같은데.

마침 가게 앞을 다른 드라이어드 손님들이 지나갔다.

그 손님들은 코드 같은 게 없잖아.

"아, 이 자리는 마나를 보충할 수 있네!"

"럭키, 이 자리에 앉자!"

그리고 머리에 난 이파리 같은 것을 잡아당기자 코드 같은 선이 나왔다.

그걸 테이블의 콘센트 같은 곳에 삽입했다.

"휴, 마나가 보충되니 마음이 편해지네~."

"하지만 코드리스로 오래 움직이면 지치니까, 보충하는 게 기분이 더 좋지 않아?"

"나도 동감이야~♪ 다이어트에도 좋을 것 같고 말이지~♪"

스마트폰 충전 같은 짓을 하네!

"그렇게 신기해? 옛날 드라이어드는 나무에서 멀리 떨어질 수 없었다고 하지만, 그러면 쩔게 불편하잖아? 그러니까 여러모로 쩔게 진화한 거야."

종족이 그런 식으로 진화할 수도 있구나…….

"참고로 쿳조코는 멀리 갈 때 이 배터리를 써—."

미유는 가방에서 감자처럼 생긴…… 아니, 감자를 꺼냈다.

자세히 보면 감자가 아니라 고구마 같다. 간식으로도 활용할 수 있을 듯하다.

"그건 뭐야? 먹는 거야……?"

"빵 터져—! 먹을 리가 없잖아! 이렇게 쓰는 거야—!"

그 고구마의 뿌리인지 줄기인지 확실히 모르겠지만 미유는 그곳을 잡아당겼다. 그러자 그 부분이 쭉쭉 늘어났다.

그리고 그 고구마 코드를 등에 꽂았다.

"이게 있으면 나무에서 멀리 떨어져도 괜찮아. 마나를 공급할 수 있거든—."

휴대용 배터리!

"으음……. 설마 드라이어드가 이렇게 독자적으로 진화했을 줄이야……. 우리 마족도 파악하지 못했던 사실이로구나……."

바알제붑도 어안이 벙벙한 표정을 짓고 있었다. 주위와 완전히 격리된 지역이었으니 갈라파고스 신드롬으로 부를 수 있는 기묘한 진화를 이룰 수도 있을 것이다. 다가갈 수 없는 섬이라고 불릴 정도였으니까 말이지.

현슬라도 키보드 위를 이동하면서 '흥미진진하다' 라는 단어를 만들었다.

"그렇지? 정말 쩔지?"

아까부터 거의 '쩐다' 는 말로만 설명하고 있네.

하지만 이렇게나 예상을 벗어난 발견이나 조우가 있는 시점에서 일단 이곳에 올 가치가 있다는 생각은 들었지만, 납득이 되지 않는 점이 한 가지 있었다.

이 드라이어드, 미유는 정말로 현자일까?

세계에서 가장 만나기 힘든 3대 현자라는 개념은 완전 틈새시장이니까 자칭하면 그냥 넘어갈 수도 있겠지만, 별로 현명해 보이진 않았다.

아니, 갸루처럼 보인다고 해서 멍청할 것이란 선입견을 앞세워 차별할 생각은 없다.

하지만 현자라고 할 만큼 똑똑한 요소는 별로 없어 보였다.

나는 현자를 만나야 한다는 사명감 같은 건 없으니까 미유가 현자답지 않아도 상관없지만, 일부러 여기까지 찾아온 현슬라가 그 결과에 실망이라도 하면 조금 아쉬울 것 같다.

오프라인 모임에 참가한 사람의 이미지가 온라인과 다른 사태가 일어나진 않을까…….

그러자 바알제붑이 내 등을 톡톡 치면서 작은 목소리로 말했다.

"모처럼 만났으니 현자들끼리 대화할 자리를 마련해 주는 게 어떻겠느냐? 우리는 이 섬에서 관광이라도 하자. 정 필요하면 선장 일행까지 데리고 다녀도 되겠지."

그 말대로 우리가 있으면 현자들의 대담이 이뤄지지 않을 것 같긴 했다. 이 섬도 궁금하고, 드라이어드와 만난 것도 선장에게 보고하지 않은 상태니까 한번 보고하러 돌아가는 게 좋을 것이다. 하지만——.

나도 목소리를 낮춰서 대답했다.

"무슨 의도인지는 알겠는데…… 저 미유라는 아이를 현슬라와 단둘이 둬도 될까……? 이야기가 완전 따로 놀 것 같은데……."

"그때는 그때 가서 생각하면 된다. 성격이 맞지 않았다는 것을 아는 것도 훌륭한 경험이 되겠지. 그 경험이야말로 다른 사람과 거의 만나지 못한 현슬라에게 필요할지도 모른다."

"바알제붑, 꽤 그럴듯한 말을 하는걸."

"왜 약간 의외인 듯한 반응을 보이는 거냐?! 너무하구나!"

결국 바알제붑에게 떠밀리는 식으로 우리는 미유와 현슬라를 남기고 가게를 나왔다.

◇

그 후에도 우리는 이므레미코 선장과 함께 드라이어드 아이들에게 이 섬을 안내받았다.

인어인 선장이 걸어 다닐 수 있을지 궁금했지만, 물고기 몸을 질질 끌거나 점프하면서 지면을 이동했다.

"제 물고기 부분은 근육이 아주 많거든요오. 이 정도는 식은 죽 먹기예요오. 안 그러면, 애초에 서 있을 수가 없잖아요오?"

"선장님도 꽤나 기운이 넘치네요."

드라이어드의 섬도 꽤나 임팩트가 강한 곳이었다.

숲속으로 들어가니 옷가게랑 잡화점이 많이 있었다. 식물 섬유로 만든 것 같았다. 드라이어드는 갸루답게 패션에도 민감한 것 같았다.

하지만 그곳은 엄밀하게 말하면 가게가 아니었다.

"이건 얼마니?"

나는 안내해 주는 드라이어드에게 물었다.

"이곳은 다 공짜야—."라고 드라이어드가 말했다.

"뭐? 공짜? 그래선 경제가 돌아가지 않을 텐데……. 하지만 이 섬 정도의 규모라면 애초에 경제고 뭐고 없으려나……."

"다들 취미로 만들고, 그걸 마음에 드는 사람이 공짜로 받아서 쓰고 있어. 그거면 충분하잖아—? 수액이 필요한 사람은 수액과 교환하겠다는 조건을 걸기도 하지만—."

"아무래도 화폐라는 개념이 드라이어드에겐 없는 것 같구나. 좁은 섬이기 때문이려나."

바알제붑도 진지하게 메모하면서 걷고 있었다. 분위기만 보면 마치 장관이 시찰하는 것 같네.

그 후에도 세 시간 정도 들여서 섬을 마음껏 관광했다.

다른 문화를 경험하는 건 상당히 즐거운 일이었다. 안내를 맡은 드라이어드 아이의 방도 구경했다. 핑크색 꽃으로 잔뜩 장식된 팬시한 분위기의 인테리어였다.

이제 해가 지면서 멀리 보이는 바다가 붉은색으로 물들었다.

"슬슬 카페에 돌아가는 게 좋겠는데."

"그렇구나. 현슬라도 다시 데리러 가야 하니까 말이지."

나는 현슬라를 만나는 게 약간 두려워졌다.

지루해하고 있지는 않으려나……. 미유와 이야기가 통하지 않아서 슬퍼하고 있지는 않으려나…….

만약 혼자서 쓸쓸히 카페 의자에 앉아 있는(?) 현슬라의 뒷모습을 보기라도 하면 충격을 받을 것이다.

하지만 카페는 이상한 분위기를 띠고 있었다.

현슬라와 미유가 앉아 있던 테이블석 주변을 드라이어드들이 잔뜩 메우고 있어!

가게도 꽤나 시끌벅적했다. 우리가 처음 왔을 때보다 인구 밀도가 월등히 높았다.

대체 뭐가 어떻게 된 거지?

현슬라는 키보드 위를 부드럽게 이리저리 점프하고 있었다.

"아니, 현슬라, 그래선 관념적 독아론으로 나락에 헤드 다이빙하니까 쩔잖아."

미유가 묘하게 어려운 말을 한 것 같았다.

그뿐만이 아니었다. 주위 구경꾼들 사이에서도 비슷하게 어려운 말들이 계속 나왔다.

또 현슬라가 점프했다.

"아니라니까. 그건 언어를 지나치게 절대시하는 거니까 위험하지. 예를 들어서 말이야, 카운터에서 미유가 '과즙'이라고 말한다고 쳐. 그럼 그 말에는 '과즙을 주세요'라는 의미가 담겨 있는 거잖아. 하지만 '과즙'이라는 단어 안에 '주세요'라는 뜻은 없지? 언어의 표현에는 한계가 있다니까. 사용법에 해당되는 부분에 쩔도록 많은 의미가 섞여 있는 거라고."

현슬라가 다시 점프하듯이 고속으로 키보드 위를 이동했다. 반복 옆 뛰기의 프로 같아…….

나는 구경하고 있던 드라이어드 한 명에게 물어봤다.

"죄송한데요. 지금 무슨 일이 벌어지고 있는 건가요……?"

"두 사람의 의견이 갈려서 열띠게 토론하는 중이랍니다."

아, 이 사람은 아가씨 말투를 말하던 그 드라이어드네.

"저희 드라이어드는 빈부 격차나 질병 같은 근본적 불행이 없어요. 그러니까 여유가 되는 시간에 카페에 모여서 이렇게 토론하는 것이 일과죠."

고대 그리스의 철학자 같은 환경이 이뤄져 있네!

나는 이번에는 현슬라에게 말을 걸어보기로 했다.

"저기~ 현슬라. 지금 상황이 어때? 시간이 더 걸릴 것 같아?"

현슬라가 또 고속으로 키보드 위를 움직였다.

"'며칠은 걸린다'고 하는구나……."

바알제붑이 약간 난처한 표정으로 말했다.

미유도 고개를 들었다.

"아, 아즈사 씨 일행이 돌아왔네. 미유 쪽은 이야기가 바로 끝나지 않을 것 같으니까 늦을지도 모르겠어. 끝나면 연락할게. 진짜 쩔도록 한창 토론이 열기를 띠고 말았지 뭐야. 미안, 미안."

나는 지극히 당연한 사실을 재인식했다.

사람을 외모로 판단해선 안 된다.

갸루처럼 생겼어도 철학 이야기를 할 수 있는 것이다.

"아즈사여, 어떻게 하겠느냐……?"

바알제붑이 확인을 구하는 표정으로 내 얼굴을 보기 시작했다.

"현슬라에겐 간만의 기회일 테고, 이 섬에 올 때도 고생했으니까, 현슬라와 미유의 토론에 결판이 날 때까지 체류할까……."

우리는 현슬라를 남겨두고 유령선에서 게 요리가 중심인 저녁 식사를 먹었다.

또 게만 먹었다면 질렸을지도 모르지만, 섬에서 과일이랑 야채를 얻었기 때문에 요리의 베리에이션은 상당히 풍부해졌다.

드라이어드가 과일이나 야채를 먹어도 괜찮나 싶었지만, 그래도 추천 야채 스무디 등 여러 가지를 받아서 좋았다.

"아즈사여, 이 스무디는 엄청나게 맛있구나!"

"그러네~. 경치도 열대 리조트 같으니까, 이건 바캉스일지도 모르겠어."

도착하느라 힘들었으니 그만큼 바캉스를 즐겨도 괜찮겠지.

다음 날에는 나도 바알제붑도 스켈레톤들과 함께 백사장에서 일광욕을 즐겼습니다.

레드 드래곤 여학원
슬라임을 잡으면서 300년,
모르는 사이에 레벨MAX가 되었습니다
—스핀오프—
Morita Kisetsu
모리타 키세츠
illust. 베니오

"저분은 라이카 양 아닌가요?"

"역시 걷는 모습까지 세련되네요."

"등이 반듯하고 자세가 단정하군요."

복도를 걷다가 낯간지러운 말을 듣는 것도 이제는 슬슬 익숙해지기 시작했습니다.

그렇다고 해서 기쁜 건 아니기 때문에 이제 그만해 줬으면 좋겠지만…… 그만해 달라고 말이라도 걸었다간 오히려 악화될 걸 알고 있기 때문에 그럴 수가 없었습니다.

예전에 '저기, 적어도 내 앞에서 제 이야기를 하는 건 자중해 주실 수 없을까요?' 라고 말했더니.

"아앗! 라이카 양이 나에게 말을 걸어주다니 영광이에요!"

그 학생이 소리치면서 기뻐하는, 왜 그러는지 이해가 되지 않는 사태가 벌어진 적이 있습니다.

내게 주의를 받으려고 일부러 사람들이 내 이야기를 하면서 수군거리기 시작하면 오히려 역효과입니다. 나는 포기할 수밖에 없었습니다.

그때 뒤에서 종종걸음으로 달려오는 구두 소리가 들렸습니다.

히아리스 양이 내 옆에 나란히 섰습니다. 품에 어학 교과서와

노트를 안고 있었습니다.

"히아리스 양, 복도에선 뛰면 안 돼요. 교칙에는 걷거나, 그렇지 않으면 안전을 확인하면서 전력질주하는 것만을 허락한다고요. 어중간한 속도로 뛰는 건 아름답지 못하니까요."

전력질주는 아름다우니까 OK입니다. 이런 걸 보면 드래곤과 인간의 가치관은 다른 것 같습니다. 어쩌면 다른 드래곤은 레드 드래곤과 또 다른 가치관을 가지고 있을 가능성도 있겠지만요. 드래곤도 종족에 따라서 문화가 많이 다릅니다.

"죄송해요, 복도에 사람들이 좀 많이 걷고 있는 상태에서 언니를 빨리 따라잡으려면 뛸 수밖에 없었답니다. 저 나름대로 깊이 생각한 결과예요."

"히아리스 양은 요령이 좋군요. 아니, 굳이 말하자면 내가 요령이 너무 없는 걸까요."

"그럴 수도 있겠네요. 제가 예전에 담임선생님에게 들은 게 있는데, 최근에는 선생님들도 너무 세세한 사항에는 주의를 주지 않기로 한 모양이에요. 듣기로는 지금의 학생회장께서 회장이 된 뒤로 교칙에 일일이 얽매이지 말고, 자유롭고 편안한 분위기에서 학생을 교육할 것을 제안했다고 하더군요."

으으……. 또 언니 이야기로군요.

이 여학원에 다니는 이상 언니의 이야기에서 완전히 벗어날 수는 없겠죠.

여학원에는 나 같은 1학년부터 최상급생인 6학년까지 있습니다.

그렇다고 해서 여학원에 6년 동안만 다니는 건 아닙니다.

6학년까지 있지만, 한 학년이 10년이고 신입생이 입학하는 것도 10년에 한 번이기 때문입니다.

드래곤은 인간보다 숫자가 적고 수명이 극단적으로 길기 때문에 매년 입학식을 해 봤자 의미가 없습니다. 그러므로 10년에 한 번 1학년이 입학하는 것입니다. 같은 1학년이라도 나이 차이가 있는 것은 당연하기 때문에 그런 것에 너무 의식하는 자는 없습니다.

그리고 여학원 입학시험을 치르는 타이밍도 드래곤마다 다릅니다. 언니는 시험을 치를 수 있는 나이가 되었는데도 30년 동안은 각지를 여행하며 다녔다고 말했습니다.

언니가 유달리 세련되고 기품이 느껴지는 것도 분명 그게 이유이겠죠. 아니, 이건 달걀이 먼저인지 닭이 먼저인지를 따지는 것과 같은 문제일지도 모르겠습니다. 고지식한 성격이라면 진학하지 않은 채 30년이나 여행을 할 리가 없으니까요.

확실한 것은 진학 전에 다양한 것들을 보고 듣고 온 언니는 자신이 상대에게 어떻게 보이는지를 잘 알고 있으며, 완벽한 학생회장으로 활동하면서도 동시에 학생들의 인기를 얻을 수 있을 만한 정책을 도입해 왔다는 사실입니다.

어느새 히아리스 양이 내 얼굴을 살피고 있었습니다.

"제 얼굴에 뭐가 묻었나요?"

"언니는 학생회장 이야기만 나오면 표정이 우울하게 바뀌네요. 주제넘은 질문일지도 모르겠지만 혹시 자매 사이가 나쁜 건가요?"

나는 한숨을 쉬었습니다.

"나쁘지는 않아요. 언니도 내겐 다정하답니다. 나를 위해서 옷을 사온 적도 한두 번이 아니고, 종종 내 머리를 가지고 새로운 헤어스타일을 시험해 보기도 해요. 아주 훌륭한 언니라고 생각해요."

"그랬군요. 그렇다면 언니가 너무 뛰어난 사람인 것이 부담스럽다는 뜻이네요."

히아리스 씨는 거침없이 자꾸 물어대더니 이미 답을 도출해내고 말았습니다.

"그렇겠죠. 비교당하고 싶지 않다고 생각하면서도 어느새 스스로 비교해버리고 있으니까 말이에요……."

언니에게 잘못이 있는 게 아니라, 나와 언니의 상성이 안 좋은 것이겠죠.

훌륭한 드래곤이 되겠다고 어릴 적부터 굳게 마음을 먹고 있었는데, 눈앞에 있는 언니가 보스가 되어 앞길을 가로막고 있는 것은 역시 마음이 편치가 않습니다.

창문을 통해 화산 중턱에서 선선하면서도 봄의 온기를 머금은 바람이 불어왔습니다.

계절이 돌고 돌아서, 봄이 찾아왔습니다.

우리가 입학한 뒤로 다섯 번째의 봄입니다.

이 학원에 들어오고 나서 벌써 5년 가까운 시간이 지났습니다.

나름대로 정진한 덕분도 있어서 능력도 없는 주제에 언니 덕에 학교를 다닌다는 놀림을 받는 일은 일절 없었습니다. 1학년 중에서 문무양도에서 다 우수한 성적을 거두는 걸 확실하게 보여줬으니까요. 1학년과 2학년이 합동으로 참가하는 100인 대련에서도 나는 마지막까지 남았습니다.

그러나 같은 1학년이 절 동경하는 듯한 표정으로 바라봐도 역시 그 시선에는 '회장의 후계자' 내지는 '회장의 동생' 이라는 의미가 포함되어 있습니다.

그런 꼬리표와 선입견을 상대로 어떻게 맞서 싸워야 할까요.

여학원 안에서 나만 짊어진 이 과제는 앞으로도 계속될 것 같습니다.

그때 히아리스 양의 얼굴이 벽 쪽으로 향했습니다.

마침 게시판이 그 자리에 있었습니다.

"히아리스 양, 무슨 발표라도 있나요? 아직 시험기간은 아닌 걸로 알고 있는데요."

"언니, 머지않아 학생회 선거가 있어요."

게시판의 드래곤 일러스트가 그려진 포스터에는 이런 글이 춤추듯 적혀 있었습니다.

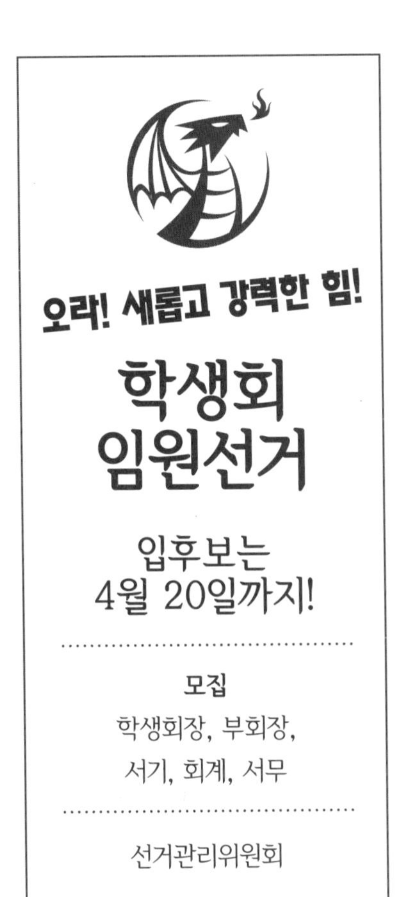

"……아아, 언니가 1학년 때부터 학생회장을 독점하고 있는 그 학생회 선거 말인가요."

거울이 없어도 내가 뭐라 말할 수 없는 표정을 짓고 있을 거라는 건 잘 알고 있었기 때문에, 스스로 그런 말을 먼저 입에 올리고 말았습니다.

"언니는 출마할 마음이—— 없겠죠?"

"잘 아는군요. 소속되자마자 언니한테 이런저런 지시를 받게 될 것을 잘 알고 있으니까요."

"언니라면 선거전에서도 큰 활약을 할 거라고 생각했지만, 이것만큼은 강요할 수 없겠네요. 포기하겠어요."

히아리스 양은 나를 점점 더 많이 이해하게 되었네요.

그때 내 속에서 비상 사태가 발생했습니다.

꼬르륵~~~~~~.

배에서 엄청난 소리가 울려 퍼졌습니다.

복도 저편까지 들리지 않았으려나요…….

히아리스 양이 곧바로 빵을 꺼냈습니다.

"언니, 데니시 빵이에요."

나는 고마운 마음으로 그걸 받았습니다.

"고마워요. 하지만 이것만으로는 양이 차지 않으니까 다음 수업이 끝나면 바로 식당으로 가야 할 것 같네요."

"네. 저도 오늘은 3드래곤분은 먹을 수 있을 것 같아요."

나와 히아리스 양은 서로를 보면서 고개를 끄덕였습니다.

"그럼 나는 햄과 소시지, 그리고 수프를 2인분 받아오겠어요."

"저는 양고기와 사슴고기와 소고기와 돼지고기 요리를 2인분 받아올게요."

식당에선 팀워크가 아주 중요합니다.

◇

그날도 식당은 혼잡했습니다.

그래도 나는 조바심을 내지 않았습니다. 착실하게 햄과 소시지를 접시에 차례차례 담았습니다.

여학원에선 식사도 교육의 일환입니다. 식사 예절을 배우기 위해서 고급호텔의 뷔페를 모방한 무제한 식사 코스가 유일하게 존재하는 메뉴이며, 그 외의 것은 주문할 수 없습니다.

그리고 드래곤의 식사량을 감안해 보면 1인분 요리를 만드는 건 효율이 좋지 않으므로 뷔페용으로 많이 만들어두는 게 싸게 먹힌다고 합니다. 분명 그게 진짜 이유이겠죠. 확실히 메뉴에 있는 것을 남김없이 전부 주문한다면 서로가 번거로워질 겁니다. 원활한 계산 처리를 위해서라도 메뉴는 뷔페만 두는 것이 타당한 전략이긴 합니다.

내가 히아리스 양과 미리 잡아놓은 자리로 돌아가니 이미 히아리스 양은 과자까지 2인분을 확보해놓고 있었습니다.

"언니, 새로 나온 호두 쿠키가 있어서 우선적으로 접시에 담아봤어요."

"히아리스 양, 아주 잘했어요. 과자 쪽은 특히 빠르게 바닥이 나니까 말이죠."

자, 이제 단아하게 육즙이 가득한 스테이크를 먹어 볼까요.

육즙이 옷에 튀지 않도록 될 수 있으면 한입에 먹는 것이 매너입니다. 나이프로 작게 자르면 육즙이 흘러나오니까 말이죠.

"라이카 양을 봐요. 한입에 저런 큰 스테이크를 해치웠어요."
"그런데도 조금도 걸신들린 티가 나지 않네요. 대단해요."
"접시에 저렇게 많은 요리가 있는데도 섞이거나 지저분해지지도 않았어요. 요리 배치도 잘 고려해서 먹고 있단 말이군요."
또 수군거리는 소리가 들리지만, 한심하게 보지는 않는 것 같으니 그냥 넘어가겠습니다.
"언니, 역시 속담대로 금강산도 식후경이네요."
히아리스 양도 가득 쌓인 스테이크를 열심히 먹고 있었습니다. 물론 음식을 삼킨 뒤에 이야기하고 있습니다. 음식을 우물거리면서 이야기하는 것은 매너에 어긋납니다.
"네. 식사를 소홀히 하면 아무것도 할 수 없으니까 말이죠."

――하지만 그날 종례시간에 충격적인 사항이 발표되었습니다.

◇

"갑작스러운지라 아쉽게 생각할 학생도 있을지 모르겠습니다만, 뷔페가 폐지될 것이라고 합니다."
담임선생님이 그렇게 말했습니다.
동시에 교실에선 비명이 일어났습니다.
"그럴 수가!"
"여학원의 위기예요!"
"신은 드래곤을 저버렸어요!"
나도 이 발표에는 잠자코 있을 수가 없었습니다.

눈에 띄고 싶지는 않지만 담임선생님을 보고 손을 들었습니다.

"네, 라이카 양, 왜 그러죠?"

"선생님, 어떤 이유로 뷔페가 폐지되는 것인지 가르쳐 주시겠습니까? 예를 들어 식당에 드는 비용이 너무 많아서 여학원의 경영이 압박을 받고 있는 것이라면 학비가 올라가는 것도 감수하겠습니다."

다른 학생들도 "맞아요!" "학비가 올라간다면 아르바이트라도 하겠어요!"라고 말하면서 동조했습니다.

"경영상의 문제가 아닙니다."

담임선생님은 말씀하셨습니다.

"학생회의 일부에서 이런 주장이 나오고 있습니다. '학생들이 뷔페에서 대량의 식사를 하는 것은 대외적으로 이미지가 좋지 못하다. 예전에도 견학하러 온 인간 여학원의 시찰단이 식사 풍경을 보고 기절초풍했다' 고 말이죠."

그런 비판이 나오는 것은 그리 드물지 않은 일입니다.

인간 같은 다른 종족이 보기엔 우리 드래곤이 무시무시할 정도로 많이 먹는다는 것은 스스로도 잘 알고 있습니다.

그러나 드래곤의 원래 모습은 엄청난 거구입니다.

그 몸을 유지하기 위한 최소한의 에너지가 필수입니다.

같은 반 학생들 사이에서 "학생회 일각에서 그런 의견이 나왔다고 해도, 회장과 다른 사람들이 그 의견을 기각했을 텐데요."라고 말하는 게 들렸습니다.

그 말대로 소수 의견이라면 받아들여지지 않았을 겁니다.

하지만 담임선생님은 고개를 가로저었습니다.

"회장은 학생회 임원의 자주성을 인정하고 싶다는 이유를 들어서 자신은 그 의견을 부정하지 않겠다는 입장을 밝혔습니다. 그리고 이제 곧 선거가 있으니까 선거를 통해 싸워서 그 의견을 확실히 묵살하는 것이 학생의 자치라고 하더군요."

언니라면 그렇게 말할 것 같다는 생각이 들었습니다.

학생회장이라고는 하나 언니는 자신이 모든 것을 도맡아 처리하는 행동은 하지 않습니다.

부하가 뭔가 하고 싶은 게 있다고 주장하면 원하는 대로 하도록 맡기는 경향이 있습니다.

하지만 식당에서 뷔페가 사라진다면, 여학원의 존망이 걸린 큰 문제입니다!

학생들이 품고 있는 대부분의 불만은 마음껏 먹을 수 있는 뷔페 덕분에 어느 정도는 해소되면서 드러나지 않았던 것이 현실입니다.

만약 뷔페가 사라진다면 불만이 늘어나면서 여학원의 분위기가 뒤숭숭해질 수도 있습니다…….

나는 한 번 더 담임선생님에게 질문했습니다.

"저기…… 이건 대답해 주시기 어려운 질문일 수도 있겠습니다만, 학생회의 어떤 분이 뷔페를 폐지하자는 주장을 했나요……?"

"지금부터 나눠줄 학생회 홍보물에 나와 있으니까, 그걸 보세요."

아하, 그래서 선생님도 이런 이야기를 종례 시간에 한 거군요.

홍보물에는 이런 내용이 적혀 있었습니다.

우아하지 못한 뷔페 제도는 폐지합시다.

담화 : 학생회 서기 리크큐엔

'오전 중 쉬는 시간의 이야기 소재는 무엇입니까?' 로 설문 조사를 한 결과, 가장 많았던 답변은 점심 식사였습니다. 전국에 있는 다른 종족의 여학원과 비교해 봐도 비정상적인 숫자입니다. 드래곤의 세계에서 전 세계로 비상할 수 있는 인재를 기르는 것이 우리 학교의 존재의의인 만큼 이건 간과할 수 없는 문제입니다. 그리고 뷔페 형식으로는 숙녀를 위한 테이블 매너도 딱히 배울 수가 없습니다. 그런 의미에서 코스 요리 제도를 도입하는 것이 옳다고 생각합니다.

리크큐엔, 그 이름을 어디서 들어본 적이 있는 것 같았는데 입학 초에 마주쳤을 때 스피드를 도저히 따라가지 못했던 사람이었습니다. 확실히 드래곤 중에서도 몸집이 작았던 것으로 기억합니다.

일리가 있군요…….

뷔페로만 먹으면 식사 매너를 익히는 데 아무런 기여를 하지 못할 것 같긴 합니다. 아니, 여학원의 식당에만 한정된 매너가 독자적인 진화를 이루면서 세상의 흐름에는 뒤떨어질 것이라는 생각도 듭니다.

하지만 어디까지나 일리가 있는 수준.

저만의 논리로 반박할 수 있습니다!

그날 저녁, 언니가 귀가했을 때 저는 바로 현관으로 갔습니다.

"언니, 이야기할 게 있습——."

"와~! 일부러 날 맞이하러 와 주다니, 라이카는 최고의 동생이야!"

이야기를 꺼내기도 전에 언니의 품에 안기고 말았습니다…….

그리고 더 충격적인 말을, 언니는 내 귀에 대고 속삭였습니다.

"서기인 리크큐엔도 이 정도로 빠르단다."

이것 참, 내가 무슨 말을 꺼낼 생각인지 이미 알고 있었단 말이군요.

"만약 우리 학교 학생회에 들어가면 뷔페 폐지를 막을 수 있거나 적어도 리크큐엔 선배에게 폐지를 재고해 달라고 설득할 수 있을까요?"

"자신의 의견을 관철하고 싶다면 뷔페 제도 폐지를 쟁점으로 삼고 싸워서 라이카가 이기면 된단다. 그게 선거전의 원래 방식이니까. 그건 그렇고 라이카는 교복에서 실내복으로 갈아입어도 귀엽다니까~. 이런 동생을 낳아 주신 어머니가 너무 고마워~."

진지한 이야기에 굳이 아무래도 상관없는 이야기를 끼워 넣지 마세요.

하지만 제가 해야 할 일은 정해졌습니다.

선거전에 '도전' 하여 '승리' 할 것입니다. 그것도 하나의 '성장' 이 되겠죠.

…………하지만 뷔페 유지를 공약으로 걸고 선거활동을 하면 바로 당선되어 버릴 것 같단 말이죠…….

◇

“언니는 역시 대단해요! 모두의 존경을 한 몸에 받는 서기가 되어 주세요!”

다음 날, 쉬는 시간에 출마할 의사를 히아리스 양에게 전했더니, 나를 크게 절찬했습니다.

참고로 나는 팔을 쓰지 않는 팔굽혀펴기를 하면서 이야기하고 있었습니다.

“고마워요. 가능하다면 선거 활동을 도와주실 수 있을까요?”

“언니를 위한 일이니까 물론 도와드리겠지만 제가 뭘 하든 별 차이가 없을 거예요. 표가 부족해서 떨어진 사례는 과거에 전무했던 걸로 알고 있으니까요.”

“네……? 죄송해요. 나는 여학원의 선거전에 관해서 아는 게 별로 없는데, 자세히 가르쳐 주실 수 있을까요?”

생각해 보니 그것도 언니한테 자세하게 물어볼 걸 그랬습니다.

“여학원에선 학생회에 들어가고 싶은 사람은 전교생에게 신임투표를 받아요. 한 사람이라도 투표하면 학생회에 들어갈 권리가 있다고 보기 때문에 이 시점에서 이미 떨어질 일은 없는 것이죠.”

“……잠깐만요. 그러면 선거를 하는 의미가 없지 않나요?”

상상했던 것보다 허술한 시스템으로 들립니다만…….

“그때부터가 진짜 선거전이랍니다. 정원에 딱 맞을 때까지 주먹과 주먹으로 승부하죠. 서기 정원은 네 명이고 전원이 신임투표로 통과할 테니까, 언니가 정식으로 들어가려면── 용속의 리크큐엔을 꺾어야 해요.”

그런 쪽으로는 또 실력이 요구된단 말이군요…….

하지만 이해하기는 쉬웠습니다.

내 의견과 상급생인 현 서기의 의견.

둘 중 이기는 쪽의 의견이 통과된다는 뜻입니다.

그렇다면 한번 제대로 붙어봐야겠죠.

◇

다행히 적수인 리크큐엔 양이 어떻게 싸우는지 볼 수 있는 기회는 빨리 찾아왔습니다.

방과 후에 제가 하교하기 위해서 학교 건물을 나왔을 때, 마침 리크큐엔 양에게 도전하는 분이 우연히 보였던 것입니다.

"리크큐엔 양! 당신이 일방적으로 뷔페를 폐지하려는 그 방식을 도저히 그냥 보고 넘어갈 수가 없군요! 저와 대결해서 진다면 그 공약을 철회해 주세요!"

타이의 색을 보니 그 상급생은 3학년 같습니다. 반면에 리크큐엔 양은 4학년입니다. 포니테일을 바람에 나부끼면서 교문과 학교 건물 사이에 있는 벤치에 앉아서 독서 중이었던 같았습니다.

"시끄러운 사람. 독서 시간을 방해하다니 정말 예의가 없어."

리크큐엔 양은 책에 천천히 책갈피를 끼웠습니다.

본인은 냉정했지만 좌우 양쪽에 대기하던 동생 격의 두 학생은 긴장하는 기색이 역력했습니다. 언니가 도전을 받았으니 냉정하게 있을 수가 없겠죠. 당장에라도 드래곤 모습으로 변해 달려들 것 같았습니다.

지금은 마침 하교시간이었기 때문에 곧바로 학생들이 몰려듭니다. 저도 그 일부였습니다. 몇 명이 "뷔페 제도 폐지는 반드시 저지해야 해요."라고 말하는 목소리도 들렸습니다.

상황을 보면 리크큐엔 양이 불리하다고 하겠습니다.

"당신은 적게 먹으니까 괜찮을지 몰라도 저 같은 사람은 매일 배를 곯고 있다고요. 쓸데없이 분위기를 잡으면서 정원에서 시집이나 읽고 있는 당신과는 달라요."

"시집? 내가 읽고 있던 책은 『증보개정판 전략과 결단』이야."

상당히 어려운 책일 것 같습니다.

리크큐엔은 스커트가 펄럭이지 않게 손으로 잡고 일어났습니다.

지금 보니 리크큐엔 양은 정말로 몸집이 작고 가냘프게 보였습니다. 4학년으로는 보이지 않고, 여학원에 입학할 예정인 어린 소녀로까지 보일 지경이었습니다. 저런 모습으로 학생회의 중진 역할을 제대로 소화할 수 있을까요?

체격만 보면 먼저 도전한 3학년이 더 컸습니다.

그래서 자신이 있었겠죠. 가까이 있던 학생 한 명이 심판을 맡겠다고 선언했고, 승부가 시작되자마자 바로 달려들었습니——.

다음 순간—— 3학년이 있는 곳에 리크큐엔 양이 이미 다가와 있었습니다.

어느새?!

리크큐엔 양은 상대의 가슴을 쿡 찔렀습니다.

"콜록! 콜록!"

호흡이 거칠어졌고, 결국 그 3학년은 웅크린 채 움직이지 못하게 되었습니다.

동생 격인 2학년이 도와주러 나섰기 때문에 그 시점에서 승부는 갈렸습니다.

리크큐엔 양이 이겼습니다.

"완력이 세다고 자신이 강한 걸로 착각하지 마. 승부 전에 당신의 호흡은 완전히 흐트러져 있었어. 아름답지 않았다고. 그리고 당신 같은 삼류는 내 동생으로 삼을 생각도 없어."

너무나도 간단히 끝난 싸움을 보면서, 다른 학생들도 입을 다문 채 조용해지고 말았습니다.

저게 바로 학생회 임원의 실력.

적에게 어떤 공격도 허용하지 않고 승리를 땄습니다.

"여기서 더 있다간 구경거리만 되겠네. 학생회실로 가겠어."

리크큐엔 양이 동생들에게 그렇게 말하면서 그 자리를 떠나자, 그제야 겨우 무거운 분위기가 아주 조금 풀렸습니다.

"학생회 임원들은 정말 무시무시하군요……." "저게 용속의 리크큐엔 님의 실력……." "뷔페 제도는 이제 끝났군요."

싸움을 지켜보던 사람들도 풀이 죽은 표정으로 하나둘씩 해산했습니다. 모든 자들이 자신의 무력감을 맛봤을 것입니다.

그래도 나는 이겨야만 합니다.

"선거전의 최대 쟁점은 저 말도 안 되는 속도가 되겠군요."

저는 집에 돌아온 뒤에도 틈만 있으면 제 방이나 식당에서 명상을 이용한 이미지 트레이닝을 했습니다.

적은 그 리크큐엔 양. 짧은 시간이었지만 싸우던 모습은 내 눈에 뚜렷하게 새겨져 있었습니다. 머릿속으로 대전해 보기에는 충분했습니다.

하지만…….

머릿속에 떠올린 존재인데도, 내 공격은 한 번도 맞지 않았습니다.

내가 공격을 시도하려고 할 때는 이미 바로 앞까지 다가와 나를 때려눕혔습니다.

"이미지 트레이닝을 해 보고 있는 것 같지만, 헛수고야."

식당에서 조용히 앉아 있으려니, 실내복을 입은 언니가 들어왔습니다.

"그런 건 실력 차이가 크지 않은 적과 싸울 때에 의미가 있는 거란다. 라이카가 몇 번을 시도해 본들 우리 학생회 서기 사천왕은 한 명도 이기지 못해."

"그러네요……. 그런데 서기가 네 명이나 필요한 자리인가요?"

"서기를 희망하는 학생이 있고, 그 학생이 실력이 있다면 거부하지 않거든. 회계도 세 명 있는데, 그들은 회계 삼걸로 불려. 정원은 회장이 내가 정하는 거니까."

학생회 규모를 좀 더 줄여야 할 것 같은데요……. 그리고 정원도 회장이 독단으로 정하는군요. 정말 터무니없는 권력입니다.

"뭐, 실컷 고민해 보렴. 과일은 혹독한 환경에서 키워야 더 달고 맛있어진다고 하니까 말이야. 라이카도 좀 더 달달하게 애교를 부릴 줄 알게 되면 더 맛있어질 거야~."

내 머리에 손을 얹고 토닥토닥 두들겼습니다.

젠장~! 언젠가는 언니를 제치고 말 테니까 그렇게 알고 계세요!

그래도 이미지 트레이닝에만 의존할 수는 없습니다.

"다른 방법이 필요하겠네요……."

"일부러 불러내서 미안해요."

"아니에요. 언니가 저에게 부탁을 하다니, 동생으로선 오히려 영광인걸요!"

나는 근처 공원으로 히아리스 양을 불러냈습니다.

목적은 실전 훈련입니다.

용속을 타파할 방법을 어떻게든 찾아내야 하니까요!

"저도 예전보다는 강해졌답니다. 육체 파괴의 히아리스라는 이름이 부끄럽지 않게 싸울 자신이 있어요."

"근육파열의 위력이 올라갔단 말인가요?"

"다음 날이면 대전 상대가 반드시 근육통에 걸리도록 할 수 있게 됐어요."

그러면 전투 중에는 의미가 없지 않은가요……? 은근히 심술궂은 기술로 바뀐 것 같다는 생각만 드는데 말이죠…….

아뇨, 다른 사람의 일에 일일이 지적할 여유는 없습니다. 지금은 눈앞에 있는 벽을 돌파할 방법을 찾아야 해요!

확실히 히아리스 양의 움직임은 지금까지보다 훨씬 더 날카로워졌습니다.

만약 갓 입학했을 때의 나라면 너무나도 쉽게 패하고 말았을 겁니다. 여학원에서 학생들은 드래곤에 어울리는 격투술을 익히며, 졸업한 뒤에는 사회를 향해 날개를 펼쳐 날아갑니다.

하지만 예전보다 성장한 것은 나도 마찬가지예요!

히아리스 양의 다리를 빠르게 발로 쳐서 넘어트렸습니다.

"앗! 이런……!"

히아리스 양은 하반신에 허점이 많습니다.

땅바닥에 벌렁 나자빠진 히아리스 양.

나도 곧바로 마운트포지션을 잡고 그 머리 옆에 콰앙! 하고 찌르기를 날렸습니다.

"승부가 났군요."

바로 밑에 있는 히아리스 양의 눈을 바라봤습니다.

"아…… 꺄아…………."

히아리스 양은 패배를 인정하지 않고, 대신에 눈을 굳게 감고 있었습니다.

더 싸우겠다는 뜻일까요……? 하지만 마운트를 잡힌 이 상태에선 히아리스 양도 쉽게 역전할 수가 없을 텐데——.

아니.

이상합니다.

무슨 이유인지 히아리스 양의 몸에 빈틈이 없는 것처럼 느껴졌습니다.

대체 뭘까요, 이건…….

더 가면 너도 되돌아갈 수 없다는 위협받는 듯한 느낌…….

그런 무시무시한 감각이 내 몸을 압박했습니다.

하지만 아무리 봐도 히아리스 양은 눈을 감고 볼을 상기시키고 있을 뿐인데…….

왜 나는 공격을 망설이고 만 걸까요. 뭔가 역전할 가능성이 있는 특수한 자세가 있는 것으로는 보이지 않습니다만…….

저는 일단 히아리스 양으로부터 거리를 잠시 벌렸습니다.

이대로 계속 싸우다간 위험하다는 걸 본능적으로 느꼈기 때문입니다. 전투에서 직감적으로 위험하다는 생각이 들면 그 감각에는 반드시 따르는 게 좋습니다. 여학원 수업에서도 그렇게 배웠습니다.

그러자 히아리스 양은 천천히 몸을 일으켰습니다.

"아…… 언니, 그렇게 얼굴을 가까이 대면 놀라고 말아요……. 아직도 가슴이 두근거리네요……."

"죄송해요. 기합이 너무 들어간 모양이네요."

히아리스 양은 가슴에 손을 얹은 채 약간은 원망스러운 눈길로 저를 바라봤습니다.

"숨을 참고 기다리고 있었는데, 결국 거리를 두니까요……."

그때——.

제 머릿속에 뭔가가 번뜩이며 지나갔습니다.

"…………네? 지금 뭐라고 했죠……?"

"바, 방금 한 말을 또 해 보라는 말씀인가요? 숨을 참고 기다리고 있었어요! 언니는 싸움과 공부 말고는 완전 젬병이니까 말이죠!"

그 두 가지를 다 해낼 수 있다면 문무양도에서 더 바랄 것이 없다는 생각이 들었지만, 지금은 그런 건 아무래도 상관없습니다.

"연습에 어울려 줘서 고마웠어요, 히아리스 양."
"네에, 이제 그만 끝내도 되는 건가요?"
"네."
나는 천천히 고개를 끄덕였습니다.
"어쩌면 용속을 타파할 수 있을지도 모르겠어요."

◇

드디어 학생회 선거의 투표일이 찾아왔습니다.
이기든 지든 오늘 모든 것이 정해집니다.
소위 1차 심사인 신임투표는 가뿐히 통과하면서 나는 학생회 서기의 자격이 있는 자가 되었습니다.
이제 선거전 대결에서 리크큐엔 양에게 이기는 것만 남았습니다.
대결은 투표소이기도 했던 체육관에서 하게 되었습니다.

이미 리크큐엔 양은 팔짱을 낀 자세로 나를 기다리고 있습니다.
"잠정 서기인 내가 이긴다면 뷔페 제도 폐지는 없었던 일로 해주세요."
"그럴게. 당신이 이긴다면 당신의 의지가 더 강하다는 뜻이니까. 바로 의견을 물리겠어."
나와 리크큐엔 양은 서로를 노려봤습니다.
구경하러 온 사람도 많았지만, 대부분이 포기한 기분으로 보고 있는 듯한 분위기를 느꼈습니다.
상식적으로 생각해 보면 학생회 임원에게 1학년이 이길 거란 예상은 쉽게 할 수가 없을 것입니다.

자진해서 심판을 맡은 사람은 언니였습니다.

이번에도 언니는 학생회장 자리에 남았습니다. 언니와 승부를 겨뤄서 학생회장의 자리를 빼앗으려 하는 맹자는 아무도 없었던 것입니다.

"누가 서기로 남을지 이 승부로 정하겠어요. 이의는 없겠죠?"

저와 리크큐엔 양은 고개를 끄덕였습니다.

"좋아요, 그럼 시작하세요. 학생회 임원을 정하기에 어울리는 싸움을 보여 주세요!"

학생회장이 아래로 팔을 내려서 시합 개시를 알리지만――.

나는 가만히 서서 리크큐엔 양을 노려봤습니다.

리크큐엔 양도 싸울 자세는 잡았지만 움직이지 않았습니다.

서로 가만히 선 채 시간만이 흘러갔습니다.

리크큐엔의 표정이 약간 일그러졌습니다.

"이 1학년……. 설마 용속의 비밀을……?"

네, 이미 다 파악했답니다.

압도적인 속도로 적을 때려눕히는 용속. 그 본질은――.

적이 숨을 들이쉬는 순간을 노리는 기술!

동물은 호흡할 때 무의식중에 약간의 빈틈이 생기고 맙니다.

그것은 말하자면 살기 위해서 피할 수 없는 운동.

일기당천의 용사라고 해도, 마왕이라고 해도 그 점만큼은 예외가 아닙니다.

그 빈틈을 노려 자신이 낼 수 있는 최고의 속도로 적에게 접근하여 격파하는 것―― 그게 바로 리크큐엔 양이 창조한 용속!

그렇다면 나는 숨을 쉬지 않고 싸울 것입니다!

이게 바로 내가 히아리스 양과의 실전훈련을 통해 얻은 답이었습니다.

히아리스 양은 정말로 무방비했는데도, 저는 파고들어 공격하기를 주저했습니다.

그건 생물에겐 당연히 있어야 할 빈틈이 없었기 때문입니다.

"――그래서 그게 어쨌다는 거야? 숨을 쉬지 않고 계속 기다릴 순 있겠지만 무호흡 상태로 격렬한 운동은 불가능해. 공격하기 위해서 파고들 때 당신의 몸은 호흡을 필요로 할 거야. 숨을 쉬지 않고 싸울 수 있는 거리가 아니라고."

리크큐엔 양은 의아한 표정으로 내 눈을 여전히 응시하고 있었습니다.

"당신이 공격으로 전환할 때에 파고들려면 필연적으로 빈틈이 생겨. 그 빈틈을 내 용속이 노릴 거야!"

리크큐엔 양이 내 문제를 간파했습니다.

네, 그 지적은 아마도 정답이겠죠.

아무리 그래도 숨을 쉬지 않은 상태로 학생회 임원과 계속 싸울 수 있을 거란 생각은 하지도 않았습니다.

심지어 숨이 막히기 때문에 집중력도 줄어들 것입니다. 이 방법만으로는 그나마 싸움이 시작됨과 동시에 패배하는 것을 막는 임시방편의 의미밖에는 없을 것이라 생각합니다.

하지만 가만히 기다릴 수 있을까요?

——내가 이 자리에서 가만히 선 채로 숨을 들이쉬면서 빈틈을 보이는 타이밍을 보고도.

네, 공격으로 전환하지 않은 상태에서 저는 숨을 쉬었습니다.

그 순간——.

돌풍이 부는 듯한 감각을 느꼈습니다.

리크큐엔 양이 용속으로 저에게 다가오고 있습니다!

벌써 움직였단 말이군요!

그렇다면 나도 그에 대응할 뿐입니다!

"하아아아아아아아아아압!"

오른손으로 온 힘을 실은 손바닥 공격을 날렸습니다!

마음을 비운 상태의 본능적인 일격!

내 손바닥은 리크큐엔 양의 가슴에 일격을 때렸습니다.

"언제 올지만 알면, 다음은 이미지 트레이닝으로 훈련할 수 있으니까요."

반격하는 훈련만큼은 철저하게 해 두고 있었답니다.

"조……조바심이…… 나 자신의 패배를 초래했단…… 말인가……."

무너지듯이, 리크큐엔 양은 그 자리에 쓰러졌습니다.

네, 조바심이 문제였습니다. 용속에 절대적인 자신감이 있다면 기다리고 있기만 해도 충분했습니다. 내가 먼저 공격하려고 움직였다면 얼마든지 빈틈을 찾아낼 수 있었을 겁니다. 나는 용속을 막을 수 없었으니까요.

그런데도 당신은 용속의 원리를 알아낸 적이 먼저 공격하는 것을 두려워했죠.

그래서 자신이 먼저 움직이고 만 겁니다.

내가 움직이기 전, 숨을 들이쉴 때 이 싸움을 끝내자고 생각했겠죠.

언제 올지 알면 눈으로 포착하지 못하더라도 공격을 가할 수는 있습니다.

"일단 싸움이 시작되면 자신을 끝까지 믿어야 해요. 자신을 의심했기 때문에 당신은 패한 겁니다."

그때―― 누군가가 재빨리 내 팔을 위로 들었습니다.

심판을 맡은 언니가 내 팔을 높게 들어 올리고 있었습니다.

"승자, 1학년 라이카 양. 학생회 서기를 맡아 주세요."

그와 동시에 주위에선 엄청난 환호성이 퍼졌습니다. "뷔페가 계속 유지될 거야!"라고 말하는 목소리도 들렸습니다.

하지만 언니는 굳이 하지 않아도 될 행동을 했습니다.

그 자리에서 나를 힘껏 포옹한 것입니다.

"축하해, 라이카. 학생회 임원이 된 것을 환영할게!"

"저, 저기…… 왜 이런 짓을……."

한 번 더 환호성과 비명이 섞인 듯한 목소리가 크게 일어났습니다만, 아까와는 분위기가 좀 다른 것 같습니다…….

"이건 내 나름대로 축복해 주는 건데?"

"당장 그만두세요!"

"뭐~? 집에선 종종 이렇게 끌어안곤 했잖아."

"집이랑 학교는 다르잖아요!"

상당히 많은 사람들이 보는 앞에서 나는 큰 창피를 당하고 말았습니다…….

뭐, 뭐…… 뷔페를 지켰으니까 결과적으로는 잘된 일이라고 생각할까요…….

◇

여담이지만, 내게 패배한 리크큐엔 양은 아직 학생회에 남아 있습니다.

언니가 부(副)서기라는 자리를 새로 만들었고, 뷔페 제도 폐지를 제안하지 않는다는 조건으로 리크큐엔 양을 그 자리에 임명한 것입니다. 실질적으로 다섯 번째 서기가 되는 셈이네요. 없었던 자리까지 새로 만들 수 있는 걸 보니 회장의 권력은 정말 엄청나다는 생각이 들었습니다…….

시합이 끝난 후, 처음으로 학생회실에 들어갔더니 바로 눈앞에 리크큐엔 양이 나타났습니다.

"너, 너무 가까운데요……."

"신임 서기, 나는 앞으로 부서기로서 당신을 서포트할 거야. 그리고 서기 업무를 전부 익힐 수 있도록 단단히 교육할 테니까 각오해 둬."

아무래도 이분은 진짜 성실한 것 같습니다.

"알았으니까…… 좀 떨어져 주시지 않겠어요?"

"하지만 이 정도 거리라면 싫어도 내 이야기에 집중할 수 있겠지?"

아뇨, 아무리 그래도 한도라는 게 있는 법입니다. 향수 같은 향기도 나서 좀처럼 마음이 차분해지질 않습니다…….

그때 문득 생각이 났습니다.

히아리스 양의 도움을 받으면서 특훈을 했을 때 이 정도로 거리를 좁힌 적이 있었던 것 같은데…….

그렇군요. 상대가 너무 가까이 다가오면 냉정해질 수 없는 경우도 있단 말이군요…….

항상 절도 있는 행동을 명심해 두고 있어야겠습니다.

나는 마음속으로 그렇게 다짐했습니다.

"자, 서기 입문서야. 우선은 이걸 읽어 둬."

제 앞에 책자를 내밀었습니다.

"서기로서 철저하게 부려먹을 테니까 그렇게 알아. 뷔페를 존속시켰으니까 사임은 받아들이지 않겠어. 그래선 아름답지 않으니까."

나는 가벼운 미소조차도 보이지 않는 리크큐엔 양의 얼굴을 바라보면서 이렇게 생각했습니다.

이렇게 되면 결과적으로 뷔페를 지키기 위해서 학생회 활동이라는 노동을 억지로 하게 된 거랑 마찬가지이지 않은가?

대전에서 이겼다고 해서, 그걸로 모든 것이 좋게 끝나지는 않는 것 같네요…….

차와 마카롱이 제 책상 위에 달그락 하고 놓였습니다.

"손이 멈춰 있는 것 같은데, 서기."

리크큐엔 양이 싸늘한 눈으로 보면서 그 자리에 서 있었습니다. 이분의 눈빛이 차갑게 느껴지는 것은 선천적인 것이라고 하니 어느 정도는 감안해서 생각해야 하겠지만, 그래도 마음이 편하지 않습니다.

"죄송합니다. 아직 사무 처리가 익숙하지 않아서……. 그리고 차를 일부러 가져다 주시지 않아도 괜찮습니다. 리크큐엔 양이 상급생이지 않습니까."

"나는 부서기니까. 서기를 보좌한다는 명목으로 학생회 잔류를 허락받았으니 할 일을 해야지."

시크한 표정으로 이분은 그런 말을 했습니다.

혹시 이건 교묘한 앙갚음일까요……?

이곳은 학생회실입니다.

소위 여학원의 심장부라고 할 수 있는 장소입니다.

그중에서 나만 1학년입니다. 식당의 뷔페 제도 존속을 걸고 서기 선거전을 치른 결과 그렇게 되긴 했지만, 짐이 너무 무거워서 자꾸 주눅이 듭니다…….

"라이카도 힘들지? 내가 막 회장이 되었을 때가 생각나는걸."

회장 자리에서 그렇게 말하는 목소리가 들려왔습니다.

이 방의 보스이자 여학원 전체의 보스이기도 한 제 언니, 레일라입니다.

"그랬나요? 회장님은 1학년에 회장이 되었을 때부터 위풍당당하게 행동하셨던 것 같은데요."

언니와 같은 5학년이자 서쪽 부회장인 상격(翔擊)의 테미야이누 양이 그렇게 지적했습니다.

머리를 땋은 여성이지만, 그 땋은 머리카락이 너무 길어서 바닥에까지 늘어져 있을 정도였습니다.

"어머나, 나도 막 회장이 되었을 때는 앞뒤 분간도 했고, 무서운 선배들이 많이 있어서 얼마나 눈치를 보며 살았는지 몰라. 지금도 가끔 악몽을 꾼다니까."

"레일라 양이 그랬다면 선배님들은 그 열 배로 당신이 나오는 악몽을 꿨을 거예요."

테미야이누 양의 말을 듣고 다른 임원들도 쿡쿡 웃었습니다.

참고로 부회장은 서쪽 부회장과 동쪽 부회장이 있고, 동쪽 부회장은 4학년인 천광(茜光)의 세이디 씨라고 불립니다. 이래저래 이 학생회에는 사람이 많군요…….

그때 과일이 가득 담긴 바구니를 들고 서무인 처랑(凄狼)의 에티그라 양이 들어왔습니다.

"여러분, 저희 집에서 아주 잘 익은 사과와 포도를 보내 주셨어요. 괜찮다면 드셔 보실래요?"

몇 명이 신이 난 목소리로 크게 외쳤습니다. 그런 뒤에 "차를 준비해야겠네요." "기왕이면 애플티를 끓일까요."라는 말들이 이어졌습니다.

전 그대로 일을 계속하고 있었지만, 테미야이누 양이 내 앞의 서류를 빠르게 채가고 말았습니다.

"자, 신임 서기도 다과 시간에는 제대로 휴식을 취해야 해요. 마음에 양분을 주지 않으면 일도 제대로 할 수 없으니까요."

"아, 네……. 그러면 나도 참가하겠습니다……. 그럼 1학년인 내가 차라도——."

"그건 회계인 동주(桐柱)의 토키넨 양이 준비해 줄 테니까 마음 편히 앉아서 기다리세요."

그때 "우후후." "후후후."하는 기품 있는 웃음소리가 울려 퍼졌습니다.

이런 살롱 같은 분위기는 같이 어울리기가 힘들어요!

업무 효율이 좋지 않은 것은 제가 익숙하지 않기 때문이기도 하지만, 또 하나의 이유는 이곳의 분위기가 사무작업에 어울리지 않기 때문이라고 할 수 있을 것입니다.

게다가 다들 우아하게 시간을 보내면서도——.

모두가 피부로 느껴질 만큼 엄청난 살기를 내고 있습니다!

나에게 같이 차를 마시자고 권해 준 테미야이누 양도 사실은 길게 땋은 머리를 모닝스타처럼 다루면서 적을 쓰러트리는 공격이 특기입니다.

사방팔방에서 수십 명이 일제히 덮쳐도 대수롭지 않게 쳐내버릴 수 있다고 합니다.

땋은 머리가 마치 공중에서 춤추는 것처럼 보이기 때문에 '상격(날아다니는 공격)' 의 테미야이누라고 불리게 된 것입니다.

학생회 사람들이 마실 차를 준비하고 있는 회계인 토키넨 양은 오동나무로 만든 검으로 싸웁니다만, 그 검이 두 팔로 끌어안지 않으면 들고 있을 수 없을 정도로 두껍기 때문에 '동주(오동나무 기둥)' 의 토키넨이라고 불리고 있습니다.

이분들은 각자 전투의 스페셜리스트인 것입니다.

부들부들…….

한기가 느껴집니다. 엘프가 맹수 우리 속에서 일을 하고 있는 듯한 기분입니다.

아니, 기왕이면 좋게 생각하죠.

이 장소는 내가 성장하기에 더할 나위 없이 좋은 환경을 갖추고 있습니다.

여기서 단련하면 나도 분명 훌륭한 드래곤이 될 수 있을 겁니다.

그렇게 생각하면서 나는 차와 과일을 받아먹었습니다.

하지만 다과회가 끝나자마자——.

"자, 서기에게 다음 일을 전해 줘야지."

리크큐엔 양이 서류를 가져왔습니다.

"지금 하는 일도 아직 끝내지 못했는데요……."

"동시에 여러 업무를 처리해야 할 때도 있어. 빨리 익숙해져."

어쩔 수 없군요. 일단 내용을 확인해 보고 뒤로 미룰 수 있는지 확인해 볼까요.

언뜻 보기엔 이상한 서류라는 생각이 들었습니다.

왜냐하면 서류의 글씨체가 유난히 동글동글했으니까요. 일부러 어린아이의 글씨같이 적은 것처럼 보였습니다.

그 서류에는 이렇게 적혀 있었습니다.

"소풍?"

"그래, 소풍. 신입인 당신이 맡은 맨 처음 프로젝트는 1학년을 인솔해서 가는 소풍을 무사히 성공시키는 거야. 그건 과거에 작성된 소풍 기획서지. 그걸 참고하여 이번에 쓸 기획서를 작성해서 회장에게 제출해."

"이런 행사는 선생님들이 정하는 것 아닌가요?"

회장 자리에서 언니가 "라이카, 우리 학교는 자주성이 강해."라고 말했습니다.

귀찮은 일이긴 했지만, 나는 마음을 굳혔습니다.

이 소풍 문제도, 말하자면 적입니다.

적이 내 앞을 가로막는다면 피하지 않고 맞서 싸워서 물리칠 뿐입니다!

지상에서 인간들이 왠지 깜짝 놀라면서 소란을 피우고 있는 모습이 보였습니다.

뭐, 문제가 되지는 않겠죠. 인간의 관청에도 신청서를 제출했을 테니까요.

지금 나를 포함한 레드 드래곤 1학년생들은 원래의 드래곤 모습으로 변한 상태에서 상공을 이동하고 있었습니다.

우리 목적지는 구쵸 호수라고 불리는 곳이며, 저지대에 자리 잡은 넓은 호수입니다.

인간도 별로 접근하지 않는 곳에 있으며, 그럼에도 경치가 좋고, 레드 드래곤이 살고 있는 지역과는 풍토도 달라서 신선하게 느껴지는 실로 완벽한 장소입니다.

애초에…… 내가 처음부터 고른 곳은 아니며, 내가 제출한 아이디어가 언니에게 몇 번이나 퇴짜를 맞은 끝에 겨우 이 장소가 통과되었다는 숨겨진 뒷이야기가 존재합니다만…….

아니, 딱히 일부러 퇴짜를 놓은 건 아니겠지만요……. "여기는 인간의 관청에서 허가를 내려 주지 않으니까 다른 곳을 찾아보렴."이라거나 "드워프가 개최하는 행사와 겹치니까 다른 곳을 찾아봐."라고 타당한 이유를 들었으니까요. 하지만 언니가 자꾸 내 의견을 기각시킨다고 생각하니 뭐라 말할 수 없이 갑갑한 느낌이 들기도 했습니다.

하지만 1학년 모두가 즐거워 보여서 다행입니다.

드래곤 모습으로 아주 들뜬 표정을 지으며 날아다니고 있었습니다. 아무리 신이 나더라도 불은 뿜지 말아 주세요.

그건 그렇고 이 구쵸 호수라는 장소는 아주 괜찮은 장소로 보이는데 용케도 사람들이 찾질 않는군요.

한산한 곳이 아니면 저희가 소풍 장소로 이용할 수가 없으니까 당연하다면 당연하다고 할 수 있겠지만요.

구쵸 호수 부근에 도착하고, 우리는 인간 모습으로 변신했습니다.

큰 호수이긴 하지만 드래곤 모습으로는 좁을 수밖에 없는데다 무엇보다 토지가 황폐해질 우려가 있습니다. 그런 일이 일어나 여학원의 이미지가 나빠진다면 우리 학원의 학생회장인 언니에게 꾸지람을 들을 것입니다.

선생님은 무사히 구조 호수에 도착한 것을 지켜본 뒤에 여학원으로 돌아가셨습니다. 지금부턴 내가 인솔을 맡을 것입니다. 우리 여학원은 학생의 자주성이 아주 강한 곳입니다. 엄밀하게 말하자면 학생회장인 언니의 힘이 강한 것일지도 모르지만요.

주의사항도 내가 학생들이 보는 앞에 나와서 알려줘야 합니다.

주목을 받는 것은 내키지 않습니다만…… 내가 맡은 일이라고 생각하면 참을 수 있습니다.

"여러분, 안녕하세요. 나는 학생회 서기인 라이카입니다. 잠시 제 이야기를 들어 주세요."

곳곳에서 "학생회 임원들 중에서 유일하게 1학년인 라이카 양이에요!" "정말 늠름하게 생겼네요." "늘 봐도 아름답다니까요." "저분 덕분에 우리 세대도 평안하겠군요."라고 말하는 목소리가 날아들었습니다…….

"저기! 불필요한 잡담은 자제해 주세요! 오늘 소풍도 어디까지나 수업의 일환이니까 절도를 지키는 것은 물론이고 나무들을 쓰러트리거나 숲을 불태우는 일은 없도록 주의해 주시기 바랍니다."

제가 그렇게 말해도 학생들은 좀처럼 조용해지지 않았습니다. 오히려 내가 말을 할 때마다 연료를 투하한 것처럼 목소리가 점점 커지는 것 같은 느낌마저 들었습니다…….

으음, 이걸 어떻게 해야 할까요.

소풍 초반부터 큰 소리로 꾸짖어서 모두의 기분을 상하게 만드는 것은 좋지 않을 텐데 말이죠…….

그러자 히아리스 양이 내 옆에 종종걸음으로 걸어왔습니다.

"여러분, 우리가 문제를 일으키면 라이카 양이 책임자로서 주의를 받게 될 거예요. 라이카 양이 벌을 받게 하고 싶진 않겠죠? 그러니까 정도를 지키면서 놀아요. 알겠나요?"

그러자 또 곳곳에서 "라이카 양을 위해서라면 당연히 그래야죠." "라이카 양을 난처하게 해선 안 되니까요."라고 말하는 목소리가 날아들었습니다.

역시 잡담들을 나누고 있느라 별로 조용해지지는 않았습니다만, 내 의도는 전해진 것 같았습니다.

"불꽃을 내뿜을 때는 특히 더 조심하세요. 우리가 있는 이 주에선 방화는 중범죄에 해당하니까요. 다들 알아들었겠죠?"

학생들이 고개를 끄덕였습니다.

그러자 히아리스 양이 내 쪽을 슬쩍 봅니다.

그런 뒤에 목소리를 낮춰서 이렇게 말했습니다.

"마지막은 언니가 해산을 선언해서 마무리를 지으세요."

"아…… 그, 그럼 해산하겠어요! 제시간에 돌아와 주세요!"

학생 분들이 뿔뿔이 흩어지기 시작했습니다. 저의 첫 번째 임무는 이렇게 끝났습니다.

나는 히아리스 양에게 고개를 숙였습니다.

"고마워요. 히아리스 양 덕분에 쉽게 정리되었네요."

"언니를 위해서 일하는 건 동생으로서 당연한 것이니까요."
히아리스 양은 의기양양한 표정을 짓고 있었습니다.
하지만 그 후에 바로 딸에게 주의를 주는 어머니 같은 표정으로 바뀌더니,
"언니는 아직 남에게 부탁을 하는 게 서툴다니까요. 언니는 이제 학생회 임원이 되었으니까 다른 사람을 적절하게 부리는 방법을 익히지 못하면 제대로 감당하지 못하게 될 거예요. 이런 일은 혼자서 이미지 트레이닝을 하는 것과는 다르니까요."
"윽……. 무슨 말인지 이해는 되지만 남을 부리는 게 아직은 부담스러운지라……."
"그렇다고 이제 와서 언니가 잡일을 일일이 다 처리할 순 없는 노릇이잖아요. 이건 언니에게 부여된 시련이라고요! 성장을 위한 기회라고 생각하고 마음을 굳게 먹으세요!"
"어라, 왠지 내가 꾸중을 듣고 있는 것 같은데요……?"
"맞아요. 언니는 믿음직스럽지 못할 때는 한 없이 믿음직스럽지 못하니까 앞으로도 졸업할 때까지는 제가 옆에서 돌봐드릴 테니 그렇게 알고 계세요! 그럼 가 볼까요."
히아리스 양은 제 손을 잡아당겼습니다.
"네? 가자니, 어디로요?"
"보나마나 자신이 소풍을 즐기기 위한 예정이나 계획은 전혀 생각해 두지 않았겠죠?"
"그건………… 그래요."
소풍 계획을 세우느라 정신이 없었기도 했고, 무엇보다 어떻게 즐기면 되는지 잘 몰랐습니다.

"그러니까 제가 같이 놀아드리겠어요. 우선은 저기서 보트를 대여해 주고 있으니까 호수를 한 바퀴 돌아보죠!"

히아리스 양의 표정이 참으로 활기차게 바뀌었습니다.

쉴 새 없이 바뀌는 표정이 그야말로 여학원 학생답다고——. 나는 그렇게 생각하면서 히아리스 양의 손에 순순히 끌려갔습니다.

나와 히아리스 양은 보트에 타고 우아하게 호수를 50바퀴 정도 빙글빙글 돌았습니다.

페이스가 조금 빠를지도 모르겠지만 드래곤 기준에선 이 정도가 일반적입니다.

"기분이 좋네요, 언니. 하늘을 날 때와는 또 다르게 이런 식으로 느긋하게 풍경을 즐기는 것도 나쁘지 않은 것 같아요."

"그러네요. 날씨도 좋아서 정말 다행이에요."

"이건 분명 언니의 행실이 좋으니까 복을 받은 거예요."

"그렇게 말하면 만약 비가 올 때는 내 탓이 되는 것 아닌가요. 위험한 발언이네요."

"아이참! 순순히 좀 기뻐해 주면 안 되나요? 언니는 정말 심술궂다니까요!"

일부러 보란 듯이 히아리스 양은 웃으면서 볼을 부풀렸습니다.

너무나도 즐겁게 시간을 보내는 것 같다는 생각이 들었습니다.

내가 노를 젓고 있는 보트는 물보라를 일으키면서 호수 위를 질주했습니다만, 경치는 아주 천천히 바뀌었습니다. 호숫가에선 물새들이 모여서 까아까아 하고 즐거운 듯이 울고 있었습니다.

"언니, 보트 놀이를 즐긴 다음에는 낚시도구를 빌려서 낚시를 해 봐요."

"난 지렁이를 미끼로 다는 것은 도저히 무리라서 말이죠……. 예전부터 미끌미끌한 건 질색인지라……."

"그럼 내가 달아드릴게요. 익숙해지면 별것 아니에요. 지렁이는 무력하고 왜소한 동물인걸요. 두려워할 필요 없답니다. 드래곤이라면 커다란 나무만 한 웜도 쉽게 쓰러트릴 수 있잖아요."

"아뇨, 싸워서 이기지 못하니까 꺼림칙하게 여기는 건 딱히 아니거든요?"

보트를 빌 주는 곳에서 낚시도구도 대여해 주고 있었습니다. 그 가게가 이 호수의 관광 사업을 독점하고 있는 것 같았습니다.

낚시는 살면서 처음 해 보는 것이었지만 몸이 무지개 색으로 빛나는 송어를 한 마리 낚을 수 있었습니다.

"아, 낚았어요! 이 정도면 꽤 월척이지 않나요?"

"언니, 비기너스 럭이 발동했군요. 축하드려요!"

"그런데…… 이건 어떻게 바늘을 빼죠……?"

육지까지 끌어올리긴 했습니다만 퍼덕거리는 물고기를 붙잡을 마음이 전혀 생기지 않았습니다.

"언니는 물고기도 못 만진단 말인가요?"

히아리스 양은 허리에 두 손을 얹으면서 어이가 없다는 표정을 지었습니다.

"네, 물고기도 표면이 미끌미끌한 것 같아서……. 미끌미끌한 건 도저히 잡을 곳이 없는 것처럼 느껴지는지라……."

"그건 억지 논리네요. 생리적으로 받아들이지 못한다고 말하는 게 더 낫겠어요."

히아리스 양은 쓴웃음을 지으면서 능숙하게 송어를 잡더니 바늘을 빼냈습니다.

"의외로 언니도 못하는 게 많군요."

"못하는 게 없다고 자랑한 적은 없으니까요."

어릴 적에도 언니에게 계속 놀림당한 것 같습니다. 나보다는 언니가 훨씬 더 활동적이었습니다. 이렇게 비유하는 건 어폐가 있겠지만, 물고기처럼 미끌미끌, 매끄럽게 사람들 사이로 들어가서 바로 경계를 풀고 친해지는 면이 있었습니다.

"그러네요. 그리고 저도 언니가 아직은 제 가까이에 있어 주는 것 같아서 기뻐요."

히아리스 양은 이상한 말을 했습니다.

"가깝고 자시고, 우리는 매일 여학원에서 얼굴을 보잖아요?"

"그래도 학생회 임원은 특별한 존재니까요."

히아리스 양은 쓸쓸한 표정으로 웃었습니다.

딱히 특별한 존재가 되고 싶은 생각은 없어요——. 그렇게 말하고 싶었지만 임원이 특별한 취급을 받는 것은 어쩔 수 없는 일이라는 생각이 들었습니다.

그리고 히아리스 양의 얼굴을 보고 있으려니, 내가 나쁜 짓을 하고 있는 것 같아서,

"나, 나는…… 언제까지나 당신의 언니예요!"

나는 그렇게 선언했습니다.

"……네, 방금 말은 잊지 않을게요."

히아리스 양은 얼굴을 붉히면서 고개를 끄덕였습니다.

쓸쓸해 보이던 분위기는 사라졌으니까 그렇게 말해 주길 잘했다고 생각하기로 하죠.

즐거운 시간은 빨리 간다고 했던가요. 낚시를 끝내자 어느덧 점심시간이 되었습니다.

저와 히아리스 양은 호숫가 잔디밭에 앉아서 도시락을 열었습니다.

보트대여점에서 구워 준 송어도 접시에 담겨 있었습니다.

"저는 5단 도시락을 가져왔어요."

"네? 5단? 그것만으론 부족하지 않겠어요? 혹시 다이어트 중인가요?"

제 도시락은 어머니가 예전에 쓰던 것이라고 들은 7단짜리였습니다. 일부는 수리했지만 아직 튼튼한 죽공예품입니다.

"언니 곁에 있으면 오늘은 이 정도면 충분할 것 같아서요. 남는 반찬을 제가 맡아야 할 테니까요."

"남는 반찬?"

그리고 히아리스 양이 무슨 뜻으로 그런 소리를 했는지, 금방 이해할 수 있었습니다.

"라이카 양, 제 달걀말이 좀 드셔보세요." "저도 비엔나 소시지를 좀 많이 갖고 왔거든요."

학생 분들이 계속 자기 반찬을 주려고 찾아왔기 때문입니다.

"저기, 기쁘긴 한데…… 일방적으로 받기만 하면 미안하니까 내 도시락에서도 뭔가 좀 가져가세요……."

"그런 말씀은 하지 않아도 돼요."

"이 볶음반찬은 제가 직접 만든 거랍니다."

내 의견은 통하지 않아서, 결국 제 도시락의 빈 공간에는 차곡차곡 반찬이 투입되었습니다.

우리 반 학생들만 그랬다면 그나마 다행이었겠지만, 이젠 다른 반 학생들까지 반찬을 주려고 줄을 서는 지경이었습니다.

어떻게 해야 좋을지 몰라서 당황하고 있는 제 옆에서 히아리스 양은 마치 남의 일인 양 쿡쿡 웃고 있었습니다.

"언니, 마치 세금 징수관 같네요."

"달갑지 않은 비유군요."

"하지만 언니를 존경해서 자발적으로 주는 것이니까 받지 않으면 오히려 실례가 될 거예요."

그 말대로 다들 기쁜 표정으로 반찬을 넣어 주고 있었습니다.

"언니가 노력하는 모습은 다들 지켜보고 있답니다. 오늘 소풍 기획도 언니가 짠 것이죠?"

"내가 기획했다고는 발표하지도 않았는데, 이미 다 알고 있었군요."

"다들 언니의 노고를 치하해 주고 싶어서 이러는 거예요. 그 마음은 부디 사양하지 말고 받아 주세요."

이렇게까지 고맙다는 인사를 일부러 찾아와서 해 준다면 나도 순순히 기뻐하면서 받아야겠죠.

"알겠습니다. 그럼 조금씩이라도 받도록 할까요."

줄을 서 있던 분들이 환호성을 질렀습니다.

그러고 나서 한동안 '나에게 도시락 반찬을 주는 사람들'의 줄이 계속 이어졌습니다.

마지막 사람은 "학생회 분들은 다가가기 어려운 이미지가 있었는데, 라이카 양은 너무나도 친숙한 느낌이 들어서 좋아요."라는 말을 해 줬습니다.

같은 학년 여러분이 부담을 가지지 않고 편하게 대할 수 있는 존재로 여긴다면, 내가 하는 일들도 옳은 일이라는 뜻이겠죠.

저는 그분한테서도 네모난 고기 한 조각을 받았습니다.

길었던 줄도 겨우 사라져서, 기다리고 있는 사람도 없습니다.

"언니, 점심시간에는 뭘 할까요? 밥을 먹었으니 낮잠을 자는 것도 좋겠죠. 마침 날씨도 좋으니까요."

"나쁘지 않은 생각이지만, 제가 너무 오래 자느라 집합시간을 어기면 직무태만이 될 수도 있으니까요."

"그럼 제 다리를 베고 주무세요. 제가 일어나 있으면 안심할 수 있겠죠?"

"다리를 베고 자란 말인가요. 그러고 보니 예전에 언니가 자주 그렇게 해 줬죠."

"그 회장님의 다리를 베고 누울 수 있었다니 언니는 이 세상에서 제일가는 권력자였군요."

"그런 말 마세요. 그리고 굳이 말하자면 언니가 억지로 다리를 베고 누우라고 명령——."

——그때.

화창하게 맑았던 하늘이 갑자기 흐려지기 시작했습니다.

구름이 낀 걸까요? 아뇨, 이렇게 바로 주위를 덮을 만한 구름은 우리가 이곳으로 날아왔을 때엔 보이지 않았습니다.

하늘에 있는 것은 로크 새들인가?

아니, 저건 드래곤입니다.

더구나 푸르스름한 피부를 지닌 드래곤들…….

성가시게도 블루 드래곤이 나타나고 말았습니다!

블루 드래곤은 레드 드래곤의 천적이며 지금까지도 몇 번이나 습격해 온 적이 있습니다.

그들은 가까운 곳에 착륙했고, 인간의 모습으로 변한 뒤에 이쪽으로 다가왔습니다.

선두에 선 자는 저도 알고 있는 사람이었습니다.

블루 드래곤을 이끌고 있는 프라토르테.

언니의 라이벌 같은 존재이며 두 사람이 다투는 것을 저도 몇 번인가 본 적이 있습니다.

반대로 말하자면 언니와 대등하게 싸우던 상대이니 내가 이길 수 있을 것 같지가 않습니다…….

"블루 드래곤 구역에 왜 레드 드래곤이 있는가 했더니 죄다 약해 보이는 녀석들뿐이잖아. 너무 약해서 하품이 나올 지경인데."

과연……. 이곳은 블루 드래곤이 자주 오는 장소였단 말이네요.

인적이 뜸한 이유도 그것이군요.

레드 드래곤 여러분은 모두 겁을 먹고 있었습니다.

"프라토르테 누님, 이런 녀석들과 싸워서 이겨 봤자 자랑거리가 못 됩니다. 그냥 돌아가시죠?"

"우리가 오기만 했는데 벌써 울먹이고 있잖아."

"김이 새는걸."

한심하긴 하지만 정말 그대로 돌아가 주면 좋겠다는 생각이 들었습니다.

그렇게만 된다면 한때의 불쾌한 일로 치고 넘길 것입니다.

하지만 그렇게 바라는 대로 되지는 않았습니다.

프라토르테가 나를 발견했습니다.

"어라, 넌 레일라의 동생이잖아. 그 교복도 레일라가 다니는 학교 것이고. 즉, 이 녀석들을 붙잡아 두면 레일라도 찾아올 수 있다는 말이로군. 대항쟁을 벌일 수 있겠는걸!"

"그렇구나!"

"프라토르테 누님, 머리가 좋으십니다!"

"그런 방법이 있었네!"

큰일이야! 이대로 가면 다른 사람들까지 휘말릴 겁니다!

"잠깐만요!"

나는 프라토르테 앞으로 나섰습니다.

"레일라를 불러내는 게 목적이라면 당신이 레일라의 동생인 나와 승부한 뒤에 붙잡으면 될 일이에요. 다른 학생들에겐 손대지 마세요. 우리 드래곤은 긍지가 있으니까 승부가 걸린 도전은 받아들입니다. 하지만 단순히 야만스러운 싸움이라면 할 수 없어요! 다른 사람들을 그런 싸움에 끌어들이지 마세요!"

가슴에 손을 얹으면서 나는 그렇게 선언했습니다.

신입이긴 하지만 학생회 임원으로서 학생들을 지켜야 합니다!

프라토르테의 눈을 가만히 보면서, 나는 동의를 이끌어내고자 했습니다.

"…………."

프라토르테의 이 침묵은 제 말에 진실이 담겨 있는지 아닌지를 검토하고 있다는 뜻이겠죠.

"………어려워서 무슨 소리인지 못 알아먹겠다. 싸움은 싸움이 아니란 말이냐?"

말이 통하지 않았습니다!

"힘을 쓸 이유가 있으니까 힘을 쓰는 거다. 단지 그것뿐이다. 자, 너희도 다들 싸워라!"

블루 드래곤의 거친 목소리와 학생들의 비명이 동시에 울려 퍼졌습니다.

프라토르테는 그대로 나를 보고 있었습니다. 덕분에 함부로 움직일 수가 없었습니다.

"이 중에선 네가 가장 강하구나. 바로 알아볼 수 있겠다."

"언니의 동생이니까 강할 것이라고 생각한 건가요?"

이분도 언니를 줄곧 쫓아다녔으니까요.

나는 언니의 동생으로밖에 인식하지 않고 있을 것입니다.

화가 나긴 하지만, 실력만 보면 어쩔 수 없지 않을까요.

"아니, 그냥 감이다."

"감이라고요?!"

"프라토르테 님은 감이 날카롭다. 예를 들어서 갈림길을 만나서 왼쪽으로 갈지 오른쪽으로 갈지 모르겠다면 감으로 어느 한쪽을 고른다. 50퍼센트의 확률로 잘 들어맞지."

"그건 일반적인 확률 아닌가요……?"

"자잘한 건 그냥 넘어가라! 지금부터 진짜 싸움을 보여주마!"

프라토르테가 나를 공격했습니다.

패싸움 스타일이라서 그런지 움직임에도 쓸데없는 동작이 너무 많았습니다. 마치 술에 취한 깡패 같았습니다.

그런데 내가 공격을 시도하는 것보다 속도가 훨씬 더 빠른지라 적이 일방적으로 킥을 연거푸 날렸습니다.

동작에 군더더기가 많았지만 몸이 움직이는 속도 자체가 상당히 빠른 것 같았습니다.

나는 자신의 무릎을 앞으로 내밀어서 막았습니다.

이 방어 동작으로 받아낼 수 있을 거라 생각했습니다.

그랬는데——.

몸이 휘청거렸습니다.

프라토르테의 꼬리가 나의 다른 쪽 다리를 휘감으려는 듯이 움직였습니다!

그렇구나! 블루 드래곤은 레드 드래곤과는 달리 인간의 모습으로 변해 있을 때도 꼬리를 내놓고 있는 종족이니까 말이죠…….

그 점도 고려해서 싸워야겠어요!

자세를 무너트린 뒤에 파고들어서 주먹을 날리려는 건가요?

두 팔은 쓸 수 있으니까 쉽게 공격을 허용하진 않을 거예요.

——그렇게 생각했는데, 프라토르테는 입을 벌렸습니다.

한겨울에나 불 것 같은 눈보라가 내 몸에 직격했습니다!

콜드 브레스를 바로 앞에서 내뿜었어! 극한지역에 사는 블루 드래곤의 특기입니다!

크……. 몸이 얼어붙는 바람에 움직임이 둔해졌어!

"이봐, 어떻게 된 거야? 더 공격하지 않으면 재미가 없잖아!"

그 기회를 놓치지 않고 잇따라 몇 번이나 발차기를 날립니다.

일단 겨우 거리를 벌리긴 했지만…… 초반부터 몰리고 있군요.

"흥, 너희 레드 드래곤은 싸움에 한심한 이유를 너무 많이 갖다 붙인다. 인간의 한심한 문명을 받아들여서 약해진 것 아니냐? 싸움은 싸움이다. 싸움에 쓸데없는 요소를 끼워 넣으니까 감이 둔해지는 거다. 그러니까 꼬리든 콜드 브레스든 못 피한 거다."

"크……. 군더더기가 많은데, 그만 방심했습니다."

"군더더기는 없다. 프라토르테 님은 스스로 생각하기에 가장 적합한 공격을 하고 있을 뿐이다. 그렇게 싸우면서 다른 블루 드래곤들을 이기고 리더가 된 것이다."

그 말에는 묘한 설득력이 있었습니다.

만약 자신이 믿는 길이 가장 효과적인 선택이 될 수 있을 만큼 마구잡이 싸움에 익숙하다면——.

그건 마구잡이 싸움이라는 이름의 뛰어난 전투 스타일이 될 수도 있어!

이 사람은 감을 갈고닦으면서 적을 능가해 왔단 말인가!

하지만 적에게 특정 스타일이 있다면, 이건 승부다.

단순한 싸움이 아니라 싸움이라는 무술과의 승부!

도전을 받아들여 승리하고 성장하겠어요.

"오, 눈빛이 바뀌었구나. 옛날의 레일라 같은 눈인걸."

"언니를 너무 의식하다간 잡념 때문에 발목이 잡힐 거예요."

내 말을 듣고, 무슨 이유인지 프라토르테는 키득 웃었습니다.

"걱정하지 않아도 프라토르테 님은 눈앞에 있는 적만 생각한다. 다음에 만날 녀석을 생각하면서 싸우진 않아."

"그럼 나한테 지더라도 핑계는 댈 수 없겠군요!"

이번에는 내가 스스로 파고들었습니다.

지금부터 열세를 뒤집을 겁니다!

상대가 마구잡이 싸움 전법이라면――,

나는 지금까지 제가 배양한 전투 기술들을 전부 투입하겠어요!

승부는 거의 호각까지 갔습니다.

내 공격도 몇 번인가 적중했습니다. 프라토르테는 수비도 엉성해서 도저히 방어가 완벽하다고는 말할 수 없었습니다.

그래도 호각은 좀 지나친 말이었던 것 같습니다……. 사실은 내가 밀리고 있었습니다. 프라토르테는 자신이 공격을 맞는 것도 아랑곳하지 않고 내게 공격을 날렸습니다.

그리고 상대하기 성가신 게 저 꼬리였습니다.

저건 레드 드래곤에겐 없는 것입니다. 일대일로 싸워도 접근 상태에선 프라토르테의 손발과 별개로 꼬리가 공격해 오기 때문에 마치 수적 열세에 놓인 듯한 기분이 듭니다.

이대로 길게 끌다간 내가 먼저 지칠 거예요…….

"아까 잡념이 어쩌고 했었지?"

프라토르테가 조롱하듯이 말했습니다.

"그 말을 그대로 너에게 되돌려 주마."

"무슨 뜻이죠?"

"너는 다른 레드 드래곤 동료들만 생각하고 있구나. 그 잡념 때문에 움직임이 굼뜬 거다!"

들켰나요.

그 말이 옳습니다. 여기저기서 다른 학생들의 목소리가 들리는 이런 환경에서 마음을 비우고 싸울 수 있을 리가 없습니다.

더구나 나는 1학년 중에서 유일한 학생회 임원입니다. 모두를 지켜야 할 책임이 있습니다…….

"흥, 쓸데없는 것을 짊어지느라 오히려 약해진다면 그게 무슨 의미가 있는지 모르겠구나."

또 바보 취급을 받았습니다.

"얽매인 녀석보다 자유로운 프라토르테가 더 강하다!"

프라토르테가 다시 덤벼들었습니다. 이번에는 콜드 브레스를 날리려는 걸까요? 아니면 주먹 공격인가요?

주먹과 동시에 꼬리가 저를 때리려고 날아들었습니다!

"동시 공격이다! 해 보고 싶은 건 전부 해 보는 게 프라토르테님의 방식이니까!"

그 때문에 파고드는 걸 허용하고 말았습니다.

프라토르테는 나에게 콜드 브레스를 직격으로 맞혔습니다.

전보다도 훨씬 가까운 거리에서 날아온 맹렬한 눈보라!

급격하게 손의 감각이 사라졌습니다. 이런 실수를……. 이런 타이밍에 몸이 얼어붙어서 움직이지 못하면 이대로 완전히 궁지에 몰리게 될 텐데…….

"언니, 우리를 너무 얕보고 있어요!"

그렇게 외치는 소리가 내 귀에 들어왔습니다.
그건 히아리스 양의 목소리였습니다.
전투 중인데도, 호소하는 듯한 표정으로 나를 바라보고 있었습니다.
"우리도 여학원 학생이에요. 긍지 높은 레드 드래곤이라고요! 이 정도의 난관은 극복하겠어요! 그러니까 언니도 최선을 다해 싸워서 승리하세요!"
"그래요!"
"우리는 지지 않아요!"
"레드 드래곤은 굴하지 않아!"
그런 목소리가 사방팔방에서 들렸습니다.
아아, 미안해요.
여러분을 멋대로 짐처럼 여기고 말았군요.
다들 긍지 높은 학우인데 말이죠.
그리고 일단은 나 자신의 문제를 어떻게든 해결하지 않으면 다른 사람을 짊어지는 것 자체가 불가능합니다.
눈앞의 적에 집중하죠.
"언니, 우리도 반드시 승리하겠어요! 우리 걱정은 할 필요가 없어요! 오히려 실례라고요! 나중에 전신근육통이 나게 할 테니 단단히 각오해 두세요!"

히아리스 양의 목소리가 저를 냉정하게 만들어 줬습니다.
"이렇게 든든한 아군이 있다면 질 수가 없겠군요."
나는 콜드 브레스를 맞으면서── 그대로 브레스를 향해 돌진했습니다!
"뭐야?!"
프라토르테가 경악하는 목소리를 내면서 콜드 브레스를 중단했습니다.
설마 브레스를 향해 달려들 줄은 몰랐겠죠.
나도 감을 믿었습니다.
당신을 가장 확실하게 공격할 수 있는 방법을 골랐어!
그게 비상식적이라고 해도 끝까지 믿을 거야!
나는 지근거리에서 프라토르테를 향해 불꽃을 내뿜었습니다.
당한 대로 갚아 주겠어!
"젠장! 뜨거워! 뜨겁단 말이다!"
너무나도 단순한 발상이 프라토르테의 빈틈을 찌른 것입니다.
나는 멈추지 않고 계속 공격했습니다.
꼬리 공격을 맞았지만── 신경 쓰지 않고 주먹을 날리겠어!
이건 마구잡이 싸움이니까 자신이 다치는 것쯤은 전혀 상관하지 않았습니다.
적에게 그보다 더한 대미지를 줄 수 있다면 그걸로 충분해!
아프지는 않았지만 이길 수 있겠다는 느낌을 받았습니다.
분위기가 바뀌었습니다.
싸움이 유리하게 진행되고 있었습니다.
이건 여러 명이 동시에 싸우는 싸움입니다. 수많은 사람들의 마음이 얽혀 있었습니다.

만약 레드 드래곤 모두가 자신들이 몰아붙이고 있다고 생각하고, 블루 드래곤 모두가 자신들이 밀린다고 생각한다면――.

그렇게 된다면 정말로 형세를 역전할 수 있습니다!

나도 내 마음대로 마구 싸웠습니다.

불꽃을 내뿜으면서 동시에 킥을 날렸습니다.

시야가 불꽃으로 차단되기 때문에 비효율적입니다. 그런 전법으로 싸우는 레드 드래곤은 마구잡이로 싸우는 애들밖에 없을 겁니다.

하지만 그걸 예측하지 못했던 프라토르테는 내 공격을 막아내지 못하고 있었습니다!

"제길! 말도 안 되는 공격인데 쉽게 막을 수가 없어!"

프라토르테는 약한 소리를 뱉었습니다.

이제 조금만, 조금만 더, 조금만 더 몰아붙이면 돼!

"완전히 얼려 주겠다!"

프라토르테가 콜드 브레스를 뿜으려 하는 것을 알았습니다.

그 순간 나는 지면을 힘껏 찼습니다.

검은 흙이 프라토르테의 입에 들어갔습니다.

"퉤엣! 퉤엣! 무슨 짓을 하는 거냐?!"

"싸움에는 규칙이 없으니까요!"

나는 프라토르테의 전의가 움츠러든 틈을 놓치지 않고 계속 공격했습니다.

왼손으로 팔을 붙잡고 오른손으로 타격을 가했습니다.

이게 바로 내 나름대로 고안해낸 마구잡이 싸움 전법입니다!

"젠장! 그만해, 그만하라고!"
"그만할 리가 없잖아요!"
내가 적의 리더를 일방적으로 공격하고 있는 상황을 다른 사람들도 알아차린 것 같았습니다.
"이길 수 있어요!"
"절대로 질 수 없어!"
"누가 도움이 필요하면 바로 달려갈게!"
확실히 분위기는 레드 드래곤에게 유리하게 흐르고 있었습니다! 모두가 새로이 건투하기 시작했다는 걸 알 수 있었습니다.
이윽고 블루 드래곤 사이에서 후퇴하자는 목소리가 하나둘씩 나오기 시작했습니다.
장소에 따라서 학생들은 능숙하게 협력하여 2 대 1이나 3 대 2가 되도록 팀을 짜서 적과 싸우고 있었습니다. 이건 승부가 아니라 패싸움이므로 일대일로 맞설 필요는 하나도 없었습니다.
"제길! 재미없으니까 돌아가겠다! 얘들아, 그만 가자!"
블루 드래곤들은 드래곤 모습으로 변하더니 선두에 선 프라토르테를 따라 이곳을 떠났습니다.
레드 드래곤이 이겼습니다.

"겨우 쫓아낼 수 있었군요……."
나는 잔디에 주저앉아서 한숨을 쉬었습니다.
불꽃을 너무 많이 뿜었기 때문에 입안이 약간 뜨거웠습니다.
그때 모든 학생들이 저에게 줄줄이 다가왔습니다.
싸움을 치렀기 때문에 교복이 더러워지거나 망가진 사람도 있었습니다.

여학원 학생이라면 단정하지 못하다고 혼날 일입니다.

하지만 모두 자랑스러운 표정을 짓고 있었습니다.

히아리스 양이 앞으로 나왔습니다.

"언니, 우리도 강해졌답니다. 이제 자~알 아셨겠죠?"

"네. 앞으로도 도움을 주세요."

"하지만 우리가 이길 수 있었던 건 언니 덕분이에요."

히아리스 양은 내 손을 힘껏 잡아당겼습니다. 그대로 저는 "읏차차……."라는 소리를 내면서 일어났습니다.

"자, 지금부터 헹가래 시간이에요!"

1학년들이 나를 차례로 둘러싸기 시작했습니다.

"네? 그런 시간이 있다는 말은 듣지 못했는데요……?"

"말하지 않았으니까 당연하죠!"

"라이카 양 만세!"

"라이카 양, 최고!"

"라이카 양은 1학년의 별이에요!"

나는 무슨 이유인지 헹가래를 받고 말았습니다. 드래곤의 헹가래라서 근처에서 가장 높은 나무 꼭대기 근처까지 올라갔습니다.

인간 모습으로 이렇게 올라가는 건 오랜만인 듯합니다.

문득 마음이 해방된 듯한 기분이 들었습니다.

"그래요. 오늘은 날씨가 좋았죠."

나는 몸이 가장 높이 올라갔을 때 그렇게 중얼거렸습니다.

〈끝〉

작가 후기

오랜만입니다! 모리타 키세츠입니다!

12권이군요. 한 다스가 되었네요. 모리타의 방을 먼저 나온 책들이 점거하고 있습니다.

이 책을(전자서적이 아니라 종이서적으로) 구입해 주신 분들의 방도 상당히 넓은 범위를 점거하고 있을 것이라 생각합니다. 이렇게 보잘것없는 작가를 위해 귀중한 공간을 써 주셔서 정말 감사합니다.

자, 이번에도 다양하게 알려드릴 것이 있습니다.

우선 첫 번째 소식. 애니메이션을 제작 중입니다!

뭐, 전권이 나왔을 때에 애니메이션 제작이 결정됐다고 공표했으니 당연한 일이지만. 다양한 것들이 애니메이션 안에 들어가 있습니다! 스케줄에 관련된 사항이나 구체적으로 어떤 작업이 진행 중인지는 여기 쓸 수 없지만, 아주 추상적으로 이야기하자면 애니메이션이라는 표현 방법을 이용하지 않으면 제대로 보여줄 수 없는 소재 등도 쓰이고 있습니다.

정말로 너무 추상적이군요……. 언젠가는 말씀드릴 수 있으리라 생각하므로 조금만 더 기다려 주십시오! 어쨌든 다양한 시도를 하고 있습니다!

이번 권에선 드라마 CD 제4탄이 같이 들어 있는 특장판이 동시에 발매됩니다.

이 드라마 CD에서——.

로자리 역을 맡은 스기야마 리호 씨,

프라토르테 역을 맡은 와키 아즈미 씨,

——의 목소리가 처음 공개될 것입니다!

물론 애니메이션에서도 두 분의 목소리를 들을 수 있지만, 그때까지 기다리기 힘들 것 같은 통상판을 구입한 분들은 다음에 나올 드라마 CD 제5탄을 구입해 주세요.

그 말은 곧…… 네, 드라마 CD 제5탄 제작이 결정되었습니다!

제5탄은 2020년 10월에 발매될 14권의 특장판에 부록으로 들어갈 것입니다!

이 드라마 CD 제5탄에는 마왕 페코라가 등장합니다! 아니, 마왕 페코라가 뭔가를 꾸미고 있는 것이 이번 이야기의 내용입니다!

자, 머리가 좋은 분은 지금까지 적은 문장의 문맥을 파악하면서 눈치를 채셨으리라 생각합니다.

그렇습니다. 아직 페코라의 성우는 발표되지 않았죠.

대체 누구일까요?! 관심이 있는 분은 다음에 나올 드라마 CD 제5탄을 구해서 들어보시기 바랍니다!

다음은 만화판 소식입니다.

현재 시바 유스케 선생님의 만화판이 6권까지 나왔습니다.

또한 무라카미 메이시 선생님이 그리고 있는 스핀오프 『일반 공무원으로 일하면서 1500년, 마왕의 힘으로 장관이 되어버렸습니다』의 만화판도 2권까지 나왔습니다! 늘 생각하는 거지만 제목이 너무 기네요! 부디 잘 부탁합니다!

그리고 놀랍게도, 참으로 놀랍게도――.

다른 스핀오프 작품도 만화판 제작이 결정되었습니다!

『레드 드래곤 여학원』의 만화판도 나올 예정입니다! 짜자―안!

그림은 히츠지바코 선생님이 맡습니다! 2020년 봄~여름쯤에 연재가 시작될 예정입니다~!

또 슬라임 300년의 세계가 넓어지는군요! 이쪽도 많은 응원을 받을 수 있으면 정말 기쁘겠습니다!

다음에는 주로 모리타 본인이 기뻤던 일을 이야기하겠습니다.

슬라임 300년 소설 10권이 증쇄되었습니다!

두 자리 권수인 책이 증쇄된 것은 제 인생에서 처음 있는 일입니다. 정말로, 정말로 감사합니다.

책이라는 것은 더 찍지 않아도 수요와 공급이 일치하도록, 판매량을 미리 생각하고 인쇄합니다. 그래서 1권이나 2권이라면 처음 예상보다 많이 팔리는 일도 일어나기 쉬우므로 증쇄가 결정되는 것도 의외로 자주 있는 편입니다.

하지만 권수가 늘어나면 늘어날수록 구입할 독자가 얼마나 될지 쉽게 예상할 수 있어집니다. '이 시리즈를 7권부터 사자!' 고 생각하는 사람은 별로 없으므로, 결국 권차가 뒤로 갈수록 증쇄 가능성도 줄어드는 것입니다.

즉…… 10권이 증쇄되었다는 것은 정말 대단한 일이며 기쁜 일이기도 합니다! 설명이 길어지고 말았습니다만 일단 작가인 저는 상당히 기뻐하고 있습니다!

마지막으로 이번 권에 도움을 주신 분들께 감사 인사를 드리겠습니다.

베니오 선생님, 이번에도 훌륭한 표지 일러스트를 그려 주셔서 정말 감사합니다! 작품 내용은 느긋하기 짝이 없는데도 표지가 마치 감동적인 장편 이야기 같은 분위기를 띠고 있는지라 갈수록 표지로 사기를 치는 느낌이 들지만, 갑자기 진지한 세계관으로 바뀌는 것도 큰 문제가 될 테니까 이 분위기를 계속 유지하고 싶습니다. 그리고 이번에는 새로운 캐릭터가 많이 나와서 고생을 시켰습니다……. 아마 앞으로도 더 늘어날 것 같지만…… 아무쪼록 잘 부탁합니다!

독자 여러분도 정말 감사합니다! 12권까지 따라와 주신 것에는 아무리 고맙다는 말씀을 드려도 부족할 지경입니다. 만화판 작품이 늘어나면서 슬라임 300년의 이야기를 발표할 공간이 늘어났으므로 원작에서도 이번에 나온 유령선처럼 다양하게 새로운 장소를 계속 개발하여 공개해 보려고 생각합니다.

다음에는 13권에서 봐요!

모리타 키세츠

슬라임을 잡으면서 300년,
모르는 사이에 레벨 MAX가 되었습니다 12

2021년 03월 25일 제1판 인쇄
2021년 04월 01일 제1판 발행

지음 모리타 키세츠 | **일러스트** 베니오

옮김 도영명

발행 영상출판미디어(주)
등록번호 제 2002-000003호
주소 21311 인천광역시 부평구 평천로 132 (청천동)
전화 032-505-2973(代) | FAX 032-505-2982

ISBN 979-11-6625-831-2
ISBN 979-11-319-7030-0 (세트)

구매 시 파손된 도서는 구매처에서 교환하실 수 있습니다.
기타 불편사항, 문의사항이 있으신 독자님께서는 노블엔진 홈페이지
[http://novelengine.com] 에서 Q&A 게시판을 이용해 주시기 바랍니다.

유미엘라 도르크네스, 백작가의 딸, 레벨 99,
히든 보스가 될 수도 있지만 마왕은 아닙니다(단호).

악역영애 레벨 99
~히든 보스는 맞지만 마왕은 아니에요~

1~2

RPG 스타일 여성향 게임에서 엔딩 후에 엄청 강하게
재등장하는 히든 보스, 악역영애 유미엘라로 전생했다?!
그것도 모자라 초반부터 레벨업에 몰두해 입학 시점에서 레벨 99를 찍고 말았다!!
평화로운 일상은 바이바이~ 사람들은 무서워하고, 주인공 일행들은
아예 부활한 마왕이라고 의심하는데……?!

아무튼 내가 최강이니 아무래도 좋은 마이 페이스 전생 스토리, 시작합니다!

타나바타 사토리 지음 / Tea 일러스트

영상출판
미디어(주)